은 퇴 자 의

A retiree's trip

세계 일주

around the world

● ● ○ ○ ○

은 퇴 자 의
A retiree's trip
세계 일주
around the world

문재학

China&Japan

생각나눔

목차

은퇴자의 세계 일주

지금은 모두 고인이 되셨지만, 옛날 중학교 시절 지리 선생님은 자기가 직접 남아공의 희망봉이나 아르헨티나의 팜파스 대초원을 다녀온 것처럼 이야기했고, 역사 선생님은 한니발 장군이 포에니 전쟁 때 이베리아 반도에서 알프스 산맥을 넘어 로마 본토인 이탈리아로 가는 전쟁에 참여한 것처럼 하셨고, 나는 그 흥미로운 이야기에 해외여행의 꿈을 키워왔다.

공직생활을 정년퇴임하고 세계 여러 나라를 둘러보고픈 욕망, 즉 나라마다 어떻게 살아가는지 풍습이 궁금했고, 찬란한 유적 깊은 어떤 역사의 향기가 있는지, 그리고 아름다운 자연풍광을 직접 체험하려고 가는 행선지를 정할 때마다 가슴에는 늘 설렘으로 출렁이었다.

흔히 해외여행을 하려면 건강이 허락해야 하고, 경제적으로 뒷받침되어야 하고, 시간이 있어야 한다고 했다. 필자의 경우는 건강과 시간은 문제없지만, 경제적으로 어려움이 있어 여행경비가 마련되는 대로 나갔다. 물론 자유여행이 아닌 패키지(package) 상품이었다.

여행 중에 눈으로 보는 것은 전부 동영상으로 담아와 DVD로 작성하여 느긋한 시간에 언제든지 꺼내볼 수 있도록 진열해 두었다.

세계 7대 불가사의(1. 브라질 리우데자네이루의 예수상, 2. 페루의 잉카 유적지 마추픽추, 3. 멕시코의 마야 유적지 치첸이트사, 4. 중국의 만리장성, 5.

인도의 타지마할, 6. 요르단의 고대도시 페트라, 7. 이탈리아 로마 콜로세움)와 세계 3대 미항(1. 브라질 리우데자네이루, 2. 호주 시드니, 3. 이탈리아 나폴리), 그리고 세계 3대 폭포(1. 북아메리카 나이아가라 폭포, 2. 남아메리카 이구아수 폭포, 3. 아프리카 빅토리아 폭포)도 둘러보고 독일 퓌센(Fussen)에 있는 백조 석성(노이슈반스타인 성)과 스페인 세고비아(Segovia)에 있는 백설공주 성 등 이름 있는 곳은 대부분 찾아가 보았다. 그리고 세계 각국의 아름답고 진기한 꽃들도 영상으로 담아왔다.

　여행지의 호텔 음식은 세계 어느 곳을 가나 비슷하지만, 고유 토속 음식은 나라마다 조금씩 다르기에 그것을 맛보는 재미도 쏠쏠했다.

　해외여행을 함으로써 좋은 분을 만나 글을 쓰게 되어 시인과 수필 등단도 하게 되었다. 처음에는 여행기를 메모 형식으로 간단히 하고 사진도 동영상 위주로 영상을 담다 보니 일반 사진은 다른 분이 촬영해 주는 것밖에 없었다. 더구나 일찍 다녀온 몇 곳은 관리 부실로 메모도 사진 한 장도 없어 아쉬웠다. 등단 이후에야 본격적인 기록을 남기면서부터 필요장면을 사진으로 담아 여행기에 올렸다. 그리고 자세한 여행기를 남기기 위해 여행 중의 주위의 풍경과 그 당시 분위기 등을 상세하게 기록하려고 노력했다.

　또 세계 곳곳의 유명한 명소는 부족하지만, 시(81편)를 쓰면서 그 풍광을 함께 담아왔다. 본 세계 일주 여행기는 여러 카페에서 네티즌들의 격려 댓글을 받기도 했지만 앞서 여행을 다녀오신 분에게는 추억을 되새기는 기회가 되고, 여행 가실 분에게는 여행에 참고가 되기를 소망해 본다. 특히, 여행 못 가시는 분에게는 그곳의 분위기를 간접적으로나마 상상을 곁들여 느껴 보시기를 감히 기대해 본다.

2021년 소산 문재학

중국
북경·계림

1996. 10. 1. ~ 10. 5. (5일)

오늘은 추석 다음다음 날이다. 부모님을 모시고 김해공항에 도착했다. 공항에서 국민은행에 다닌다는 아가씨 두 사람과 합류했다. 여행사 직원의 안내로 15시에 출발하는 CPA 중국 민항기를 타고 북경으로 향했다. 승객 100여 명 정원 정도의 소형 여객기였다.

중국인 승객 10여 명 때문에 1시간 10분이나 늦게 출발했다. 승객 대부분이 한국인이었는데, 약간의 불평은 있었지만 기다려 주었다. 중국 사람들은 시간관념이 없는지 모두가 태평스럽게 기다렸고, 안내 방송이나 사과 이야기도 없었다.

이윽고 김해공항을 이륙하여 여객기는 내륙을 계속 비행하다가 바다로 접어들었다. 팔순(79세)을 눈앞에 둔 부모님들이 평소에 중국의 북경과 만리장성 등을 보시고 싶어 하시기에 총 경비 6백만 원으로 여행길에 오르게 된 것이다.

북경 외곽지대에 들어서 고도를 낮추자 지상이 잘 보였다. 비가 약간 내리고 있었다. 불규칙하게 경지정리를 일부 하였으나 대부분 자연 상태였다. 노랗게 익은 벼와 무성하게 자란 옥수수가 많이 보이고 과수원도 섞여 있었다. 아파트가 보이더니 이내 공항이 나타났다.

17시 10분이다. (시차가 1시간 늦어 이곳은 16시 10분임) 공항 주변에는 아파트를 많이 짓고 있었다. 북경공항은 상당히 규모가 커서 미국의 애틀랜타 공항정도는 되는 것 같았다. 처음으로 밟아보는 중국 땅이다.

공항은 약간 불결해 보였다. 연초록색의 군복 같은 제복을 입은 중국인들이 입국수속을 하고 있는데 서양인들은 Free pass 하는데 우리는 한참을 대기시켰다가 통과시켜주었다.

공항출구에는 이춘식 조선족 가이드가 일제 봉고차(京B18341)를 대기시켜 놓고 기다리고 있었다. 북경은 자금성을 중심으로 삼환도로(3차 도로)가 있었는데 이 도로가 high way라 한다. 북경공항에서 자금성까지는 30km 정도 거리이다. 중원지방(산동. 서안. 북경 등 포함)을 최초로 천하 통일한 왕은 진시왕이란다. 북경성은 원나라 때 축성을 하고 길을 닦았다고 했다.

북경은 78년 이후 개방화되면서부터 아파트가 계속 들어서고 있어 주거환경이 변하고 있단다. 자금성 중심 원형을 기준으로 2환도로. 3환도로. 4환도로로 되어있고, 이 중 제일 큰 도로가 4환 도로라 했다.

중국은 물이 나쁘기 때문에 물을 함부로 마실 수 없어 녹차 문화가 일찍부터 발달되었다. 북경 면적은 서울과 비슷하고 인구는 1,200만 명 정도라 했다.

전체인구는 13억8천만 명이라고는 하나 정확한 통계는 어렵다고 했다. 전깃불을 켤 시간인데도 아파트 등에는 불을 켜지 않았다. 이화원으로 향하는 도로변은 아파트가 간혹 보이고, 또 신축 중인 곳이 많았다.

도로는 차선이 보이지 않는 곳이 많았다. 이곳의 여름 날씨는 44도까지 올라가고 겨울에는 영하 28도까지 내려간다고 하니 너무 덥고 너무 추워 살기에 불편할 것 같았다.

현재 온도는 영상 10도로 활동하기에 아주 적합했다. 짧은 기간에 여러 곳을 보기 위해 오늘은 늦은 시간이지만 이화원을 관광키로 했다. 시내 차량이 많지 않아도 이화원에 도착했을 때는 19시가 다 되어 출입문을 닫을 시간이었다. 약간 어두워지기 시작했다. 비가 제법 내려 가이드가 준비한 비닐 우의를 입고 관광키로 했다. 비디오 촬영이 강우로 인하여 상당히 어려웠었다.

이화원은 금나라 때 왕들의 피서지로 사용해 왔는데 1290년부터 이화원으로 개발을 시작했고 1750년 건륭황제 때 대규모 개발을 하였단다. 산과 호수를 인공으로 쌓고 파내어 조성하였는데 누각 등에 불이 들어오니 야경이 아름다웠다.

쿤밍호의 넓이는 270평방킬로미터 이고 높이 60m의 만수산(萬壽山) 아래로 왕들이 걸었던 건물회랑(복도 비슷한 것)이 길이가 728m 되는 것이 있었다. 이곳을 통과할 때는 비를 맞지 않아도 되었다.

이화원 정문 입구에 누각(4~5층 높이)도 아름다웠지만, 만수산 기슭에 있는 7~8층 높이의 고색찬연한 건물이랑 곳곳에 옛날에 사용했던 동물형태 등 화려한 유람선들이 거대한 옛날 중국의 단면을 보는 것 같아 감탄이 절로 나왔다.

날이 어두워지기 때문에 이화원을 반 정도 둘러볼 때 비디오 촬영을 할 수 없는 것이 못내 아쉬웠다. 김해공항에서 예정시간대로 출발했으면 좀 더 많이 둘러볼 수 있었을 것이었다.

우리가 거의 마지막 입장한 셈이 되어 급히 서둘러 차량이 대기하고 있는 옆문으로 나갔다. 다음은 중국의 유명한 서커스를 관람키로 했다. 좁은 거리에 차가 밀리어 서커스 공연장까지 가는 데 상당한 시간이 소요되었다. 넓은 공연장 주차장에는 버스가 30여 대 주차해 있어 관광객이 많이 온 것 같았다. 마침 공연이 시작하는 시간에 맞추어 왔기에 처음부터 재미있게 보았다.

아무리 연습을 하였다 해도 중국 사람들의 묘기는 신기에 가까워 한 장면씩 공연이 끝날 때마다 우레와 같은 박수가 터져 나왔다. 명

장면은 비디오로 담아 두었다.

서커스 관람 후 늦은 시간이지만 '진로 한국관'이라는 고급 식당을 찾았다. 입구에 들어서니 예쁜 아가씨들이 중국 복장과 한복을 입고 안내를 하고 있었다. 실내 분수가 한껏 분위기를 고조시키고 있었다.

2층으로 오르는 곳에도 아가씨들이 안내하고 로비에는 각종 유물과 토산품들이 진열되어 있었다. 대형 식당으로 21시가 넘었는데도 손님이 만원이었다.

식탁은 10명이 앉을 수 있는 원형 식탁으로 중국식 전통복장을 한 아가씨들이 시종 시중을 들고 있었다. 중국 맥주와 음료수도 나왔다. 젓가락도 화려한 칠보로 장식한 대형이었다.

음식도 전부 처음 보는 것이지만 맛이 있어 포식을 했다. 북경 중심지가 어디인지는 몰라도 식당 2층에서 밖을 내다보니 네온사인이 흐르는 화려한 건물들이 많아 비디오로 촬영을 해두었다.

22시 30분, '신만수 호텔'에 도착했다. 밤이라 잘 몰랐지만, 상당히 큰 호텔이었다. 미국에서 이용한 1급 호텔 정도는 되는 것 같았다. 부모님을 한방에 모시고 우리 부부는 옆방에 들었다.

　　　　아침에 일어나 창밖을 내다보니 가까이는 큰 공원이 있고 부근에 고층건물이 많았다. 비가 그쳐서인지 아침 조깅을 하는 사람도 가끔 보였다.

　북경 면적이 1,960평방킬로미터이고, 그중에 750평방킬로미터가 옥토라 한다. 오늘은 80km 떨어져 있는 명 13능과 60km 떨어져 있는 만리장성, 그리고 56km 떨어져 있는 천단공원을 둘러볼 예정이다.

　현재는 차량이 적어 기본속도로 갈 수 있어 하루에 2~3개 명승지를 방문이 가능하다고 했다. 앞으로 몇 년 안 가서 차량 때문에 하루에 한 곳 정도밖에 못 볼 것으로 생각되었다. 아침 식사 후 천단공원으로 향했다.

　북경은 현재 한창 개발 중이라 했다. 황하강 주위 내륙지방은 주민들 생활 수준이 형편없다고 했다. 곡물은 kg당 1위 안에 농민으로부터 수매를 하는데, 그래도 옛날보다는 가격이 많이 높다고 했다.

　중국의 음식은 한 끼 20위안 정도라도 북경 시내 일반 시민 봉급으로는 의식주 해결밖에 안 되기 때문에 놀러 다닐 여유가 없다고 했다. 보통시민 한 달 봉급이 500위안, 공무원은 1,000위안이나 이 돈으로 한 달에 고기 한 두 번 먹으면 돈이 다 떨어진다고 했다. 택시 기사도 월 1,000위안 정도 수입이지만 제일 좋은 직업으로 여기고 있단다. 그리고 북경 시내에는 자가용이 별로 없다고 했다. 한국차는 현대차가 인기가 높고, 특히 소나타를 좋아한다고 했다.

북경 시내에 자전거는 800만대가 있고 대부분 출퇴근을 하는데, 자전거 전용도로가 따로 있었다. 2환도로 이내 시내는 자전거를 이용하는 것이 편리하단다. 자전거 타는 사람들이 차 한 대씩 가지고 도로에 나선다고 하면 아마 북경 시내가 마비될 것 같았다.

자식을 많이 낳는 것이 부모에게 효도 하는 것이었으나, 지금부터는 92%를 차지하는 한족은 부부당 1인, 소수민족은 2인까지 자식을 허용하는 가족계획을 하고 있다. 이를 위반하면 벌금을 몇만 위안을 내야 한다.

도시 사람은 이에 잘 순응하는데 시골은 잘 지켜지지 않아 호적에 등록 못 한 아이는 학교를 보내지 못한다고 했다. 중국은 돈이 없으면 장가가기도 힘들다고 했다. 시골은 몇천 위안으로도 결혼이 가능하다고 했다.

더디어 천단공원 문 앞에 도착했다. 천단은 중국의 옛날 왕들이 제

사 지내는 곳이다. 입구부터 돌을 조각하여 만든 석책(石柵)과 각종 형상석이 줄지어서 있고, 석제 건축물 등이 장엄하고 섬세하고 정교하기 이를 데 없었다.

10월 1일부터 3일간 이 중국의 국경일로 모두 쉬는 날이라 그러한지 많은 인파가 물밀 듯이 밀려들고 있었다.

아름다운 조각물과 건물들을 비디오로 담다가 부모님 등 일행을 놓쳐버렸다. 얼굴 모습은 중국인이나 우리나 비슷하게 때문에 찾기가 어려웠고, 중국말을 한마디도 못하니 어떻게 할 수 없어 등줄기에 식은땀이 흘러내렸다.

한참 만에 간신히 찾았는데 한곳에 가만히 모여서 있는 바람에 찾기가 쉬웠다. 서로 찾으려고 다녔으면 무척 고생했을 것이다. 그래도 부지런히 동영상으로 담아 가면서 천단공원 후문으로 나왔다.

다음은 명 13능으로 향했다. 40년 통치를 한 명나라 13대 왕 주익의 능으로 갔다. 이곳 주위 40km 이내에는 능이 있다. 길가에 사과밭이 보이는데 작황이 좋지 않았고, 복숭아는 수확 후 잎이 떨어져 을씨년스러웠다.

능 입구 토산품 매장에서 선물을 조금 사고, 계단을 올라가서 성곽같은 곳을 옆으로 돌아서 후문으로 들어갔다. 지하 17m 계단을 한참 내려가니 좌우에 순금 옥 등 유물을 전시해 두었다. 거대한 왕릉이었다. 정말 어떻게 이렇게 커다란 석조왕릉을 만들었을까? 백성을 노예처럼 이용했을 그 당시를 떠올려 보았다.

한편에는 왕과 왕비의 관이 전시되어 있는데 정말 거대했다. 이 왕릉을 만드는 데 800만 냥을 들여 6년 동안 만들었다 했다. 당시 나라 세금 수입이 300만 냥이니 어느 정도인지 짐작할 수 있었다. 능 관람을 끝내고 밖으로 나와 이색적인 중국 과일을 사 먹어 보았다.

정능 옆에는 자연생 감나무가 많이 있었다. 주차장에는 차량이 너무 많아 우리가 타고 온 차를 찾기가 힘들 정도였다. 잡상인들이 도로 좌우에 줄을 지어 물건들을 팔고 있었다.

장례(葬禮) 시 자금성에서 이곳까지 운구하는 데 1주일이 걸리고 사람들을 수만 명 동원하였다고 했다. 명 13능은 주위 좌우 4~5km 내외의 산록 변에 산재되어 있는데 이곳 한 곳만 보았다.

다시 북경 시내로 향했다. 가는 길에 도로 사정도 좋고 차가 많지 않아 만리장성으로 향했다. 자금성서 만리장성까지는 75km 우리는 서북부로 향하는 것 같았다. 개발의 여지가 많은 넓은 들판으로 지날 때 부근의 농가들은 상당히 궁핍한 삶을 살고 있는 것 같았다. 북경 주위에는 산이 없다. 명 13능이 제일 가까운 산인데도 50km가 넘는 거리에 있다.

만리장성은 춘추시대 제나라 때 시작하여 쌓던 것을 진시왕이 6,350km를 기원전 214년경에 완성하였다. 북방 소수민족의 침략을 방어하기 위해서였다. 가이드 말로는 사람의 피땀으로 쌓았다고 했다. 그 당시는 장성 쌓으러 가면 죽으러 가는 것으로 알았단다. 팔달령 도로구간은 창평의 북대문에서 거용간 장성지까지 26km이다.

1905년도 개설된 경장철도가 같이 뻗어있다. 이 철도는 모스크바까지 가도록 되어 있다. 만리장성인 팔달령까지 가는 도중에 산 능선 곳곳에 사진에서 보던 장성이 여러 곳에 보였다.

일반 관광객은 버스에서 내려 만리장성까지 산길을 3km 정도 걸어야 하나 우리 차는 800m 고지에 있는 만리장성 바로 옆에 도착했다. 성(城) 아래 주차장에 차를 두고 토산품 매장을 지나 만리장성 위쪽 약간 경사진 곳으로 500여m 걸어서 올라갔다.

만리장성 쌓은 기간은 200년 정도라 한다. 그리고 명나라 때까지 수시로 보수했단다. 만리장성 벽은 바위 또는 큰 돌로 기초를 쌓았고 위쪽으로는 렌가 3개 크기의 벽돌로 쌓았다. 통로는 전쟁에 대비 내부를 지나 성 위로 다니게 했다.

사람이 다닐 수 있는 성 위의 폭은 2~4m 정도다. 부지런히 비디오로 부근의 풍광을 동영상으로 담았다. 젊은 사람들은 수 km를 걷는다고 했다.

이런 높은 산에 끝이 보이지 않는 거대한 성을 인력으로 쌓았다는 것은 상상도 못 할 정도의 불가사의한 일이다. 오후 늦은 시간이라 서쪽으로는 비디오 촬영 시 역광이 되어 상당히 어둡게 보였다.

관람객들이 수천 명이 계속 오르고 있었지만 북경 시내 사람들은 먹고살기에 바빠 아직 만리장성 구경을 못 한 사람들이 많다고 했다.

차를 타고 내려오면서 보니 도로를 새로 보수 하는 옆으로 화려한 여관 매점 등을 짓고 있었다. 20km쯤 내려와서 건물 외관이 화려한 대형 매점에 들렀다. 한국 사람이 많이 와서 그러한지 조선족 안내양들이 친절히 안내를 해주어 물건 사는 데 아주 편리했다.

중국에 한국 교포가 200만 명 정도이고 연변에 90만 명이 산다고 했다. 소수민족 중 13위라 했다.

북경서 만리장성까지 6차선 고속도로를 건설 중인데, 이것만 완성되면 1시간에 갈 수 있을 것이라 했다. 현재는 차가 적어 자동차 이동이 편하겠지만, 앞으로 차량이 늘면 또 다른 대책이 필요할 것 같았다. 북경 시내도 신축 빌딩을 많이 짓고 있는 등 한창 개발 중이었다.

북경 시내로 돌아오는 길에 저녁노을을 배경으로 패러글라이딩 수십 개가 하늘에 떠서 흘러가고 있어 참으로 아름다웠다. 날이 어두워지고 있어 어디에 내릴지 궁금하기도 했다.

중국은 땅이 모두 국가 소유인데 이를 주민들이 이용권이나 사용권에 대한 사용료를 낸다고 했다.

1996년 10월 3일

오늘은 날씨가 맑다. 호텔을 나와 천안문 광장으로 향했다. 50층 빌딩이 즐비해 있는 곳은 시내 중심의 동쪽이다. 이곳의 동서 80리는 명나라 때부터 있었다고 했다. 시내는 차량이 좀 붐비는 편이었다. 역시 자전거 행렬이 많았다. 젊은 아가씨들도 자전거를 잘 탔다.

자금성(紫禁城): 천자(하느님의 아들)가 사는 곳을 붉은색으로 단청하고 일반 백성들이 못 들어오는 곳으로 통한다. 자금성 넓이는 72평방킬로미터이고 남북으로 990m에 이르고 방은 9,999개 방(하느님은 10,000개 방 사용)으로 이루어져 있다 한다. 자금성은 1404년부터 1420년까지 16년 동안 매일 10만 명씩 일했다고 했다. 천안문 광장을 중심으로 고르게 발전하고 있단다.

8시 40분, 천안문으로 가는 도로 양측으로는 자전거 대열이 상당히 많았다. 이분들이 앞으로 자가용으로 거리에 나오면 8차선이지만 교통대란이 일어날 것이다.

거리에는 사르비아와 맨드라미 등으로 조경을 많이 해 두었다. 인민기념관 앞에는 홍콩반환 271일 전 초 단위로 나오는 전광판이 이색적이었다. 오늘은 명절 뒤라 천안문 광장에는 꽃단장을 화려하게 해두었다. 광장에는 수만 명의 인파가 몰려들고 있었다.

천안문 광장 중심을 지나 자금성 출입구 쪽으로 향하니 거대한 모택동의 초상화가 걸려있고 그 앞에는 여러 개의 분수가 춤을 추고 있었다. 꽃 탑 등 주요건물 등을 영상으로 담으면서 지하도를 지나 자금성 출입구로 갔다.

자금성 들어가는 길 중앙은 옛날 황제들이 다니는 길이다. 자금성 정문 벽과 기둥은 적색, 지붕은 황금색으로 단장을 해두었다. 정문을 지나 석조다리 5개소의 중앙도 황제가 다니는 길이다.

자금성의 거대함에 놀랐고 또 섬세한 조각 등 단장에 놀랐다. 다리 난간 등 석조조형물도 정교하고도 아름답게 만들어 두었다. 이어 거대한 태화문(太和門)을 통과했다. 태화전의 높이는 7m이다. 중화전은 천자가 쉬는 곳으로, 폭이 770m나 되고, 1420년에 건축한 보화전(保和殿) 곳곳에 돌로 만든 방화용 큰 용기를 300개나 비치해 두었다.

이곳의 궁녀는 9천 명이고, 내시는 10만 명이나 있었다 한다. 궁녀들은 후문으로 입궁했다. 필설로서는 표현할 수 없는 거대하고 정교하고 화려한 자금성을 보기 위해 수많은 사람들이 계속해서 밀려들고 있었다. 자금성의 마지막 부분에 서 있는 처음 보는 아름다운 백송(줄기, 가지, 잎이 모두 백색) 2그루 진기한 모습을 영상으로 담았다.

　자금성 후문을 나와 대기하고 있던 차에 올랐다.

　중식은 한인이 경영하는 식당에서 한식으로 했다. 2차선 도로변에 회나무 비슷한 가로수가 터널을 이루고 있었고 버스 2대가 연결된 전기버스가 많이 다니고 있었다. 13시, 계림으로 출발하는 여객기를 타기 위해 서둘렀다. 6차선 도로에는 차가 많이 다니지 않아 한산했다. 가로수는 백양나무와 수양버들이 대부분이었다. 고속도로변에는 대우 등 한국 상품 홍보용 야립 간판이 가끔 보였다.

　13시 20분 북경공항을 이륙 계림으로 향했다. 중국 민항기 안내양들의 파란 제복이 돋보였다. 산이 하나도 없는 대평원은 경지정리를 한 듯 안 한 듯 무질서했고 파랗게 무엇인가 자라고 있었다.

얼마 안 가 산이 나타나면서 험산으로 바뀌었는데 임상(林相)은 빈약했다. 다시 얼마 안 가 호수가 보이고 들판이 나타났다. 계림으로 향하는 우측산은 헐벗었고 좌측산은 그래도 숲이 좀 있었다. 13시 50분경부터는 들판이 없는 험산이 이어지고 있는데 높은 곳에는 눈도 보였다. 그리고 울창한 숲이 있는 산이 이어지고 있었다.

16시경에 계림국제공항으로 하강을 시작했다. 주위 산은 뾰족뾰족한 독립된 야산이고 벼를 일부 수확하는 논은 경지정리가 되어 있지 않았다. 북경서 계림까지는 1,800km로 기차로는 35시간 소요되는 거리라 했다.

계림공항에서 조선족 안내원 손상욱(孫相旭) 씨가 기다리고 있었다. 얼굴이 깔끔한 총각으로 첫인상이 무척 친절해 보였다. 차는 도요다 봉고로 너덜너덜한 고물차였다. 계림국제공항은 개통한 지 3일째란다. 이붕 총리가 참석하여 개통식을 하였단다. 건물이 신축 건물인 것을 한눈에 알 수 있었다. 주위에 조경목과 잔디 등 아직 활착이 안 된 상태였다. 우리나라 서울과는 금년 말부터 직항으로 운행할 것이라 했다.

공항앞 도로는 넓은 데도 우리나라 시골보다 차가 적게 다녔다. 공항을 빠져나오니 주변 야산의 土石採取地는 아직 조경이 되지 않았다. 산은 대부분 50~70m의 야산이고 수종은 소나무가 많았다. 도로 양측으로 벼농사를 짓는데 벼 숙기는 한국보다 늦은 것 같았다. 2기작이라 늦다고 했다. 계림에는 매년 내국인 100만 명, 외국인 70만 명의 관광객이 찾는 다고 했다.

이곳은 계수(桂樹)나무가 많아 계림이란다. 약용으로 쓰는 계피나무와는 좀 다르다고 했다. 벼 작황은 별로 좋지 않았고 곳곳에 사탕수수 재배지가 보였다. 이곳은 벼 수확을 50~60년대 우리나라와 같이 전부 수작업이다. 3월 초에 모내기를 하여 7월에 수확하고, 8월에 심고 11월에 수확을 하는데 현대식 농기계는 없었다.

고속도로에 소가 다니고 있다. 차가 별로 다니지 않아 허용하는 것 같았지만 이해가 안 되었다. 산과 들이 석회석으로 이루어져 있고 연간 강우량도 우리나라보다 훨씬 많은 1,900~2,200mm가 내린다고 했다. 계림 시내로 가는 4차선 도로 밖에는 전용 자전거 도로가 있었다.

벼를 손으로 수확하는데 경운기 정도의 농기계도 보이지 않았다. 산재된 농가 주택들은 2~3층이 많고 붉은 벽돌로 지었다. 가로수는 회나무라고 하는데 처음 보는 나무로 잘 모르는 나무였다.

계림공항에서 시내까지는 24km 거리이다. 도로에 차는 적게 다니지만, 북경보다 오토바이가 많고 대부분은 자전거를 이용하고 있었다. 계림 시내로 들어서기 전 우리나라 마이산 같은 것을 석산으로 개발하고 있었다.

주위의 산들이 전부 거와 비슷해 특이한 산들이었다. 후박나무 가

로수도 많았다. 계림시는 면적 54평방킬로미터이고, 외곽까지 합하면 530평방킬로미터이다. 인구는 40만 명 정도이고, 유동인구를 합하면 50만 명 정도이다.

날씨는 12월부터 겨울인데 최하 0도 정도이고 여름에는 44도까지 올라간다. 시내 '리강' 강가에 나갔다. 코끼리 형상의 작은 산이 명물이었다. 노점상들도 많았는데 열대과일과 토산품들을 팔고 있었다. 강변의 의자용 돌들이 반들반들한 것이 보기도 좋았지만 걸터앉기에도 편리했다. 날씨가 무척 더웠다. 30도는 되는 것 같았다.

시내를 통과하여 석회동굴로 향했다. 시내는 4~5층 아파트가 많고 2~3층의 단독 주택들이 주를 이루고 있었는데 한결같이 불결했다. 농로 같은 좁은 길을 가는 주위는 아름답게 돌출된 산들이 자주 보이고 들판은 놀리는 땅이 없이 벼농사를 짓고 있었다. 약 30분 정도 가니 석회동굴이 나왔다.

동굴 앞의 토산품 매장을 지나 동굴로 들어갔다. 곳곳에 조명을 해 두어 기기묘묘한 형상의 종유석과 석순들이 감탄사가 절로 나올 정도로 아름다웠다. 창문 커튼형상을 한 것 등 황홀한 장면 등을 동영상으로 담으면서 1시간여를 돌아보았다.

다음은 계림시 외곽에 있는 계림박물관으로 향했다. 거리는 오토바이, 자전거, 사람, 간혹 지나는 차량 등이 좌우 측 질서도 없이 뒤엉켜 시장거리처럼 복잡했다. 앞으로 차량이 늘면 질서가 잡히려나?

박물관 주위는 조경을 잘해 두었고, 앞 공터에는 서커스 공연이 있었던 것 같았다. 조선족 아가씨의 안내를 받아 내부를 관람했는데 전시물은 주로 2층에 있었다. 민속자료. 소수민족의 의상과 풍습 등을 마네킹을 곁들여 비교적 이해가 잘 가도록 해두었다. 광서 지방에는 11개 소수민족이 살고 있단다.

　미술관에서 목단과 매화나무 그림을 기념으로 2만 원에 샀다. 우리 돈은 어디든지 통용되고 있었다. 중국 돈 100위안과 한국 돈 8,700원 정도의 환율이라 한국 돈 인기가 좋았다.

　장족(壯族)이 1,500만 명으로 제일 많고, 걸노족이 2,400명 정도로 제일 적다. 이 민족들은 타민족과 결혼을 않기 때문에 멀지 않아 멸족될 것 아닌가 걱정하고 있었다. 석류는 계속 꽃이 피는가 하면 한편에서는 수화직전의 석류도 있었다.

　우리 일행은 처음 보았던 코끼리 형상의 산 뒤편에 있는 고급식당으로 갔다. 식당은 다양한 꽃들로 조경을 잘해 놓아 정원에 들어온 기분이었다. 유니폼을 입은 종업원들의 서비스도 좋았다. 한국 관광객 30여 명이 들어왔다. 50명 정도는 수용 가능한 식당이었다. 약간 어두웠지만 식당의 조경 부분을 동영상으로 담았다.

　그리고 계림에서 제일 좋아 보이는 호텔에 투숙했다. 북경의 호텔 못지않게 시설이 좋았다. 그리고 가까운 곳에 있는 공연장에서 전통

민속 쇼를 감명 깊게 관람했다. 실내 분수가 있는 2층에서 관람을 할 때 음료수 등을 무료로 제공하고 있었다. 공연이 끝난 후 밤늦게 잠자리에 들었다.

1996년 10월 4일

아침에 계림의 명소 '리강(離江)'으로 향했다. 역시 시내는 차가 별로 없었다. 차량이 전부 50대 정도가 있단다. 도로변에는 벼농사 보다 수익이 좋다고 잉어양식을 하는 양식장이 많이 보였다.

또 우리나라 올비(콩알 만함) 같은 것이 밤 크기와 같은 것을 식용으로 대량으로 판매하는데, 신기해서 맛을 보니 올비 맛과 똑같았다. 중국이라는 나라 정말 흥밋거리가 많았다. 계림은 넓은 들판은 보이지 않았다. 2차선 포장도로에는 물소가 수백 마리 무리를 지어 지나고 있었다. 그리고 가로수를 겸한 유도화가 다양한 꽃을 자랑하고 있었다.

밀감 농장도 많이 보였는데 년 2회 즉 여름 귤. 겨울 귤이 생산 된다고 했다. 마이산 같은 산에는 석회석 바위산이라 그런지 큰 나무는 없고 잡관목이 많았다. 이색적인 풍광이라 동영상으로 담았다.

'리강' 선착장 부근에는 골프장 건설이 한창이었다. 주차장에서 내려 토산품과 과일을 파는 곳을 지나 100m 정도 가야 배를 탈 수 있었다. 가는 길에 중국 여자 상인들이 물건을 팔면서 우리말로 "천 원, 만 원, 싸다." 하면서 장사하는 것을 보니 한국 사람이 많이 오는 곳이었다.

밀짚모자와 접을 수 있는 모자 등 각각 한국 돈 천 원씩 주고 샀다. '리강'의 여름에는 덥고 비가 많이 오고, 겨울에는 물이 적어 배 운항이 어렵다고 했다. 지금 10월 달이 가장 관광하기 좋은 시기라 했다. 그래도 이곳은 아열대 지방이라 우리나라 늦여름 정도 날씨였다.

　'리강'은 호남성에서 발원한단다. 배는 승객 100~200명 정도 탈 수 있고 2층은 전망대, 아래층은 식당으로 되어 있다. 70여 척의 배가 거의 동시에 출발하는데 장관이었다. 현재시간 10시 30분이다. 1일 1회 운행 한다고 했다. 현지에서 비디오 촬영하는 어예홍(葉紅) 아가씨에게 40불 주기로 하고 멋진 주위 경관 촬영을 부탁했다.

　얼마를 갔을까, 강 가운데서 물소들이 머리를 물속에 넣고(1~2분 정도) 물풀을 뜯어 먹는 것도 역시 처음 보는 장면이었다. 이런 한가로운 풍경이 자주 보였다. 주위의 산세는 마이산 같은 봉우리가 10만 개가 된다는데 수시로 풍광을 바꾸고 있어 즐거웠다. 어떤 곳은 대나무 배에 '가마우지'라는 새 몇 마리 가지고 물고기를 잡고 있었다.

큰 대나무를 5개 연결하고 앞부분(대나무 뿌리 부분)은 약간 구부려 놓아 물의 저항을 적게 받고 다닐 수 있도록 배를 만들었다. 난간이 없어 조금은 위험해 보였다. 강변에는 대나무 들이 많이 자라고 있는데 한국의 왕대보다도 굵고 뿌리가 뻗어 나가지 않는 것이 특이하고 일 년 내내 죽순이 올라온다고 했다.

'가마우지' 새는 소 한 마리 가격 정도로 비싸기 아주 소중하게 관리한다고 했다. 얼마 안 가서 강 양측으로 아름다운 산들이 다양한 자태로 나타나 배 2층으로 올라가 감상했다. 유람선이 앞서거니 뒤서거니 강 따라가는데 흥분된 기분으로 분위기를 마음껏 즐겼다. 강물도 비교적 깨끗했다. 관광객 중 50% 이상이 한국 사람 20% 정도는 서양인들이고 나머지는 중국인 같았다.

옛날 중국 삽화에 나오는 아름다운 산들이 계속 나타나 점심 먹는 것도 미루었다. 4~5시간 강을 따라 내려오니 산에 소나무 등 조금 큰 나무가 보이기 시작했다. 야생 파인애플 바나나 등도 산 곳곳에 있었다.

강변주위의 벼농사는 작황이 좋지 않았고 옛날 우리 농촌을 보는 것 같았다. 오후 16시경 리강 하류 선착장에 도착했다. 역시 사람들로 북적이고 토산품 장사하는 곳은 마치 시장 같았다.

대기하고 있는 봉고차로 계림 시내로 향했다. 2차선 도로가 포장한 지 얼마 안 되었는데도 노면이 고르지 못했다. 벼 수확은 낫으로 벼이삭만 자르고 있었고, 지금 출수하고 있는 벼도 있는데 생육이 작황이 좋지 않았다.

64km 도로를 따라 계림으로 올라오는 도로 주변에는 예의 그 산들이 징그러울 정도로 계속 나타났다. 지평선 멀리까지 끝없이 마이산이 펼쳐져 있는데 10만 개도 더 되어 보였다.

계림 시내에 도착했다. 거리의 간판은 80~90%가 붉은색 간판이다. 시내 보석상에 들렀다. 시설도 좋고 화려한 보석들이 많았지만, 눈요기만 하고 옥으로 만든 주전자와 술잔(4개)을 기념으로 구입했다. 이어 교외에 있는 별장 같은 곳에서 저녁 식사를 했다. 이곳에는 붓과 그림. 붓글. 토산품 등을 팔고 있었다.

19시에 계림국제공항에 도착하여 탑승 수속을 마치고 북경으로 향했다. 북경공항에 도착하니 20시가 되었다. 가이드가 기다리고 있었다. 어둡지만 가로수가 우거진 지름길로 지나 신만수 호텔에 다시 투숙했다.

1996년 40월 5일

아침에 비가 내리고 있었다. 조금 일찍 북경공항으로 가서 10시에 CPA(중국 민항기) 편으로 김해 국제공항으로 출발했다. 비행 1시간 정도 지나니 날씨가 좋았다. 기내식으로 식사하고 김해 국제공항에 무사히 도착했다. 동생이 차를 가지고 기다리고 있었다.

장가계, 봉황고성
여행기

2016. 8. 22. ~ 2016. 8. 26.

2016년 8월 22일(월) 맑음

       풍년을 기대하는 벼의 출수(出穗)가 한창이고, 기록적인 폭염이 연일 계속되고 있어 밭작물이 극심한 한해(旱害)를 입고 있었다. 오늘 서울의 온도가 36.6도라 했다. 벼농사야 정부에서 수원개발을 거의 완벽에 가깝도록 전국적으로 해두었기에 피해가 적겠지만, 밭작물은 거의 속수무책이다. 농민들의 가슴은 함께 타들어 간다. 무거운 마음을 안고 인천공항으로 향했다.

    장가계는 2005년도에 다녀왔지만, 유명한 천문산을 멀리서만 본 아쉬움과 4000년 역사 봉황고성의 수백 년을 자랑하는 고색 찬란한 3~4층의 목조 기와집의 신기한 풍광을 보러 가는 길이다.

    아침 7시경에 인천공항에 도착하니 휴가철이라 그런지 여행객들로 넘쳐나고 있었다. 지금까지 인천공항에서 보아온 것 중 제일 많아 보였다. 출국 수속을 끝내고 오전 10시 15분 아세아나기(OZ2533)로 중국의 중경으로 향했다. 인천공항 활주로 주변의 잔디가 빨갛게 타들어 가고 있었다. 중경 국제공항까지 소요시간은 3시간 30분 정도다.

    오후 1시 15분 중국의 상공은 약간의 흰 구름이 그림자를 드리울 뿐 날씨가 좋았다. 몽실몽실한 산봉우리 사이로 경작지들도 간혹 보이고, 넓고 긴 물줄기를 이루는 댐 같은 것이 보였다. 인가는 보이지 않는데 꼬불꼬불 산길이 많이 나타났다.

    잠시 후 야산과 들 사이로 흐르는 장강의 좌우로 산재된 주택들과 도로가 나타나는 것을 보니 중경 시내가 가까워지는 것 같았다. 현재 남은 거리 23km, 고도 2,700m, 비행속도 394km이다. 이색적인 청색 지붕들이 많이 보이는가 하더니 시원하게 뻗은 고속도로도 나타났다. 이어 여객기는 중경 시내 상공을 지나갔다.

중경 시내는 장강을 중심으로 고층 아파트들이 숲을 이루고 낮은 건물은 지붕이 역시 청색으로 단장을 해두었다. 한눈에 보아서도 대단히 큰 대도시 같았다. 시내 중심을 지나 한국 시간 1시 50분(현지 시간 12시 50분, 시차 1시간 앞으로는 현지 시간으로 명기) 비행장에 사뿐히 내려앉았다. 비행장 규모는 크지 않았지만. 계류 중인 비행기가 많았다. 그리고 계속하여 이착륙하고 있었다.

입국 수속을 마치고 나와 현지 가이드 김보호 씨(길림성 연길 출신 교포 3세)를 만났다. 11명 일행과 수인사를 나누고 밖을 나오니 36도의 뜨거운 열기가 한증막에 들어서는 것 같았다. 무더위로 고생할 것을 생각하니 조금은 염려스러웠다.

중경시는 중국의 4대 직할시 중 두 번째 큰 도시이다. 면적은 82,300평방킬로미터이고 인구는 3,600만 명이다(1위 무한 4,600만 명, 3위 상해 2,500만 명). 산악지대라 농경지는 거의 없고, 공업 도시이고, 경제와 교통의 중심지란다. 그리고 위도는 우리나라 제주도 보다 남쪽에 위치하고 낮 온도가 41도를 오르내리는 불가마 지역이다. 일 년(一 年)의 1/3일인 130일 정도가 안개가 끼는 날씨라 했다. 겨울에는 최저온도가 영상 5도라 눈 구경을 할 수 없단다.

우리가 승차한 25인승 미니버스는 의자를 반 침대 식으로 뒤로 눕힐 수 있고 차 바닥은 비닐 장판으로 깔아놓아 깨끗했다. 차 앞 유리창 위에는 작은 전광판에 현재의 시간과 외기온도와 실내온도 등을 알려주고 있어 장거리 여행에 편리할 것 같았다. 차내 온도는 23도

냉방 성능도 좋았다.

곧바로 장가계로 향했다. 소요시간은 여행안내서에는 8시간이지만 10시간이라 했다. 15분 정도 시내를 지나자 오후 2시 현재 고속도로에 들어섰다. 왕복 8차선 도로변은 넓은 들판은 보이지 않고 낮은 산들뿐이다.

이어 터널이 계속되는데 총 42개의 터널을 지내야 한단다. 긴 터널은 17km나 되는 것도 있단다. 2시 15분 현재 먹구름이 몰려들면서 앞이 보이지 않을 정도로 심한 소나기가 내렸다. 앞으로 갈 길이 많이 남은 장거리 여행이라 걱정이 앞섰다.

2시 20분경에 장강을 지나는데 부둣가에는 붉은 철골 장비로 하역작업을 하고 있었다. 이내 비가 잦아들고 시야가 트이고 있었다. 인가가 간혹 보이는 야산 구릉 지대의 푸른 녹음이 물기를 머금고 한층 생기를 더하고 있었다.

부근에 높은 산은 보이지 않았고 도로변에 수벽(樹壁)을 이루는 나무들은 천 년 활잡목(闊雜木)들이다. 곳곳에 약간의 경작지와 별장 같은 2층 주택들이 보였다. 고속도로 중앙분리대는 유도화(油桃花) 같은 꽃이 활짝 피어 시선을 즐겁게 하고, 대형 야립간판(野立看板)은 타곳에 비하여 그렇게 많지 않았다.

3시경에는 왕복 4차선으로 바뀌고 날씨는 눈부실 정도로 맑게 개었다. 넓은 들은 볼 수가 없고 산비탈 곳곳에는 수확을 끝낸 옥수수들이 말라버린 앙상한 대궁만 남은 것이 보였다. 멀리 있는 것은 마치 화전 밭 같아 보였다. 산골짜기의 작은 논에는 벼가 황금빛을 자랑하며 익어가고 있었다. 계속해서 비슷한 지형과 불양한 임상(林相)이 이어지고 터널도 끝없이 이어지고 있었다.

터널 내에는 일정한 거리로 다양한 색상의 반원 아치형 조명시설을 해둔 것이 이색적이고 아름다워 영상으로 담았다. 3시 30분경 고층 아파트가 많은 남천(南川)이라는 소도시를 지나기도 했다.

고속도로변 산에는 척박한 땅이지만 곳곳에 유카리스 나무를 인공 재배하고 있었다. 3시 38분 수장이라는 휴게소에 들렀다. 부근의 집들은 대개 2층으로 규모가 크고 굴뚝이 없는 것이 특징이다. 습기나 뱀 때문에 아래층은 창고 등으로 사용하고 2층은 주거용인데 보통 3대가 한집에 산다고 했다.

4시 23분경부터는 긴 터널이 연속으로 나타나더니 5시경부터는 험한 바위산 지대로 긴 터널이 이어지고 있었다. 터널을 빠져나오면 아름다운 풍경이 나타나고 비탈 경사지에 옥수수밭들이 많이 보였다. 옥수수 재배 풍경이 강원도를 연상케 했다. 5시 33분경부터는 산의 5부 능선을 달리는데 대형화물차가 많이 보였다.

6시 25분 산마루를 넘는 석양이 긴 그림자를 드리우고 있었다. 도로변 주택들 중 슬라브 지붕(옥상)에는 물을 담아 놓아놓은 것을 자주 보였다. 특이한 풍경이었다. 모두 열기를 식히기 위한 것이라 했다. 보는 것만으로도 시원했다.

이층집들은 하얀 벽에다가 나무들은 전부 붉은 페인트로 단장해 둔 것이 이색적이었다. 더워서인지 마을에 사람들이 보이지 않아 유령(幽靈)의 집같이 을씨년스러웠다. 그나마 주위 농경지에는 담배, 고구마, 호박 등을 재배하고 있어 사람이 사는 것 같았다.

7시 10분 어둠이 내릴 때 유양도화원(酉陽挑花源) 관광지구에 들러 현지식으로 저녁을 했다. 식당 주변의 집들은 3~4층의 목조들이 호기심을 자아낼 정도로 특이하게 아름다워 영상으로 담아 보았다. 며칠 뒤에 이곳 유원지 복희동굴 탐방이 있을 예정이다.

7시 45분, 어둠 속에 장가계로 향했다. 앞으로 3시간을 더 가야 하는 지루한 여행길이다. 역시 터널을 많이 지났다. 검은 산 능선을 타고 따라오는 유난히 크게 보이는 어스름 반달을 줌으로 당겨 동영상으로 담았다.

간혹 야간 조명과 네온이 화려한 작은 도시들이 나타날 때마다 영상으로 담았다. 11시 3분 장가계 요금소를 통과하여 11시 30분경 크리스탈 호텔(梅洛水晶酒店) 1911호실에 투숙했다.

2016년 8월 23일(화) 맑음

아침에 호텔을 나와 보니 관광버스들이 호텔 앞을 메우고 있었다. 6시 30분, 황석채로 향했다.

동정호(洞庭湖)를 중심으로 남쪽인 이곳 호남성은 면적 212천평방킬로미터(한반도 면적과 비슷함)이고 인구는 6,300만 명이다. 그리고 장가계는 면적 9,516평방킬로미터이고 인구는 170만 명이다.

호남성은 모택동과 유서기의 고향이라 했다. 신흥건축물이 많은 장가계는 시내 중심으로 리강이 유유히 흘러가고 있었다. 아파트가 많고 도로변은 중국 특유의 홍등과 적색 간판들로 뒤덮여 있고 관광객들이 붐비고 있어 활기가 넘쳐 보였다. 이곳은 4개의 소수민족이 살고 있는데, 그중 70%가 토가족이라 했다.

도로변은 관광지답게 정원수 등으로 아름답게 조성하여 시선을 즐겁게 하고 있었다. 장가계 시내를 벗어나 2차선 숲속 길을 달렸다. 도로변 농경지에는 포도 비가림 시설(비닐하우스)이 많이 보이는데, 호남성은 수박, 복숭아 등 과일이 많이 생산된다고 했다.

7시경에 협곡으로 들으셨다. 이른 아침인데도 통행차량이 상당히 많았다. 대부분이 관광객을 실은 미니버스였다. 울룩불룩 허공에 능선을 그리는 산등성이 위로 이글거리는 아침 해가 솟아오르고 있었다. 버스는 가파른 경사 길을 굽이굽이 돌아 올라가고 있었다. 그리고 아주 긴 터널을 지나기도 했다.

2005년도에 왔을 때는 무릉 마을의 입구 기암괴석의 아름다운 자태가 설렘으로 넘치던 백장협을 통과하였는데, 지금은 새로 개발한 새 길을 가고 있어 또 다른 기대를 해보았다. 황석채로 가는 도로변은 상가들이 즐비하고 관광객들도 무척 많았다. 황석채로 들어가는 검표소에서는 입장권(카드)을 확인하면서 전자 지문(指紋) 채취를 일일이 하는데, 이는 카드의 이중 사용을 위해서라는데 새로운 제도였다.

부근의 산세는 장가계 특유의 바위산들이 아름다운 자태를 뽐내고 있어 관광객들의 카메라 세례를 받고 있었다. 출입구 좌측은 금관 계곡이라 하는데 울창한 삼나무 숲 사이로 맑은 물이 흘러가고 있어 나무 그늘과 함께 더위를 씻어 내렸다.

우수 용재림으로 각광받는 삼나무 등 큰 나무들이 많아 상당히 부러웠다. 수백 미터 삼나무 숲길과 아름다운 산세를 보면서 올라가니 황석채 케이블카로 가는 셔틀버스가 많이 대기하고 있었다.

황석채는 유방의 참모인 장량(張良)이 조난당했을 때 스승인 황석공(黃石公)이 그를 구하였고 그 황석공(黃石公)이 도를 닦아 신선이 되었다 한다. 그 후로 사람들이 이곳을 황석(黃石)이라 부르게 되었단다.

관광객들이 많아 순서대로 승차하여 올라가는데 도로변은 온통 대나무밭이었다. 3분 정도 올라가니 넓은 주차장 뒤편이 황석채 오르는 케이블카 타는 곳이 나왔다. 8인승 케이블카를 타고 그림 같은 산세를 사방으로 둘러보면서 8분 정도 올라가니 해발 1,030m 전망대가 있는 평지가 있었다.

울창한 삼나무 숲길을 한참 걸어가 오지봉 전망대에서 기묘한 오지봉(五指峰)을 동영상으로 담고 이어 뾰족하게 돌출된 바위 전망대 적성대(摘星臺)에서 아름다운 산세로 펼쳐지는 풍광을 내려다보았다. 돌계

단들은 관광객들이 얼마나 많이 다녔는지 돌이 달라서 반들반들했다.

무더위에 땀을 뻘뻘 흘리면서 가까운 정상에 있는 청산백운(靑山白雲) 액자가 걸린 육기각(六奇閣, 1991년도 준공)이라 불리는 독특한 형상의 3층 6각 정자 위로 올라가서 황석채의 전경을 동영상으로 담았다. 처음 보는 장가계의 다른 모습이었다.

다시 케이블카로 하산하니 8시 38분이었다. 그리고 다시 셔틀버스를 2분 정도 타고 올라가 울창한 삼나무 숲길의 수백 미터 목책 산책길을 따라 오르면서 땀을 많이 흘렸다. 밀려드는 관광객 대부분이 중국 사람들이었다. 이런 깊은 산속을 걷는 기분이 묘했다. 땀은 흐르지만 상쾌한 공기를 마시면서 산마루에 올라서니 8시 58분이었다.

능선 반대편에는 주차장이 있고 미니버스가 계속해서 운행되고 있었다. 관광객이 많으니 상가와 노점상도 있었다. 주위의 아름다운 풍광을 영상으로 담고 셔틀버스에 올라 급경사 길을 꼬불꼬불 내려갔다. 끊임없이 셔틀버스가 지나갔다.

9시 12분에 양가계(楊家界) 케이블카 타는 곳에 도착했다. 양가계는 북송의 양가장이 천자산에 군대를 주둔시키면서 오래 머물다 보니 양 씨 가문의 후손들이 번성하여 양가계라 불리었다고 했다. 양가계 케이블카는 2014년도에 준공했다고 했다. 케이블카 타는 대형건물 앞에는 관광객들이 시장통처럼 붐비었다. 주위를 동영상으로 담느라 일행을 놓칠 뻔했다.

정말 많은 인파가 밀려들고 있어 있었다. 한참을 기다려 케이블카를 탈 수 있었다. 기암괴석 사이로 오르는데, 선녀봉과 어필봉이 있다는데 어느 것이 어느 것인지 모르고 주위의 돌출된 바위 사이로 동영상을 담으면서 10여 분 올라갔다. 10여 년 전에 왔을 때 들어본 이름 같기도 했다.

깎아지른 절벽에 시멘트로 기초로 하고 케이블카 지주를 세운 것이 대단했다. 올라가는 좌측 절벽에는 트래킹하는 울긋불긋한 많은 등산객들이 절벽 사이로 개미같이 작게 움직이고 있었다. 진기한 석림

(石林) 속을 눈으로, 영상으로 담으면서 해발 1,300m 능선에 오르니 9시 29분이었다. 북적이는 관광객을 뒤로하고 수백 미터를 걸어가 다시 지프차를 티고 하룡공원(賀龍公園)으로 향했다. (하룡공원은 천자산 내 있는 전망대로 이곳 토가족 출신의 중국의 10대 원수 중 한 사람인 하룡장군을 기념하기 위한 공원이다.)

한참을 달려 차에서 내려 숲속 길을 들어가니 장가계의 진수를 맛볼 정도로 아름다운 풍광들이 펼쳐졌다.

옵션 관광코스라 그런지 관광객이 우리뿐이라 여유롭게 즐기면서 영상으로 풍경을 담았다. 계속해서 절벽 위 허리 길을 가면서 전망대마다 새로운 장면들을 영상으로 담아냈다. 한참을 돌아가니 엄청난 관광객들이 붐비는데 이곳부터 원가계 지역이란다. 사람이 너무 많아 사진 촬영은커녕 지나가기도 어려울 정도였다. 관광로(觀光路) 바닥은 전부 돌로 깔고 돌계단으로 조성하였는데 사람의 발길에 돌들이 역시 반들반들했다.

땀을 뻘뻘 흘리면서 얼마나 갔을까, 산과 산이 천연적(天然的)으로 다리가 형성된 천하제일교(天下第一橋, 높이 300m, 넓이 2m, 길이 20m)를 만났다.

사람이 너무 많아 간신히 진기한 경관을 영상으로 담고 위로 올라갔다. 넓은 주차장이 있는 대형 목조(木造) 건물 3층에서 11시 30분에 이른 점심을 하고 12시 10분 셔틀버스를 타고 백룡 엘리베이터로 향했다.

어디를 가나 관광객이 넘쳐나 숨이 막힐 지경이었다. **(2002년도에 완공된 백룡 엘리베이터는 높이 335m, 실제 운행 높이는 313m로, 그중 156m는 수직 동굴이고 170m는 투명 창을 통해 풍경을 즐길 수 있다.)**

그리고 운행시간은 1분 58초, 3대가 가동되는데 한 대당 최대 56명이 탈 수 있다. 백룡 엘리베이터를 타고 내려갔다. 2번째 타보는 것이지만 역시 대단한 시설이었다. 아래에 도착하여 넓은 광장에서 주위의 장군봉 등 아름다운 산세를 영상으로 담고 까마득한 절벽에 붙은 백룡 엘리베이터도 줌으로 당겨 보았다.

　다시 한 번 아래로 내려가는 엘리베이터를 타고 내려가 셔틀버스가
대기하는 곳으로 가는 긴 지하터널은 시원해서 발걸음이 가벼웠다.
12시 25분에 셔틀버스에 올라 십리화랑(十里畵廊)에는 12시 40분에
도착했다. 무더위 때문에 남자들도 일부 양산을 쓰고 있어 사진촬영
에 지장이 있을 정도였다. 새롭게 단장한 모노레일이 쉴 새 없이 움직
이고 있었다.

　골짜기로 들어가는 좌측 방향으로 보행로가 있고 계천(溪川) 건너편
의 산 지형 5km가 그림을 펼쳐놓은 듯 아름다운 십리화랑의 풍광이
었다. 한 가족 바위, 손가락 바위, 약초 캐는 노인상, 그리고 낙타 바
위 등과 종착지 앞을 가로막는 거대한 세 자매 바위 등 시종 눈을 뗄
수 없을 정도로 아름다웠다.

　종착지에서 부근의 풍광을 영상으로 담고 되돌아 나왔다. 무더위에
도 불구하고 모노레일과 나란히 나 있는 산책로(?) 따라 많은 사람이

걷고 있었다. 아마도 시간적 여유가 많은 중국인들 같았다.

다시 셔틀버스에 올라 무릉원 마을로 향했다. 좁은 산길을 따라 한참을 내려오니 무릉원 매표소였다.

필자가 처음 이곳을 통해 천자산을 찾았을 때와는 많이도 변해 있었다. 매표소 입구 부근에는 지금도 대형 건물들을 한참 신축하고 있었다. 대기하고 있는 우리 버스에 올랐다. 현재 오후 2시를 조금 지나고 있었다. 무릉 시내도 많이 변해 있었다. 역시 관광지답게 독특한 양식의 상점이랑 집들이 화려하게 단장을 했다. 관광객들도 많았다.

시내에서 간단한 쇼핑과 마사지를 하고 4시 30분 버스는 보봉호 입구를 지나고 황룡동굴 입구를 지나났다. 다시 한 번 둘러보았으면 하는 아쉬움도 있었다. 이어 농산물 판매장을 들른 후 한인이 경영하는 식당에서 토가족 여인들의 친절한 서비스를 받으면서 삼겹살 무한리필로 저녁을 했다.

그리고 7시 10분경 매력상서쇼장으로 갔다. 공연장 주변은 이색적인 건물들과 조형물 등의 환상적인 분위기를 자아내고 있었다.

2층으로 올라가 대형 공연장으로 들어가니 거의 만석인데 관람객들이 계속 들어오고 있었다. 앞자리 중앙에 예매되어 있어 관람하기에

제일 편리한 자리였다. 본 공연이 시작되기 전에 남자 한사람이 화려한 치장을 한 미녀들의 도움을 받으며 즉석에서 한문 글을 써서 대형 화면으로 보여 주었다. 필자는 필체를 모르지만 액자로 만들어 집에 걸어두고 싶을 정도로 잘 쓴 글씨 같았다.

한 번도 보지 못한 장엄한 쇼를 1시간 30분 정도 관람하고 밖을 나왔는데, 사람이 너무 많아 일행을 놓쳐버렸다. 미리 버스 대기 장소를 기억해 두었기에 망정이지 큰일 날 뻔했다. 호텔로 돌아오는 길 주변에 있는 건물들의 화려한 네온들을 감상하면서 호텔에 도착하니 밤 10시가 훨씬 지났다.

2016년 8월 24일(수) 맑음

6시 30분, 호텔을 나왔다. 천문산은 관광객이 너무 많아 예약제로 실시한다는데 우리 일행은 12시~1시 사이 탑승예정이라 무릉마을 이곳저곳을 둘러보았다. 독특한 양식의 중국풍 집들도 많고 새로운 아파트들도 많았다.

그리고 열대식물인 고무나무로 가로수가 조성되어 있었다. 이곳이 그만큼 따뜻한 아열대 지역이라 생각되지만 이색적이었다. 또 도로변과 로터리 등도 조경을 잘해 두어 거리가 한층 아름다워 보였다.

남는 시간은 쇼핑센터와 농산물 판매장 등을 둘러보고 11시 조금 지나 이른 점심을 하고 천문산으로 향했다. 무릉마을을 나가는 길은 옛날에 한 번 지나간 산세가 수려한 백장협곡길이라 반가웠다. 긴 협곡을 지나가는데 주변에는 대부분 대나무밭이었다. 그리고 긴 터널이

나타났는데 그 길은 조금 생소하게 느껴졌다. 교통체증이 심해 조마
조마한 심정으로 천문산 케이블카 타는 곳에 오니 화려한 신흥건물
들로 새로운 도시로 이루어져 있었다.

케이블카 타는 주차장에 도착하니 12시 30분이었다. 버스가 초만
원을 이루고 있었다. 버스에서 내리니 뜨거운 열기 때문에 숨이 막힐
지경이었다. 뛰다시피 서둘러 매표소를 통과했다.

낡은 케이블카를 타기 위해 무더위 속에 줄을 서서 기다리는 것도
고통이었다. 8인승 케이블카는 빈자리 없이 채워서 올려보내고 있었
다. 케이블카는 오래된 마을 위로 지나가는데 이곳 주민들에게 보상
을 많이 해주어 민원은 없다고 했다. (케이블카는 2005년도 준공한 세계
최장의 관광전용 케이블카이다. 길이는 7,455m이고 소요 시간은 35~40분 정
도라 했다. 1일 3만5천~최대 5만 명까지 수송한다고 했다.)

설렘 속에 천문산이 가까워지는데 산 정상 제일 좌측에 여자의 풍
만한 젖무덤과 젖꼭지가 선명한 바위가 있어 같이 탑승한 여자들도

신기해했다. 절벽 암반 위에 철탑을 세운 것도 기적 같은 일이었다. 개인이 설치하였는데 1년 반 만에 본전을 뽑았다고 했다. (현재 1인당 **편도 10만 원이라 함.**) 케이블카는 통천대도 꼬부랑길을 발아래로 하고, 하늘로 뚫린 통천동을 옆에 끼고 올라가는 동안 비경을 부지런히 영상으로 담았다.

해발 1,518m 천문산 정상에 도착하니 관광객이 엄청나게 많았다. 좌측으로 먼저 돌려고 하였으나 사람이 너무 많아 우측 유리잔도(琉璃棧道) 쪽으로 향했다. 아래로 내려가니 넓은 광장에는 하산 케이블 카를 타려는 관광객들로 북적이고 있었다. 유리잔도 쪽으로 가는 길은 산 정상 부근인데도 많은 나무들이 시원한 그늘을 내어 주고 있었다.

짧은 공중다리를 건너는가 싶더니 곧 유리잔도가 나왔다. (유리잔도는 2012년 4월에 개통하였다는데 해발 1,400m에 길이 60m, 폭 90cm로 설치해 두었다.) 먼저 투명유리 보호와 미끄럼 방지를 위해 모두 준비된 붉은 천 덧신을 신게 했다.

고소공포증이 있는 사람은 절벽 쪽에 바짝 붙어서 걷거나 아예 눈을 감고 장님처럼 사람이 이끄는 대로 끌려가는 진풍경을 연출하기도 했다. 유리가 너무 맑아 정말 1,000m 아득한 절벽이 그대로 보여 시선이 자꾸만 아래로 빨려 들어가는 전율(戰慄)에 등줄기가 식은땀으로 흐르는 기분이었다. 사람이 마음대로 다닐 수 있는 1톤 하중을 견딜 수 있도록 하였다지만 두려움의 공포는 어쩔 수 없었다. 그래도 부지런히 영상으로 담았다. 이어 귀곡잔도(鬼谷棧道)다. 1,600m에 달하는 길을 지나가야 했다. 도중에 나무가 있는 곳은 소원을 비는 붉은 리본이 나뭇가지가 휘어지도록 온통 붉게 물들이고 있었다.

귀곡잔도 주변의 아름다운 풍광을 즐기면서 지나가니 골짜기 조금 넓은 2곳에 토속족의 아가씨들이 아리랑 등 한국노래를 전통악기와 함께 부르고 있었다. 격려의 뜻으로 천 원씩을 주고 있었다. 도중에 폭 2m, 길이 100m(?)나 되어 보이는 천문산삭교(天門山索橋) 흔들다리가 나왔다. 너무 고공이라 약간의 두려움도 있었지만 스릴도 있었다.

부근의 풍광을 담느라 다리 위에는 발 디딜 틈이 없을 정도로 사람이 많았다. 다리를 지나자 나무그늘이 있는 데는 해발 1,500m나 되어서인지 비교적 시원했다. 얼마를 지났을까, 천문산 정상에 대형사찰이 있는 것을 보고 깜짝 놀랐다. 당나라 때 창건하였다는 천문산사는 그 옛날 자재를 어떻게 운반하여 집을 지었는지 신기했다.

사찰을 찾아 들어서니 넓은 광장 한편에는 조경과 함께 작은 연못을 만들어 두었고, 광장을 지나 계단을 올라서면 천문산사(天門山寺)가 있고 그 뒤 천왕전(天王殿)을 지나면 황금색 지붕의 거대한 2층건물 대웅보전(大雄寶殿) 등과 많은 요사채를 비롯해 사찰규모가 대단했다.

다시 반대편 절벽 천문동이 있는 곳으로 향했다. 곳곳에 안내문 작은 간판마다 한글이 병기(竝記)되어 있어 이해하는 데 도움이 되었다.

한참을 숲길과 잔도 등을 걸어서 천문동 입구가 보이는 곳에서 아래로 내려다보고 천문동을 영상으로 담고 99개 꼬부랑길 통천대도

(曲道通天, 표지석의 글임)를 한눈에 정경을 볼 수 있는 곳에서 영상으로 담았다.

위에서 내려본 천문동 입구

곧이어 거의 수직(60도)으로 지하갱도의 좌측으로 내려가는(올라오는 것은 우측임) 에스컬레이터를 7번이나 갈아타면서 내려갔다. 재료가 모두 스테인리스로 되어 있어 밝은 조명 아래 더욱 반짝이었다. 왕복 시설인데도 오후 시간이라 그러한지 올라오는 사람은 극히 적었다.

밖을 돌아서 나오니 비행기가 지나갔다는 뻥 뚫린 천문동(天門洞, 높이 131m, 넓이 57m, 깊이 60m)이다. 부지런히 영상으로 담으면서 하산 길 쪽 주차장이 보이는 곳으로 나가니 999개(1,000개에서 1개 부족)의 가파른 계단으로 관광객들이 많이 올라오고 있었다. 우리 일행은 이 계단을 이용하지 않아 다행이었다. 그리고 주차장에는 개미처럼 작은 사람들이 움직이고 있었다.

대자연이 만들어낸 걸작품 천 미터 높이의 절벽 위에 거울처럼 걸려있어 하늘 문을 열어 둔 것 같은 풍광을 동영상으로 담고, 이어 좌측으로 돌아가니 다시 입장 티켓을 검사한 후 이번에는 우측으로 내려가는(올라오는 사람은 좌측임) 에스컬레이터를 5번이나 갈아탔다. (산

전체를 관통하는 이 에스컬레이터는 2015년 4월에 개통하였다, 총 12번(7+5)
이나 갈아타는 에스컬레이터는 총 길이 897m, 상승고도 340m 시간
당 한 방향으로 3,600명을 수송할 수 있다는데 세계 최대의 시설 같
았다.) 이어 밖을 나가니 넓은 광장에는 개미처럼 작아 보이든 사람들
과 한편에는 셔틀버스(25인승)가 쉴 새 없이 운행되고 있었다.

천문산(天門山)

　　　이 십 리 케이블카로 바람을 가르며 정상에 오르면
　　　천문산 거대한 천공이 반긴다
　　　천문의 하늘 구멍
　　　볼수록 경이로운
　　　자연의 신기한 걸작품이다

　　　수 천길 수직 절벽의 유리잔도(琉璃棧道)
　　　투명유리 시선 끝으로
　　　빨려 들어가는 공포(恐怖)의 전율(戰慄)은
　　　등줄기의 식은땀으로 흐르고

　　　귀곡잔도(鬼谷棧道) 위로
　　　울긋불긋 인간 띠 행렬은
　　　한 폭의 수채화였다

수백 미터 지하갱도로 끝없이 내려가는
뻔적이는 에스컬레이터
그건 인간의 무한욕망, 결실의 꽃이었다

보기만 해도 아찔한
아흔아홉 굽이 절벽의 꼬부랑길
현기증을 일으키는 곡예 운전

미련으로 되돌아보니
그림 같은 풍광 위로
흰 구름의 미소가 손짓하고 있었다

까마득한 999계단 위의 천문동 등 부근의 아름다운 산세를 열심히 영상으로 담고 줄을 서서 기다려 오후 4시 22분에 셔틀버스에 승차해 통천대도로 내려가기 시작했다. (이 통천대도는 8년에 걸쳐 공사하여 2005년도 개통하였는데, 길이가 11km이고 해발 200m에서 1,300m까지 99굽이 길로 급상승하는 화보에도 자주 나오는 세계 유일의 도로다.)

이런 험산 절벽에 어떻게 길을 내었을까? 99개 꼬부랑길을 곡예 운전으로 내려오는데 백두산 북파의 지프차 길은 이곳에 비하면 양반길이었다. 보기만 해도 아찔한 세계 최대의 꼬부랑길 손에 땀을 쥐면서 스릴 속에 내려오니 4시 50분이었다. 28분이 소요된 셈이다.

아래 셔틀버스 주차장 부근에도 대형야외 공연장을 비롯해 건물들을 많이 짓고 있었다. 대기하고 있던 우리 버스에 올라 내려오면서 되돌아보니 까마득한 천문동 주위의 아름다운 산세들이 그림같이 다가왔다.

이어 시내에 있는 한인이 경영하는 식당에서 불고기와 시원한 청도 맥주로 저녁을 하고 노을 지는 석양을 안고 봉황고성으로 향했다. 소요시간은 3시간이라 했다. 이곳도 중국의 다른 지역과 같이 아파트가 많았다. 곧이어 왕복 4차선 고속도로에 들어섰다.

6시 45분 현재, 해는 서산마루에 걸려있고 야산 곳곳에 경작지와 산재된 농가들이 무척 평화로워 보였다. 어둠 속에 피곤한 잠을 청했다. 대형 야립간판도 조명을 하는 것이 있었다.

밤 9시, 현재 봉황까지는 29km 남았다. 9시 20분경에 봉황휴게소에 들어가니 넓은 주차장에 대형 화물차들이 가득하였다. 중국의 활발한 경제를 엿보는 것 같았다. 곧이어 고속도로 봉황 요금소에 들어서니 도로변은 상상의 새 화려한 봉황새 가로등이 이채롭고 아름다워 가벼운 흥분이 일기도 했다.

봉황은 인구 30만 명(주로 묘족이 거주 함)의 중국에서는 작은 도시이다. 타강(沱江) 부근에서 내리니 현란한 조명들이 강을 중심으로 부근의 건물들을 밝히고 있어 별천지에 온 것 같은 황홀감을 느꼈다. 밤 10시가 다 되어 가는데도 엄청난 사람들이 북적이고 있었다. 강 중앙에 있는 누각에서 좌우 사방으로 아름다운 야경을 영상으로 담고 또 담았다. 대도시 환락가도 이렇게는 붐비지 않았던 것 같다.

시원한 강변을 따라 걷는데 인파 때문에 걷는 것도 쉽지 않았다. 곳곳에 터져 나오는 음악 소리와 젊음의 열기가 대단했다. 붉은 등이 늘어선 좁은 골목길도 사람들로 넘쳐났다. 이곳저곳을 둘러보고 가까이에 있는 봉황가든호텔(鳳凰花園酒店) 502호실에 투숙하니 밤 11시가 다 되었다.

　　7시 30분에 타강의 쪽배를 타기 위해 호텔을 나왔다. 타
강 주변의 분위기는 지난밤과는 전혀 다른 마치 다른 지역에 온 기분
이다. 그 많은 사람은 다 어디로 갔는지 지극히 한산하고 조용하였다.

　　쪽배를 타려 강으로 내려가니 강물에 쓰레기가 떠다니고 강물도 아
주 탁했다. 물고기 잡는 사람, 수영하는 사람, 야채도 씻고 빨래도 하
는 사람이 있었다. 위쪽으로는 600년 역사를 자랑하며 강을 가로 지
르는 거대한 홍교(무지개다리)도 지난밤의 화려한 자태는 어디로 갔는
지 쓸쓸한 분위기였다.

봉황고성(鳳凰古城)

호남성(湖南省) 상서(湘西) 벽촌에
타강(沱江)을 중심으로 둥지를 튼
찬란한 문화유적 봉황고성

다층구조의 독특한 목조건물들의
아름다운 자태에
천 년 역사의 숨결이 일렁이고

조각배로 유람에 나서면
타강을 가로지르는 홍교(虹橋)랑
이색적인 조각루(吊脚樓)들의
풍광이 선상으로 쏟아진다.

밤이면
건물마다 드리운 홍등(紅燈)이랑
불야성을 이루는 현란한 네온 불들이
천의 매력으로 강물을 수(繡)놓아
환상적인 분위기에 숨이 막힌다.

옛 건물들의 정취에 물든
몽환(夢幻)적 풍경들이
감동의 물결로 출렁이면서

　7시 45분 노를 젓는 쪽배(8인승)에 올랐다. 일부 사람이 살지 않는 집들도 있었다. 멀리 보이는 건물의 반은 기둥으로 지탱하고 있는 수상가옥들은 세월의 무게를 싣고 있었다. 모든 것이 기대에 못 미치는 낮의 풍경들이었다. 그래도 관광객들은 많았다.

　간단한 선상유람을 끝내고 8시 45분 다음 행선지인 유양 도화원 복희 동굴로 향했다. 소요시간은 3시간 예정이다. 가는 길 도로변 야산 완경사지의 옥수수들은 숙기(熟期)가 늦었는지 아직 수확하지 않았다. 다양한 밭작물들이 자급용(自給用)인지 몰라도 소규모로 재배하고 있었다.

　고속도로 요금소를 통과하자 왕복 4차선이다. 시원하게 달렸다. 집단 마을 부근은 일부 벼농사를 짓고 있었다. 버스는 높은 교각 위 8부 능선 고지대를 달리고 있었다. 9시 30분 현재, 도로변 야산들은 임상(林相)들이 상당히 좋은 편이었다. 소규모 경작지에 담배 경작지도 자주 보이고, 말라붙은 옥수수대궁밭들도 군데군데 있었다. 모든 작물이 소규모라 기계사용이 불가한 수작업으로 이루어지는 것 같았다.

계속해서 8부 능선을 달리는데 시원한 호수 마을도 지났다. 보기 드문 검은 기와지붕의 옛날 고택마을을 지나기도 했다. 주위의 산들은 중국 남부에 있는 계림처럼 아름답지는 않지만, 산맥이 없이 뾰족뾰족 돌출되어 있어 이색적인 풍광이었다.

10시 50분부터는 갑자기 큰 산들이 나타나고 긴 터널이 시작되었다. 고속도로 중앙분리대의 다양한 색상의 백일홍 꽃들이 시선을 즐겁게 했다. 11시 18분 현재 이정표에는 도화원(桃花源) 풍경구가 17km 남았다.

시골마을에도 변화의 바람이 부는지 40~50층의 고층 아파트들이 들어서고 옛날의 낮은 집들은 대부분 청색으로 도색을 하였다. 도화원 요금소를 빠져나와 중식을 끝내고 12시 10분 도화원 복희(伏羲) 동굴로 향했다.

10여 분 달려 유양(酉陽) 시내가 나왔다. 도연명의 도화의 근거지로 중국에서 공식 발표한 이곳은 좁은 골짜기에 고층 아파트와 깨끗한 상가들이 아름다운 정원수로 단장한 도로를 따라 늘어서 있었다.

버스에서 내려 복희 동굴로 가는 입구에는 대형 원형 돔의 특산품 매장이 분위기를 압도했다. 그 옆으로 정원수로 우거진 이름 모를 공원에는 곳곳에 다양한 형상의 청동 동상들이 눈길을 끌고 있었다.

공원 맞은편 산자락에는 중국 특유의 검은 기와의 다층건물들이 이색적이라 영상에 담았다. 외기온도가 38도 후끈거리는 열기 속에 검표소를 지나니 엄청난 공간의 석굴이 나타났다. 시원한 냉기 아래 인근 주민들로 보이는 노인들이 한가로이 마작을 하고 있었다. 우리 일행은 이곳을 지나 다양한 꽃들로 조성된 오솔길을 지났다.

공원 내 조형물

수십 개의 **碑**가 있는 비림(碑林) 지대를 지나 비지땀을 흘리며 산
중턱에 있는 동굴 입구로 올라갔다. 계곡에는 수량(水量)은 적지만 시
원한 계곡물이 흐르고 경사진 곳 일부는 미려한 형상의 목조로 만
든 긴 비가림 시설이 뜨거운 태양을 가려주고 있었다. 곳곳에 한시(漢
詩)로 보이는 액자를 수십 개 게시하여 두었다. 앞을 막는 거대한 수
직 절벽 앞에는 곳곳에서 흘러나오는 물을 이용 작은 연못을 만들고
예쁜 누각을 몇 개 만들어 쉼터로 이용하고 있었다. 드디어 아가씨가
지키고 있는 입구를 지나니 찬바람이 터져 나오는 동굴 입구다. 우선
더위가 싹 달아나니 살 것만 같았다.

입구의 전광판에는 동굴 내 온도가 14.6도 습도는 100%라고 알리
고 있었다. 약 2km나 되는 동굴은 장가계 황룡동굴(소요시간 1시간 정
도)보다 길어 1시간 30분 정도 소요시간을 예상했다.

동굴 내로 들어서니 높은 천장 등 곳곳에 아름다운 종유석들이 화

려한 조명 속에 자태를 뽐내고 있어 부지런히 영상으로 담으면서 올라갔다. 바닥은 계단을 포함 목재 또는 시멘트로 관광객을 위해 정비를 잘해 두었다.

경관이 좋은 곳은 일일이 사진을 찍어주고 출구 쪽에서 유상배부를 하고 있었다. 볼거리가 많은 복희 동굴의 수많은 소형 안내간판에는 중국어. 영어. 한국어를 병기한 설명이 있어 반갑기도 하고 쉬운 이해 때문에 기분이 좋았다.

물론 중국 사람이 일본사람을 싫어해서인지 일본사람도 보이지 않고 일본어 설명도 없었다. 기나긴 관광을 끝내고 나오는 출구 쪽 100여m에 바닥에 카펫을 깔아 미끄럼 방지를 해두었다.

그리고 수백 미터에는 열대식물의 모조품과 도원경(桃源境)답게 만개한 복숭아꽃으로 장식을 해두어 마치 생화 속 도화원을 걷는 기분이었다. 밖을 나오니 뜨거운 열기가 질식할 것만 같았다. 가이드가 얼음과자를 나누어 주어 더위를 달래며 조금 떨어진 주차장으로 향했다. 오후 2시 20분 버스는 중경으로 향했다.

다시 수많은 터널이 있는 산악지대. 멀리 산 능선을 따라 고압선 철탑이 끊임없이 이어지고 있는데 중국의 전기사정을 짐작할 것 같았다.

가끔 강변의 평화로운 마을도 지나고 화전을 이루고 있는 산골도 지났다. 오후 4시 현재 버스 내 전광판에는 외기온도가 40도를 가리키고 있었다. 오후 5시 20분, 수강(水江) 휴게소에 들릴 때는 38도인데도 열 가마 같았다. 6시경 중경시 변두리인 것 같은데 신흥 아파트를 많이 짓고 있는 곳을 지났다. 중국은 어디를 가나 급진적으로 발전을 하고 있는 것 같아 부러웠다.

이곳 중경 부근에도 급경사지를 소규모로 개간하여 밭농사를 많이 짓고 있었다. 버스는 계속 달려 공항동 요금소를 통과하여 중경시의 공업지역에 있는 상고호텔(尚高酒店) 1015실에 투숙했다. 호텔 2층에서 저녁을 하고 일찍 잠자리에 들었다.

2016년 8월 26일(금) 맑음

아침에는 8시에 호텔을 나와 마지막 일정인 시내에 있는 임시정부청사 관람에 나섰다. 호텔 밖 상공에는 수시로 여객기가 지나갔다. 중경 시내는 지하철은 없고 전철이 운행되고 있었다. 전철이 아파트를 관통하는 곳이 있다는데 보지 못해 아쉬웠다. 시내에 있는 임시정부 청사로 가는 도로변에 타원형 탑 모양의 미려한 건물이 높이 솟아 있는데 백화점이라 했다. 출근 시간이라 그러한지 교통체증이 심했다. 왕복 8차선을 차량들이 가득 메우고 있었다. 그리고 고층 아파트를 여러 곳에서 신축을 하고 있었다.

9시 12분경, 시내 중심을 흐르는 장강을 지나는데 대형 화물선 사이로 작은 배들이 물보라를 일으키고 있었다. 장강은 하폭도 넓고 수심이 깊어 수상 운송 기능을 톡톡히 할 것 같았다. 장강을 지나자마자 민생로(民生路)라는 거리의 언덕을 올라갔다.

주위는 미려한 고층빌딩들이 많았다. 복잡한 도로에 간신히 회차(回車)하여 도로변에 주차한 후, 골목길로 내려가 100여m 들어가니 회색 벽에 '대한민국림시정부'라는 글씨가 있는 임시정부청사 입구가 나왔다.

출입구 우측은 붉은 전광판이 움직이는 안내소이고 좌측 2층으로 올라가니 군사 전시실이 나왔다. 사진과 함께 그 당시의 분위를 느낄 수 있었다. 5호실까지 있는데, 맞은편 언덕의 주석의 비서실을 지나 오른쪽 주석실에는 김구 주석과 김규식 부주석의 대형사진이 걸려 있었다. 그 옆에는 회의 탁자만 있는 국무위원실이 있었다. 곳곳을 영상으로 담는 도중 정전이 되어 사진촬영은 단념하고 김구 주석의 흉상이 있은 곳은 어둠 속에 둘러보고 간단한 기념품 가게도 들렀다.

이곳은 중경시의 중심지에 가까이에 위치해 있었다. 70여 년 전 골목 깊숙한 낯선 이국땅에서 조국의 광복을 위해 고생하신 선인들의 숨결을 뒤로하고 9시 40분 대기하고 있는 버스에 서둘러 올랐다.

임시정부청사 부근은 고층 아파트와 화려한 상가건물들이 장강을 내려다보고 있었다. 다시 호텔로 돌아오니 10시 30분이었다. 잠시 기다린 후 11시경 호텔 2층에서 때 이른 점심을 하고 중경 국제공항으로 향했다. 비행장 규모가 작기는 하지만 승객들도 많지 않았다.

12시 20분 화물 탁송과 동시에 비행기 탑승권(OZ3543호)을 받았다. 지루한 기다림 끝에 오후 2시 5분 인천공항으로 출발했다. 오후 5시 53분 비행기는 제주도 상공을 나르고 있었다. 오후 6시 40분 예정시간보다 조금 늦게 인천공항에 무사히 도착했다.

💬 COMMENT

감 자 바 우   너무나 자세히 설명을 해주셔서 장가계를 가 보지는 않았지만 마치 다녀온 것과
　　　　　　같았습니다. 장가계 관광 잘했습니다.

꿀　　　벌   시인님의 상세하게 써 올려주신 장가계. 봉황고성 여행기를 감사히 읽고 갑니다.
　　　　　　가기 힘든 곳곳 글로 표현해 주셔서 감사합니다. 새로운 달 9월에도 지금처럼 행
　　　　　　복 가득하시기를 기원합니다.

다가오는 가을	끝까지 재밌게 잘 읽었습니다. 마치 다녀온 듯한 기분으로, 감사합니다. 수고 많으셨습니다.
혜 슬 기	장가계, 봉황고성 여행기를 읽으면 직접 저가 여행하는 기분입니다. 어쩜 그렇게 세밀하게 표현하시지요. 고맙습니다.
미 량 국 인 석	설명만으로도 아찔한 현장을 보는 것 같습니다. 장가계의 신비를 보기 위해서 무더운 날에도 인파가 몰려드는군요? 장문의 여행기 영상과 함께 즐감해 봅니다. 감사합니다. 소산 선생님!
낙락장송(정태교)	와~아, 세상에 역시 중국입니다. 멋진 사진, 자세한 설명까지 고맙습니다. 수고하시었습니다.
白雲 / 손 경 훈	직접 간듯 세세한 설명으로 오밀조밀한 풍경과 웅장함이 제일입니다. 고맙습니다.
눈 보 라	문제학 님, 이번에는 중국 장가계를 여행하셨네요. 사진과 함께 장가계를 소상히 밝혀 주셔서 참 아름다운 여행기였구나. 실감 나게 합니다. 문제학 님 덕분에 구경 잘했습니다.

태항산
여행기

2016. 5. 17. ~ 21.

2016년 5월 17일(화) 맑음

　　　　모처럼 부부 모임에서 태항산 탐방을 하게 되어 아침 6시
에 김해공항으로 출발했다. 어제 내리던 비가 그치고 여행길을 축복이
나 해주듯 날씨는 맑고 오월의 신록은 윤기로 흘러내리고 있었다.

　김해 국제공항에서 10시 10분에 제주항공(7c8851)편으로 중국 석
가장(石家庄) 공항으로 향했다. 비행시간은 2시간 30분 예상이다. 얼
마를 지났을까 잠시 졸고 있는 사이 석가장시 상공이다. 하늘에서 내
려다본 석가장시는 상당히 넓고, 곳곳에 고층 아파트들이 산재(散在)
해 있어 인구 천만 명 도시답게 대형 도시였다.

　석가장 공항에는 11시 50분(현지시간 시차 1시간임)에 무사히 도착했
다. 공항에서 여권 사진과 철저히 대조하면서 우리 일행 중 한 사람에
게는 지참하지도 않은 주민등록증을 요구할 정도로 애를 먹었다. 그
리고 여행 가방도 개인별로 대조 확인했는데 세계 어느 나라도 이렇
게 하는 공항은 없었다. 이렇게 함으로써 물건을 잘못 찾아가는 사례
는 없을 것 같아 시간이 다소 지체되어도 기분 나쁘지 않았다.

　현지가이드 김인식(교포 3세) 씨를 만나 밖으로 나오니 황사가 짙게
깔려 백 미터 앞도 보이지 않을 정도여서 여행 일정이 염려스러웠다.
대기하고 있던 버스에 올라 왕복 4차선 고속도로를 달렸다. 중국의
다른 곳과 마찬가지로 중앙분리대는 조경수로 단장하였고 도로 양측
으로는 대형 야립간판이 줄지어 있었다.

허베이성(河北省)은 면적은 187,992평방킬로미터 이고, 인구는 7천만 명이다. 그리고 수도인 석가장은 면적 14,052평방킬로미터 이고 인구는 천만 명이란다.

30여 분을 달려 조자룡의 고향에 있는 '조운묘(趙雲廟)'라 불리는 조자룡 사당을 찾았다. 삼국시대의 명장 조운(호: 자룡)은 무기를 잘 다뤄 우리가 잘 아는 삼국지에서 유비와 제갈량의 신뢰를 받으며 관우, 장비, 마초, 황충과 더불어 오호대장군 반열에 올랐고, 한 번도 전쟁에서 패한 적이 없어 '항상 승리하는 장군'을 의미하는 상승장군(常勝將軍)이라 불렸다.

말 위에 앉아있는 조자룡의 기마(騎馬)상이 있는 입구를 지나 장수처럼 생긴 정원수들이 모양이 각기 다른 창을 들고 통로를 지키고 있는 모습이 특이했다.

사당에는 유비, 관우, 장비, 제갈공명 등이 조자룡과 함께 있는 대형 입상을 둘러보았다. 다시 가까이에 있는 융흥사로 갔다. 융흥사(隆

興寺)는 석가장에서 동쪽으로 18km 떨어진 곳에 있는 정정(正定)이라는 작은 도시에 위치하는 중국 북방지역 최대 규모의 불교사원이다. 중국 10대 사원 중 하나로, 규모가 크고 보존이 잘된 대표적인 불교사원이다. 수나라 때인 586년 창건한 천 년 고찰로 송나라 시대의 아름답고 화려한 목조건물이다.

송나라 초기에 동으로 만든 천수천안관음상은 22m 높이의 몸체에 42개의 팔이 달려 있었다. 또한 사찰 창건 당시에 세워진 비석을 비롯해 각 시대의 비각 30여 점이 있었다. 이곳저곳을 동영상으로 담았다.

5월인데도 날씨가 30도나 되어 마치 초여름 날씨 같았다. 오후 2시 35분 버스는 고속도로에 올라섰다.

진시황의 고향인 한단시(邯鄲市)로 향했다. 소요시간은 2시간 30분 예상이다. 대평원에 직선으로 뚫린 고속도로 양측으로는 신축하는 고층빌딩들이 많이 보이는데, 급성장하는 중국경제의 단면을 보는 것 같았다. 석가장 시가지를 통과한 후는 고속도로 양측으로 수벽을 이루는 미루나무 사이로 야립간판이 줄을 잇고, 그 너머로 초록 융단을 이루는 밀밭이 끝없이 이어지는데, 그 규모가 엄청났다. 그리고 이의 후기작으로는 옥수수를 심는다고 했다.

어느새 왕복 8차선으로 바뀌었다. 고속도로의 제한속도는 100km이다. 차량이 많이 다니지 않아 비교적 한산했다. 이유는 통행료가 엄청나게 비싸기 때문이란다. 3시 40분경, 고속도로 휴게소에 들렀다. 국가가 운영하는 것이라 그런지 시설 규모가 상당히 크고 깨끗했다.

한단시가 가까워지니 나란히 고속철도가 함께 하는데 그 위로 하얀색의 날렵한 고속열차가 지나갔다. 그리고 하늘에는 헬기 2대가 바람을 가르고 있었다. 무엇인가 중국의 발전상을 느낄 수 있었다.

외기온도가 높아서인지 차량 내에 에어컨이 시원하지 않아 후덥지근했다. 4시 53분 개통한 지 얼마 안 되는 이색적인 형상의 요금소를 통과했다. 우리나라 서울-대전 간 거리인데 통행료가 3만6천 원이라 했다.

하남성에 있는 한단시(邯鄲市)는 면적 12,087평방킬로미터이고, 인구는 917만 명(시내는 350만 명)이다. 시내 입구에 있는 HANDAN KANGYE 호텔 1205호실에 여장을 풀고 한 시간 정도 쉬었다가 시내에 있는 대형 식당에서 저녁을 했다. 호텔로 돌아오는 길의 시내 풍경은 특이한 모양의 가로등과 거리의 네온 등 조명이 상당히 화려했다.

2016년 5월 18일(수) 맑음

아침 7시 35분 호텔을 나와 하남성 천계산(天界山)으로 향했다. 하남성은 면적은 16만7천평방킬로미터이고 인구는 1억3천만 명으로 중국에서 제일 많다. 그리고 중국의 중심부에 위치한 성(省)이다. 이곳은 포청천의 개봉, 소림사, 용문석굴이 있는 성(省)이다. 약간의 황사가 있으나 날씨가 맑아 오늘 하루 여행에는 차질이 없을 것 같다.

소요 예상 시간은 3시간 30분 정도다. 왕복 8차선 도로를 시원하게 달렸다. 곳곳에 과수원이 상당히 보이긴 하지만 물이 없어 벼농사 대신에 전작물(田作物)을 재배하고 있었다. 밀은 기계로 광폭(廣幅) 파종을 하여 수확량을 높이고 있었다. 농가들은 끝없이 펼쳐지는 들판에 간혹 보였다. 8시 22분경 하남성 요금소를 통과하는데, 부지면적이 세계에서 제일 넓을 것 같았다. 광활한 땅 국유지이기에 넓게 확보하여 활용하는 것으로 보였다.

8시 30분경 한국의 안양시와 자매결연을 하였다는 중국의 안양시가 나타났다. 고층 아파들이 즐비하고 신축하는 아파트도 많이 보였다. 무더운 날씨에도 불구하고 많은 농민들이 출수(出穗)가 완료된 밀밭에 나와 제초작업 등 농약을 살포하고 있었다. 너무나 광활한 들판이라 사람들이 개미처럼 작게 보였다.

고속도로변 양측으로 전 구간 10~30m 정도 부지에 미루나무를 심어 수벽(樹壁)을 이루고 있고, 산들바람에 신록의 윤기가 흘러내리고 있었다. 그리고 농가 주택이나 아파트 옥상에는 대부분 태양광 설치를 해 두었는데 우리나라도 이런 청정에너지를 적극 권장해야 하겠다. 비가 많이 오지 않는 지역이라 그러한지 넓은 하천이 있는 곳에는 중장비를 동원 골재 체취를 하고 있었다.

9시 25분경 휴게소에 들렀다가 출발하는 부근에는 조금은 특이한 광폭의 비닐하우스도 보였다. 10시경 신향(신샹(新鄕)) 서쪽 요금소를 통과했는데, 천계산까지 36km 남았다. 잠시 후 좌회전하여 중앙분리대가 없는 포장상태가 좋지 않은 4차선도로 따라 도로변 나무들이 자주색 나무와 녹색 나무로 일정한 간격으로 조성하여 삭막한 분위기를 살리고 있었다.

10시 30분경 천계산이 22km 남았다고 했다. 도로 양측의 가로수를 비롯해 수벽을 이루는 나무들은 하부(下部) 1m 정도 높이까지 전부 하얀 석회유황합제를 도포(塗布)를 해두었는데 해충방제를 위한 것이라 했다.

잠시 후부터는 도로변 양측으로 수km에 태항산에서 나온 정원석을 나열하여 놓고 주인을 기다리고 있었다. 드디어 흐릿하지만 거대한 암석산이 눈앞을 가로막았다.

풍경구 입구에는 신설된 대형 주차장이 있었다. 남은 거리 7km 우리가 탄 버스는 2곳의 통제구역을 지나 4km 정도 더 들어갔다. 도중에 작년에 준공한 협곡 저수지를 지나 하늘과 신의 경계라는 뜻의 천계산(天界山) 입구에 도착했다.

대기하고 있는 미니버스로 구불구불 산길을 올라가니 절벽 바위를 뚫어 만든 산악도로가 나왔다. 이 길은 밖의 세상과 소통하기 위해 마을 이장이 중심이 되어 마을 사람 12명이 기계의 도움 없이 곡괭이와 정으로 15년에 걸쳐 암벽을 뚫은 터널이다. 길을 이동하는 도중에 이들을 기리기 위해 커다란 동상을 세워두고 있었다.

조명과 통풍을 위해 제멋대로 뚫은 통풍창과 험난한 길을 보면서 이들의 노고를 짐작할 수 있었다. 길을 통과하면서 급경사 굽이길에 놀라고 풍경에 놀라는 여자들 비명 소리가 터널을 울렸다. 터널을 구불구불 올라가니 넓은 주차장이 나왔다.

제일 먼저 하나투어의 환영인사 글이 우리 일행을 반기고 있었다. 참고로 태항산은 하나투어에서 400평방킬로미터의 거대한 지역을 100년간 임차 7년간 120억을 투자해 4개 관광코스를 개발해 관광객을 맞이하고 있다고 하니 한국인으로서 자긍심을 느꼈다. 하나뿐인 대형 식당에는 한글 안내판이 게시되어 있고 부근의 간이매점에도 전부 한글로 표시해 두고 있었다. 그리고 흘러나오는 음악도 한국의 유행가였다. 마치 한국의 어느 산에 놀러 온 착각을 일으켰다.

제일 먼저 2인승 케이블카를 타고 15분 정도 올라가니 해발 1,570m의 노야정(老爺頂) 정상이 나타났다. 정상으로 향하는 급경사의 843개의 돌계단을 땀을 흐리면서 숨차게 올랐다. 얼마나 사람들이 많이 찾았는지 폭 1.5m의 오석(烏石) 돌계단이 반들반들했다.

노야정(老爺頂) 정상에는 천하제일정이라는 현천상제(玄天上帝) 도교 사원이 있는데 도교문화의 창시자 노자가 42년이나 기거를 한 곳이라 했다. 정상에서 땀방울을 걷어내며 사방의 그림 같은 풍경을 영상으로 담았다.

눈길을 돌리는 곳마다 산 중허리에 수평을 이루는 수직 절벽들이 있고, 산 정상으로는 기암괴석이 풍광을 자랑했다. 그리고 수평을 이루는 절벽 끝으로 전부 아슬아슬한 도로를 내 두었다.

은은한 범종 소리를 뒤로하고 하산하여 유일한 산장식당에서 산채 비빔밥으로 점심을 했다. 관광객은 일부 중국인을 제외하고는 전부 한국인뿐인 것 같았다.

중식 후 둘러볼 운봉화랑은 홍암(붉은 암벽) 절벽 위에 구름이 덮여 있을 때 구름과 봉우리가 그림 같다고 하여 붙여진 이름이란다. 천길 절벽 따라 전동차를 타고 360도 한 바퀴 돌면서 7개의 전망대에서 아름다운 태항산의 비경을 감상하는 코스이다.

대기하고 있는 전동차(10~15인승)로 둘레길이 8km를 돌면서 담력을 시험해 본다는 시담대(試膽臺)를 비롯해 전망대를 거치면서 돌아보았다. 스릴과 탄성 속에 영상을 담았는데 시종일관 손에 땀을 쥐게 하는 절벽 위의 길을 1시간여를 둘러본 셈이다. 아직도 일부 원주민들이 살면서 절벽 위 공터에는 호두나무를 심어 두었다.

3시에 왕망령(王莽嶺)으로 출발했다. 10여 분 만에 하남성과 산서성 경계에 도착하여 지프차로 갈아타고 산악 길과 터널을 통과하여 3시 30분에 8km 떨어진 왕망령(王莽嶺) 주차장에 도착했다. 미니버스로 3시 37분에 왕망령 전망대로 올라갔다. 해발 1,665m 정상에 3시 50분에 도착했다. 도중에 예비군복을 입은 군인들 수백 명이 올창한 소나무 보육(保育) 작업을 하고 있었다. 높고 낮은 50여 봉우리가 구성되어 있는 이곳은 일출과 운해로 유명하다고 했다. 수려한 경관을 영상으로 담고 하산하였다.

왕망령 전경

다시 지프차로 갈아타고 4시 40분에 비내리길로 향했다. 1960년대 30년 동안 수직 절벽에 1,000m 굴을 뚫어 7.5km 절벽 길을 냈다. 이 터널을 조마조마 스릴 속에 헤매었는데 조금 넓은 도로에서 차를 세우고 되돌아보니 절벽에 사각형 창이 있는 곳을 우리가 아슬아슬하게 지나온 것이다.

험준한 절벽 길 등을 영상으로 담고 하산하여 5시 10분에 萬人의 신선이 산다는 뜻의 만선산(萬仙山)으로 향하는 미니버스에 올랐다.

급경사 길을 굽이굽이 올라가니 수직 절벽에 13명이 5년 동안 공사하여 소형 자동차가 다니도록 77년도에 완공한 1,250m의 절벽장랑(絶壁長廊) 동굴 통로를 지났다. 이어 영화 촬영지로 유명한 만선산 곽량촌(郭亮村) 풍경구가 나왔다. 곽량촌에는 수많은 상가가 길게 늘어선 주위로 병풍처럼 둘러싸인 아름다운 산들이 모두가 한 폭의 그림이었다.

곽량촌

5시 50분에 하산 길을 따라 한참을 내려가면 남평이라는 아담한 산골 마을이 나온다. 평평한 주차장이 있는 마을 앞에는 해, 별, 달이 하나의 돌에 새겨져 있는 천연석인 '일월성석(日月星石)'을 보면서 내려갔다.

6시 20분에 대기하고 있던 버스에 올라 호텔로 향했다. 호텔까지는 소요시간이 1시간 30분 정도다. 저녁노을이 시골길을 물들이는 2차선 도로를 한참 달리다 7시 지나서야 4차선에 들어섰다.

어둠을 뚫고 임주시(하남성 임주시(林州市)는 2,046㎢. 인구 110만 명의 작은 도시이다.)에 도착했다. 가까이에 있는 식당에서 양고기 구이로 저녁을 하고 9시 50분경 ZHONGZOU YUFENG Internatinal 호텔 709호실에 투숙했다.

2016년 5월 19일(목) 맑음

아침 8시에 임주 대협곡 도화곡으로 향했다. 임주는 신흥도시라 신축 건물이 많고 심천처럼 계획된 도시로 발전되고 있는 것 같았다.

임주시는 50평 아파트가 5천만 원 정도로 가격이 싸다고 했다. 왕복 8차선 도로 중앙분리대에 있는 아름다운 꽃을 감상하면서 달렸다. 도중에 토산품 판매장에 들린 후 9시 40분 2차선 산길을 구불구불 올라갔다.

싱그러운 5월의 숲속 향기가 가득한 길이다. 우리에게 익숙한 상수리나무와 아카시아가 자주 보였다. 한참을 올라와 되돌아보니 지나

온 길은 푸른 숲속에 잠기고 흔적도 없었다. 막다른 절벽에 도착하니 2km의 터널이 기다리고 있었다. 터널을 지나자마자 탄성의 풍광이 나타났다. 그리고 계곡 쪽으로 내려가니 대형 주차장과 마을이다. 이곳에 자리 잡은 석판암(石板岩) 마을은 장수촌으로 이름난 곳이라 하는데 심산협곡의 맑은 정기를 받은 영향이 클 것으로 생각되었다. 그리고 주차장은 임주대협곡의 출발지 도화곡 주차장이다. 도화곡(桃花谷)은 엄동설한에도 복숭아꽃이 피는 곳으로 유래되었고, 수억만 년 동안 풍우와 유수의 침식으로 홍암석이 씻겨 나가면서 생긴 협곡으로 옥수가 흐르는 폭포와 연못이 산수화를 그리는 곳이다.

많은 원주민들이 일회용 나무 지팡이를 1개 천 원씩 부르는데, 사는 사람이 많았다. 검표소를 지나 본격적인 1시간 30분 트레킹에 나섰다.

입구에서 현황판을 앞에 두고 가이드의 설명을 듣고 비룡협곡(飛龍

峽谷)부터 그림 같은 풍광을 거느리고 대협곡으로 올라갔다. 손을 뻗으면 닿을 듯 좁고, 쳐다보면 까마득한 하늘뿐인 협곡 곳곳에 폭포와 담(潭)들이 유혹하는 협곡의 푸른 옥수 물에 녹은 바람 소리. 물소리에 신선이 된 기분으로 탐방을 계속했다.

계곡의 암반의 분홍빛 원석들이 발길을 가볍게 하고 길목마다 원주민들이 토산품(土産品)을 팔려고 "천 원, 천 원." 외치고 있었다. 관광객이 상당히 있었지만 전부 한국인이라 원주민들이 생존을 위해 한국말을 배우고 있는 것 같았다.

비룡협곡은 너무나 아름다웠다. 올라가다 뒤돌아보면 또 다른 풍경이 손짓하고 있었다. 숨이 차고 땀방울이 흘러도 새롭게 펼쳐지는 풍광에 피로한 줄 몰랐다. 황룡담, 백룡담, 백용폭포, 이룡희주(二龍戱珠), 구련폭포 등 풍경구마다 다양하게 명명한 지점을 지나 11시 35분경 한인이 경영하는 무릉원 휴게소에서 아이스크림으로 더위를 달랬다.

　11시 40분 도화곡의 옥수(玉水) 물 도화당(桃花塘)도 지났다. 주위의 그림 같은 풍광을 영상을 담으면서 오르니 도화동(桃花洞)이다. 많은 차량이 있는 제법 큰 마을이다. 식당에 손님이 많아 기다렸다가 12시 조금 지나 '청정 소 한 마리 식당'에서 불고기로 점심을 했다.

　12시 57분, 태항천로(太行天路) 관광길에 나섰다. 산허리 꼬부랑길을 달리는데 순박한 원주민들의 낡은 집들이 자주 나타났다. 꼬부랑길을 20여 분 달렸을까 천경(天境) 전망대에 도착 하차하여 험난한 지대에 삶의 터전을 마련한 원주민들의 주택들과 조화를 이루는 꾸불꾸불 2차선 포장길이 눈 아래 풍광을 그리고 있는 것을 동영상으로 담았다.

　다시 전동카(15인승)에 올라 아래로 내려가 달리다가 제2전망대 평조청운(平步靑雲)이라는 투명유리 위로 안내했다. 고소공포증이나 소심한 사람은 발조차 들이지 못하는 곳에서 부근의 풍광을 영상으로 담았다.

　오후 1시 40분, 버스는 몽환의 골짜기로 안내했다. 몽환지곡(夢幻

之谷) 전망대에서 주위의 산세는 정말 환상적으로 아름다워 필설로는 표현을 못 할 정도여서 사진으로 동영상으로 담고 또 담았다.

그리고 발아래로는 남북으로 관통하는 대협곡의 규모는 중국의 그랜드캐니언이라고 부를 만했다. 골짜기 평지에 인가들이 아득하게 멀어 보였다. 2시에 버스에 올라 가까이에 있는 종점 부운정(浮雲頂)에서 내렸다. 왕상암의 명물인 높이 88m, 직경 3m, 331개의 계단의 원통형 사다리(?) 마전통제로 가기 위해 2시 15분에 출발했다. 일행중 몇 분은 포기하고 버스(전동카)에 타고 되돌아갔다.

꼬불꼬불 절벽 길을 현기증을 느끼면서 내려갔다. 어느 정도 내려가니 맞은편 절벽 잔도 끝에 벽릉공이라는 아찔한 집과 그 아래 황금빛으로 뻔쩍이는 옥황상제를 모셨다는 옥황각(玉皇閣)이 나왔다.

이곳에서 다시 우측 수평으로 낸 암벽 잔도 길을 걸어갔다. 때로는 허리를 굽히기도 하고 더 낮은 곳은 오리걸음으로 긴 통로를 지났다. 더디어 매스컴 상 보도되는 유명한 원형 스쿠류 마전통제 계단으로 내려가기 시작했다. 출입구에 역행금지(逆行禁止)라는 팻말이 눈에 들어왔다. 현기증이 날 정도로 돌고 돌아 철계단(발판은 나무)을 내려가는데 관광객 때문에 영상을 담느라 애를 먹었다.

원통형 마전통제

숲속 길을 조금 내려가니 계곡 옆 매점이 있는 곳에서 일행들이 기다리고 있었다. 잠시 땀방울을 걷어내고 숲속 하산 길로 들어섰다. 곳곳에 관광객의 피로한 발을 지압으로 풀 수 있도록 자갈로 포장을 해두어 상쾌한 숲속 길을 콧노래를 부르며 지나갔다. 끝없는 돌계단을 이리저리 돌고 돌아 하염없이 내려왔다.

곳곳에 현지인들이 토산품을 팔고 있었다. 3시 30분, 드디어 왕상암(王相岩) 주차장에 도착했다. 주위의 수려한 풍광을 부지런히 영상에 담고 3시 45분에 대기하고 있던 버스에 올랐다.

앞으로 40분이면 임주시에 도착할 예정이다. 아름다운 험산 협곡을 잠시 내려오니 아침에 우리가 출발했던 석판암 마을의 대형 주차장이 눈앞에 나타났다. 태항산을 하루 종일 한 바퀴 돌아온 셈이다.

다시 아침에 지나왔던 길을 되돌아 올라가서 2km 터널을 지나 울창한 숲속 길로 하산하였다. 그리고 조금 이른 저녁을 삼겹살로 한 후 오후 6시경 지난밤 투숙했던 호텔로 돌아왔다. 핸드폰 만보계를 보니 오늘은 13,600걸음, 9.2km의 축하 메시지가 떠올랐다.

2016년 5월 20일(금) 맑음

　　　아침 8시에 호텔을 출발하여 통천협(通天峽) 대협곡(大峽谷)으로 향했다. 도중에 대나무 제품 매장에 들렀다가 9시에 출발했다. 6차선 도로에 사람과 차량이 무질서하게 다니고 있어 교통사고라도 날까 염려스러웠다. 도로변에는 다양한 색상의 화사한 접시꽃이 만개하여 시선을 즐겁게 하고 있었다.

9시 30분부터는 야산이 나타나기 시작했다. 임상(林相)은 좋지 않아 다소 황량해 보였다. 태항산의 하이라이트 가는 길 9시 40분에 대협곡이 68km 남았다는 이정표가 나타났다. 초여름 날씨 약간 무덥기는 해도 날씨가 맑아 기분이 한결 좋았다. 험산의 자태가 시선을 끌기 시작했다. 통천협(通天峽)은 산서성과 하남성 경계에 있지만 산서성의 남태항산에 위치한다. 협곡의 길이가 25km 수직 절벽의 웅장함과 수려함을 자랑한다고 했다.

이 대협곡을 개인이 조 단위로 투자 개발하여 관광객을 받아 들인지가 2년밖에 되지 않았다고 하는데 상당히 궁금증을 불러일으키고 있었다. 가는 도중에 2곳에서 공안 경찰이 관광버스를 세우고 점검 단속을 하는데, 안전을 위한 것이라 했다. 험산 협곡 산악지대에 들어서면서부터는 이태리 지중해 연안에서 모나코 가는 고속도로처럼 터널과 교량이 교대로 나타나고 있었다.

10시 15분, 통천문 매표소에 도착하였다. 관리 건물이 상당히 크고 시설을 잘해 두었다. 출입구를 지나니 전동카가 나란히 도열해 있었다. 처음 보는 높은 수직 절벽 길을 돌고 돌아 15분 정도 올라가니 정상을 오르내리는 붉은 케이블카가 허공에 오르내리고 있었다.

　　좁은 협곡에는 입목이 비교적 무성하여 그늘을 내어 주고 사방으로 하늘만 보이는 100m(?) 이상 되어 보이는 수직 절벽이 현기증을 일으킬 정도였다. 케이블카 이용요금은 편도 60위안(한화 11천 원), 왕복 100위안(한화 19천 원)이었다.

　　6인승 케이블카로 올라가 인접한 식당 겸 휴게실인 능공각(凌空閣)에서 모여 좁은 암벽 길 아찔한 능선의 돌계단을 오르내리며 발밑이 간질간질한 천노대(天路臺) 유리전망대에서 사방의 수려한 험산협곡 등 산세를 한눈에 바라보면서 영상으로 담고 되돌아와 능공각(凌空閣)에서 점심을 했다.

사진 중앙에 유리전망대가 보임

케이블카를 타고 다시 하산하여 90도 절벽의 좁은 길을 따라 우측으로 한참을 가니 통천동(通天洞)이란 커다란 간판이 붙은 석굴(石窟)을 어두운 조명 속에 300여m 통과하니 좁은 협곡에 댐을 만들어 수척의 유람선이 대기하고 있었다. 처음 보는 주위 풍광은 말문이 막힐 정도의 색다른 풍광이었다. 잠시 주위의 풍광을 영상으로 담고 전동 유람선(승선 인원 25명)에 올랐다.

수심 30m의 짙푸른 물 위로 소리 없이 미끄러지고 있었다. 극히 좁은(폭 5~20m) 협곡의 높이 100m 이상 되어 보이는 수직 절벽 사이로 하늘이 손바닥만 하게 보이는 물길을 굽이굽이 돌아가고 있었다.

통천대협곡(通天大峽谷)

조물주의 걸작품이었다

산서성의 거대한 태항산에
손을 내밀면 닿을 듯

장장 이십오 킬로의 좁고도 좁은
대협곡의 장관(壯觀)

한 장의 사진으로 담을 수 없는
까마득한 수직 절벽의 끝에는
손바닥만 한 하늘이 미소 짓고

전동(電動) 유람선이
푸른 물 위로 굽이굽이 돌아
소리 없이 미끄러지면

사방의 아찔한 절벽들이
현기증으로 쏟아졌다.

억겁 세월의 수마(水磨)가 빚어놓은
반들거리는 암반 웅덩이마다
옥수(玉水) 물의 교태(嬌態)들

필설로 표현 못 할 경이로운 풍광들이
온몸을 전율(戰慄)케 했다.

2km를 운행하는데 눈길 가는 곳마다 신비스러운 기운이 넘쳐났다. 탄성 속에 모두 영상에 담느라고 야단법석이었다. 물론 동영상은 전경을 담아내지만 사진은 불가능했다. 흥분 속에 20여 분을 유람하고 하선하여 출렁이는 부표 다리를 200여m 지나 계곡 폭 5~10m의 협곡을 다시 1km 정도를 탄성 속에 걸으면서 세계 어디에도 없는 수직 절벽의 진수를 맛보았다. 페루의 마추픽추로 가는 철로 변 산세보다 더 수직 절벽이고 일본의 구로베 협곡보다도 경사가 급하고 높았다. 시종 감탄 속에 둘러보았다. 시간 관계로 더 나아가지 못하고 되돌아와 다시 유람선을 타고 출발지로 돌아오는데 조금 전과는 또 다른 풍광이 우리를 즐겁게 했다.

하선하여 댐 아래로 내려오니 좁은 협곡에 30~40m나 되어 보이는 댐이 눈앞을 가로막았다. 다시 하류로 험산 협곡의 풍광을 영상으로 담으면서 내려갔다. 도중에 신귀호(神龜湖) 옥수(玉水) 물에 손을 씻고 협곡 주위의 풍광을 즐기면서 30여 분 내려가니 원숭이 촌에 있는 푸른 호수에는 비단잉어 등 물고기들이 유영하고 있는 반원형 목조다리 2개를 지났다.

호수 건너편에 나무 위로 원숭이들이 뛰놀고 있었다. 이곳에서 전동카를 타고 버스가 대기하고 있는 통천협 주차장에 도착했다. 오후 3시 10분, 승차하여 한단시로 향했다. 소요시간은 3시간 정도 예상이다. 임주시까지는 주위에 야산이 많았다.

4시 5분에 휴게소에 들렀다. 땅이 넓은 중국답게 휴게소 면적도 넓었다. 편도 4차선의 경우 1, 2차선은 소형 승용차가 3, 4차선은 버스와 추력이 다니는데, 단속이 얼마나 심한지 차선을 위반하는 차는 보이지 않았다. 5시 30분에 나타나는 이정표에는 한단시까지는 31km, 석가장시까지는 200km 남았다. 농가도 잘 보이지 않는 들판에는 황금빛으로 물들어가는 밀밭의 풍성함이 초여름 날을 적시고 있었다. 중국이 인구가 많기는 하지만 끝이 보이지 않는 넓은 면적에 한 평도 휴경지가 없을 정도로 경작을 하고 있었다. 한단시가 가까워지자 고속도로변에는 거의 과수원이었다.

5시 50분, 버스는 고속도로에서 한단 시내(남부)로 내려서고 있었다. 한단 시내에는 마침 퇴근하는 시간이라 교통체증이 일어나고 있었다.

중국 현지식으로 저녁을 하고 나오니 시내는 어둠이 깔리고 높은 건물에는 네온이 춤을 추기 시작했다. 한참을 달려 첫날 투숙했던 호텔 강업유풍(康業裕豊) 국제호텔 1127호실에 마지막 여장을 풀었다.

2016년 5월 21일 (토) 맑음

　　　　　오늘은 귀국하는 날이다. 아침 7시 50분에 석가장 국제 공항으로 향했다. 공항까지는 3시간 소요 예상이다. 공항에 무사히 도착하여 출국 수속을 마치고 11시 55분에 탑승을 시작하여 12시 40분에 제주항공(7c8852)편으로 이륙했다.

　기내식이 없었다. 다행히 기내 비빔밥을 팔고 있어 1인당 5천 원씩 주고 사 먹을 수 있었다. 커다란 김부각 한 봉지. 간단한 나물과 고추장 참기름을 밀봉한 것을 하나씩 따끈한 밥에 비벼서 점심을 했는데 먹을 만했다. 비행시간이 2시간 30분이었으나 조금 빠르게 한국 시간 오후 3시 50분에 무사히 도착했다.

💬 COMMENT

미량 국인석	태항산 여행기, 현장감 넘치는 소개로 생생하게 여행을 즐겼습니다. 저도 한 번 꼭 가 보고 싶습니다. 아마 훗날 이곳 여행을 가게 되면 많은 참고가 되겠습니다. 장문의 여행기 멋진 사진과 함께 즐감해 봅니다. 감사합니다. 소산 선생님!
雲 泉 / 수 영	태항산 여행기를 읽으면 직접 태항산에 가서 보는 것보다도 더 상세하게 느낄 수 있는 좋은 여행 기록입니다. 중국 태항산 여행 잘했습니다. 고맙습니다.
예　　　화	중국 태항산에 가서 있는 듯합니다. 사랑과 향기로움이 가득한 저녁 시간 되세요.
의　　　재	감단설화(邯鄲說話)를 상상하며 잘 읽었습니다. 한단설화는 한낮 부귀와 영화를 누리고 정신을 차릴 때쯤에 일어나 보니 개미집 앞에서 꾼 일장춘몽(一場春夢)이었다는 요지인데, 하여튼 흥미롭게 읽었습니다.
나그네 연금술사	중국 견문록이네요. 내가 갔다 온 기분입니다. 감사해요.
연　　　지	와, 대단하십니다. 한 권의 여행기, 하늘에서 내리신 분, 소산 수필가 시인님, 부러워요.

소당 / 김 태 은	사라비아 멋진 소산 시인, 수필가님 여행 중 좋은 추억 많이 만드세요.	

윤 한 상   같이 현장에 다닌 기분입니다. 좋은 여행기 고맙게 잘 읽었습니다.

雲海 이 성 미   몇 년 전 저도 부부 모임으로 다녀온 곳이기도 합니다만 잊고 있었던 곳인데 다시금 여행기를 통해서 조금씩 기억해봅니다. 고맙습니다. 선생님 전 여행기를 쓰지 않아서 기억도 못 했는데~.

은 빛   여행기를 빼곡히 알기 쉽게 해주셔서 가 보지 않아도 좋은 곳이라는 게 느껴집니다. 한번 기회가 된다면 여행해야 할 곳으로 메모해두겠습니다.

수 장   중국 여행을 몇 번 했지만 아는 게 없는데 '여행을 이렇게 하는구나.'를 배우게 되네요. 여행기 즐감하며 참고합니다.

백 초   건강미가 넘쳐 흐르는 모습 사진으로 보니 정말로 대단한 문장입니다. 여유당의 인물, 보배이십니다.

곤명, 석림
여행기

2011년 5월 1일 ~ 5월 5일

　　　　　어제까지만 해도 비바람 몰아치던 사나운 날씨가 거짓말
같이 활짝 개었다. 연초록의 싱그러움이 가득한 산하를 지나 인천공
항에 도착했다.

　공직생활에서 정년 퇴임한 회원들과 모처럼 부부동반 여행이다. 부
산, 마산, 창원 등 각지에서 모두 도착했다. 반가움 속에 인사를 나누
고, 밤 9시 45분, 어둠 속에 인천공항을 이륙했다.

　새벽의 상공에서 내려다본 곤명시는 전기 사정이 비교적 좋은 것
같았다. 곳곳에 가로등이 밝게 빛나고 있었다. 출발 전에 여행사에서
비가 올 것이라는 통보에 걱정하였는데 날씨가 맑았다. 현지 시간 새
벽 1시 30분에 도착했다. 얼굴이 예쁜 여자 가이드가 기다리고 있었
다. 꽃의 고장답게 은은한 향기가 풍기는 장미꽃 한 송이(大輪)씩 주
었다. 가이드(한영화)의 정성과 심성, 첫인상이 좋았다.

　곤명은 해발 1,890m로 예민한 사람은 고산증세를 느끼기도 한단
다. 곤명의 관광개발은 5년 전부터 시작되었고, 한국 사람의 본격적
인 관광은 1년밖에 안 되어 숙박시설이 좋지 않다고 했지만 우리 일
행은 곤명역에 인접해 있는 금화호텔 22층에 투숙했는데 시설이 비교
적 좋았다.

　이곳 운남성은 베트남, 태국, 미얀마 등과 국경 4,060km 접해 있
고, 우리나라는 물론 일본보다 면적이 넓다고 한다. 곤명시는 겨울에

도 영상 7~8℃ 여름에는 최고 30℃를 넘지 않는 건조한 고산지대라 여름에도 에어컨이 필요 없다고 했다. 곤명시 인구는 650만 명이다.

5월 2일

        아침 7시 30분 호텔을 출발 중국의 4대 명루인 300년 된 대관루(大觀樓, 3층)을 둘러보았다. 공원 입구에는 신기하고 다양한 분재와 처음 보는 아름다운 열대 식물이 많았다. 명나라 때부터 조성하였다는데 연못과 더불어 잘 조성해두어 볼거리도 많았다.

  이어 곤명시 서쪽에 있는 중국에서 6번째 크다는 자연 담수호 곤명호(동서 18km, 남북 39km)를 끼고 있는 서산(西山)으로 향했다. 서산은 해발 2,380m이고 곤명호 쪽은 거대한 절벽 암산이다.

  대형버스(47인승)가 구불구불 좁은 숲속 산길을 따라 한참 올라가니 리프트 타는 곳이 나왔다. 리프트(2인 1조)는 서산(西山)의 8부 능선까지 곤명호 옆 절벽을 따라 올라가는데, 소요시간은 20분이다. 리프트는 수목의 정단(頂端) 부분이 닿을 듯 말듯 발끝을 간질이는 짜릿한 쾌감을 느끼면서 올라갔다.

  처음 보는 다양한 야생화들과 신기한 열대식물들이 가슴을 설레게 했다. 아래로는 물결이 잔잔한 거대한 곤명호이고, 되돌아보면 멀리 곤명시가 한눈에 들어왔다. 바다같이 넓은 곤명호에는 이곳저곳에서 통통배가 하얀 물보라를 일으키며 지나간다. 한국 사람이 얼마나 많이 오는지 리프트를 타고 오는 장면을 사진 찍는다는 안내방송(한국말)을 계속했다.

리프트에서 내리니 컴퓨터 화면에 선명하게 촬영한 장면을 보여 주면서 구입하도록 권하고, 즉석에서 비닐로 코팅해주니 대부분 구입(1장에 한화로 3천 원)했다. 이러한 곳에도 첨단 기술을 이용한 장사를 하고 있는 것이다.

산의 정상을 비롯한 이곳저곳 경관이 좋은 곳에는 중국 특유의 처마가 하늘을 향해 치솟아 있는 황금색 누각들이 많았다.

우리 일행 중 몸이 불편한 분은 리프트로 하산하고, 거대한 절벽의 좁은 길을 곤명호와 멀리 곤명시를 조망하면서 계단을 내려가기 시작했다. 거의 수직 절벽이긴 하지만, 요철이 심한 거친 바위틈으로 열대 식물이 우거져 경관도 좋고 아주 상쾌한 기분으로 하산하였다.

절벽의 곳곳에 휴식을 겸한 전망대를 설치하였고, 사찰 등 누각도 많이 있어 관광객의 발길을 모으고 있었다. 개발이 불가능할 것 같은 절벽에 명나라 때 인력으로 7년에 걸쳐 뚫었다는 56m의 용문 석굴은 거의 수직 동굴로 감탄이 절로 나왔다.

소원을 빌면 이룰 수 있다는 용의 여의주. 송아지 상을 만지면 자식이 효도 한다는 우천(牛泉)이 있고, 뱀과 거북 상을 만지면 장수 한다는 조형물. 재물신이 있는 등 여러 가지 흥밋거리도 많은 하산길이다.

상점이 즐비한 곳에 도착하니 사방이 개방된 미니차(관광버스)가 우리 일행을 태우고 우리 버스가 대기하고 있는 곳까지 숲속 길을 달렸다. 노동절을 맞아 1주일이나 쉬기 때문인지 좁은 산길에 걸어서 올라오는 관광객들도 상당히 많았다.

버스가 산길을 내려올 때는 차량교행과 사람 때문에 상당히 힘들었다. 이어 시내에 있는 1200년 역사와 전통을 가진 원통사를 방문했다. 많은 사람이 찾는 곤명 최대의 사찰에는 경내가 상당히 넓고 연못을 중심으로 본당을 비롯한 부속 사찰이 모두 화려했다. 본당의 황금 불상 좌우에 우리나라서는 좀처럼 보기 힘든 황룡과 청룡의 커다란 조형물이 인상적이었다.

시내에 많이 다니는 오토바이는 공해 때문에 전부 배터리 충전으로 운행하여 소음이 전혀 없었다. 한 번 충전하면 80km 운행이 가능하단다. 우리나라도 도입해야 하겠다. 곤명은 중국의 대표적 꽃 생산지로 99년도 세계 꽃 박람회장을 지금도 보존하고 있다. 가까이에 있는 화훼시장에 처음 보는 신기한 꽃들을 카메라에 담으면서 즐거운 시간을 가졌다. 하루의 피로를 발 마사지로 풀고, 저녁에는 소수민족의 특이한 민속춤인 '운남영상가무쇼'를 약 2시간에 걸쳐 감명 깊게 관람했다.

중국에는 한족을 포함 56개 민족이 있고, 소수민족은 50개가 넘지만, 대부분 이곳 운남성과 사천성에 산다고 했다.

5월 3일

곤명역을 지나 '육군광무당'에 들렀다. 1909년에 개교한 육군 사관학교로 우리나라 이범석 장군이 이곳에서 기병대 훈련을 받았다고 한다. 1~2층 전시실에는 교육시설이나 비품 등이 그대로 잘 보존되어 있었다.

인접하여 있는 '취호공원'은 4개 섬을 다리로 연결되어 수련과 다양한 열대식물, 조형물 등이 경관을 이루고 있었다. 그리고 곳곳에 중국인들이 기계체조를 하고 있었다. 바로 이어 시내에 있는 '운남성 민속박물관'으로 갔다. 1층 안내를 지나 2층에는 전나라 시대의 청동

문화유물과 3층에는 소수민족의 정교하고 화려한 장식물. 의상과 생활용품 등 5만여 점을 진열한 것을 둘러보면서 영상으로 담았다.

오후에는 곤명시에서 고속도로로 1시간 정도 떨어진 '백련스파온천'으로 향했다. 도로변의 토양은 황토라기보다는 홍토라 할 정도로 붉은 흙에 양배추 등 채소재배를 많이 하고 있었  다. 들판이라도 경지정리가 되지 않아 전부 인력으로 농사를 짓는 것이 이채로웠다.

온천을 위해 수영복을 준비하라고 했지만, 밀착이 안 되는 수영복은 모두 한인이 경영하는 가게에서 다시 구입(남자 만 원, 여자 만오천 원)해야 했다. 조잡한 수영복이지만 온천에 입장하기 위해 구입했다.

'백련스파온천'은 양종해라는 큰 호수를 끼고 있었다. 관리실은 미려한 목조 3층 건물로 시설이 크고 호텔처럼 깔끔했다. 온천은 수온별(水溫別)로 수질별(水質別) 등 30여 개의 노천탕이 있었다. 남녀혼탕으로 가운이나 큰 수건을 걸치고 이동하는데, 탕과 탕 사이는 우거진 열대식물로 차단되어 있어 찾아다니는 길이 미로 같았다.

때마침 비가 내리는데 열대식물이 우거져 빗방울이 직접 맞지 않을 정도였다. 남국의 색다른 운치를 맛볼 수 있었다. 노천탕마다 서비스걸이 가운을 벗기고 입혀주는 등 수발을 들고 있었다. 온천을 끝내고 나오니 날씨는 활짝 개어 물기에 젖은 열대식물 위로 싱그러운 바람이 한결 기분을 상쾌하게 했다.

다시 시내로 돌아와 저녁은 처음 먹어보는 수십 종의 버섯 샤브샤브와 고량주를 곁들인 성찬이었다.

5월 4일

아침 7시 30분 호텔을 출발 구향 동굴로 향했다. 연일 날씨가 맑고 기온도 22℃ 내외로 아주 좋았다. 고속도로를 경유 험한 산길을 거쳐 수 시간을 달려 도착한 구향 동굴 입구는 넓은 주차장과 아름다운 조경수 등으로 조성되어 있어 아늑한 분위기였다.

매표소에서 얼마 떨어지지 않은 곳에 승강기로 수직 50m 협곡으로 내려가니 석회석 계곡에 노 젓는 배(8인승)가 수십 척 대기하고 있었다. 하늘이 가마득할 정도로 높고 좁은 아름다운 협곡에 20여 분간 왕복으로 탄성 속에 관람한 후, 아주 좁은 협곡 50~60m를 들어가는 입구의 분위기는 스릴 넘치는 동굴일 것 같아 기대를 안고 내부로 들어갔다. 곳곳에 다양한 석순과 종유석이 화려한 조명 속에 관광객의 시선을 모으고 있었다. 동굴 속의 웅장한 계곡 물소리 따라 오르내리기를 한 시간 반 정도 숨 가쁘게 둘러보았다.

마지막 336개의 오르막 가파른 계단의 일부 구간(해발 2,800m)은 인공적으로 통행로를 만들었다. 고산증이 있거나 일부 노약자 등은 가마를 타고(삯은 2만 원) 리프트 타는 곳까지 올라갔다. 좁은 통로를 오르는 관광객 사이로 가마꾼들이 쉴 새 없이 지나갔다. 리프트 타는 곳에는 관광 상품 판매시설과 편익시설이 잘되어 있었다.

벤치에 앉아서 목을 축인 후 리프트(2인 1조)를 타고 1km 정도 올라갔다. 이곳에도 사진을 촬영하여 파는데 이곳은 한화로 2천 원이다. 잠시 걸어 나오니 처음 출발하였던 곳으로 되돌아 왔다. 우리가 지하로 얼마나 내려갔는지 감이 잡히지 않았다.

구향동굴의 모형 박물관에서 우리들의 행동반경을 확인하고 석림으로 향했다. 가이드의 제의로 기존코스인 대석림, 소석림 대신에 새로 개발하여 유네스코에 자연문화유산으로 등재된 내고석림(乃古石林, 이족 말로 '검다'라는 뜻)으로 만장일치 동의하여 코스를 바꾸었다. 주차장에서 매표소까지 200여m를 멋진 조경과 아름다운 꽃으로 단장하여 관광객의 발걸음을 가볍게 했다.

아주 크고 산듯하게 지은 매표소 건물 입구 벽에 '세계자연문화유산'이란 커다란 동판 조형물이 우리를 맞이했다. 매표소 안은 대형 홀로 매점을 포함 깨끗한 휴식공간으로 되어 있었다. 대형 홀을 지나고부터는 기대와 흥분 속에 발걸음이 빨라졌다. 2억7천만 년 전에 바다였던 곳이 지각변동으로 형성되었다는 해발 1,800m에 기기묘묘한 돌들의 수풀이 눈앞에 펼쳐진다. 상상을 초월하는 신기하고 아름다운 돌들의 숲을 감탄을 연발하면서 사진에 담느라 정신이 없었다. 돌들의 높이가 일정한 것(30m)도 특이했다.

5월의 산들바람 속에 석림의 좁은 길을 지나면서 바라보는 아름다움. 때로는 수직계단을 내려가기도 하고 미로 속을 헤매면서 커다란 구멍이 난 곳을 통해 묘한 석림을 둘러보는 것은 정말 흥분 그 자체였다.

숨 가쁘게 열대식물 속의 석림(돌숲)을 2시간여에 걸쳐 둘러본 후 단체 사진을 기념으로 남겼다. 정말 신기하고 아름다운 곳이었다.

석양을 안고 곤명 시내로 돌아오는 도로변은 옥수수가 꽃이 피고, 모내기. 복숭아를 수확하는 등은 5월 초순의 아열대 지방의 풍경이었다.

석림 위에 석림. 시선을 돌릴 때마다 새로운 모습이 탄성으로 돌아왔다.

5월 5일

아침에 조금 늦게 1621년에 명나라 오삼계가 권세를 과시하기 위해 건물 전체를 동으로 만들었다는 곤명시 약간 외곽의 금전(金殿)으로 향했다. 건물이 금같이 빤짝여서 금전(金殿)이라 불렀단다.

금전 집은 크지 않았다. 내부 중앙에는 오삼계의 동상이 관광객을 맞이한다. 기둥과 벽 심지어 기와까지 전부 동으로 만들었다는데, 지붕의 용마루 각종 모형을 비롯한 처마 끝 등은 지금도 황금빛으로 반짝거렸다. 천 년이 넘는 정원수들을 지나 3층 종각 있는 곳까지 올라갔다. 종각의 종은 1인당 2위안(한화 3,600원)이면 누구나 칠 수 있었다.

다시 찾은 곳은 운남 민속촌이다. 많은 소수민족의 삶의 흔적을 한 곳에 모아두고 관광객을 불러들이고 있었다. 종교 건물, 전통가옥, 실생활용품, 의상 등을 전시해두고, 행하는 그들의 다양한 풍습과 가무를 둘러보았다. 모두 새로운 것이라 흥미진진한 시간이었다.

저녁 식사 후는 곤명시의 명동거리인 '남편보행가 야경'을 관광했다. 대형도로에 아름다운 수목과 관상어 수조. 편익시설 등을 해두고 주위에는 많은 백화점들의 화려한 조명 속에 보행자 천국답게 수많은 인파가 오갔다. 국제적인 유명브랜드 매장이 많았는데 가격은 상당히 비싼 것 같았다. 이제는 지구촌이라는 말이 실감이 난다. 마치 우리나라의 어느 매장에 들린 기분이었다.

비행기 출발 시간이 새벽 2시라 밤 10시까지 여유 있게 머물다가 발 마사지 장소로 옮겨 12시까지 휴식을 취한 후 곤명시 국제공항으로 향했다.

💬 COMMENT

이 뿌 니	여행기를 어쩜 그리도 잘 쓰셨습니까? 저도 가 본 곳이긴 하지만 다시 한번 가 보는 느낌입니다.
竹虎 / 김홍만	여행기를 담아 주셨습니다. 올해 갈 일이 있는데 꼭 가 보도록 하겠습니다. 감사합니다.
에스더 / 박숙회	선생님의 여행기를 읽으며 함께 여행지에 함께 푹 빠져 봅니다. 좋은 글 감사합니다.

소당 / 김 태 은	곤명 석림 여행기를 상세히 잘 쓰셔서 많은 도움이 됩니다. 한번 가 보고 싶은 곳. 여행기 쓰시느라 수고 많이 하셨어요.
원　　창	귀한 곤명 석림 여행기를 잘 읽었습니다. 구경도 구경이지만 '식후경'이라고 샤브 샤브에 곁들인 고량주에 입맛 다십니다. 읽고 있는 지금이 마침 점심때라서 더 그런가 봅니다. 꼴깍.
청 담　추 연 택	눈으로 본듯한 곤명 석람 여행기 같이 여행을 한 기분입니다. 수고했습니다. 감사합니다.
의　　제	소산 님, 자세히 써주신 여행기 잘 보았습니다. 옛날에 다녀왔지만 대강 보고 왔는데, 새로운 느낌으로 구경 잘했습니다. 건필하십시오.
설　*　회	여행기 글 잘 보고 갑니다. 중국을 한 번도 가 보진 않았지만, 님의 기행문을 보고 상상에 나래로 갔다 온 기분입니다. 감사합니다. 늘 건필하시어요.
白雲 / 손 경 훈	세세한 일기가 제가 간 듯합니다. 즐거운 여행을 한 듯합니다. 고운 날 되세요.
박　승　수	정성으로 올려주신 곤명 여행기 부러운 마음과 함께 잘 읽었습니다. 시간이 흘러 지금을 벗어날 수 있게 되면 저도 부부동반으로 꼭 찾아가 보도록 하겠습니다.
가　을　비	일행으로 동행한 착각을 줄 만큼 현실감이 느껴지는 자세한 기행문 즐감하였습니다. 감사합니다.

백두산
여행기

2016. 7. 22. ~ 7. 28.

2016년 7월 22일(금) 맑음

　　　　　이른 장마와 7월의 무더위가 기승을 부리는 속에 오후 느지막이 김해공항으로 향했다. 수년 전 압록강 쪽(서파)으로만 꽁꽁 얼어붙은(5월 31일) 백두산 천지(天池)를 내려다보았기에 깨끗한 푸른 물 천지 못을 보기 위해 두만강 쪽(북파)으로 기대를 안고 가는 것이다.

　지방(김해공항)에서도 얼마나 많은 사람이 해외를 나가는지 탑승구 앞에는 앉을 자리도 없이 초만원이었다. 대부분 중국이나 일본. 동남아 등으로 나가는 분들이다. 김해공항 확장이 시급함을 여실히 보여 주고 있었다.

　밤 10시 20분, 지루한 기다림 속에 LJ802(진에어)편으로 중국의 흑룡강성 목단강시로 향했다. 소요시간은 3시간이다. 250석은 되어 보이는데 빈자리 없이 만원이다. 필자는 제일 뒤(비행기 꼬리날개) 59번의 E석이다.

　잠시 졸고 있는 사이 목단강 국제공항에 도착했다. 현지시간 12시 5분(한국시간 7월 23일 새벽 1시 5분이다. 시차는 1시간이다.), 20분 빨리 도착하였기에 준비가 안 되어 10여 분이나 비행기 안에서 기다려야 했다. 비행기 창밖에는 야속하게도 비가 추적추적 내리고 있었다.

　입국심사를 끝내고 밖을 나오니 교포 3세 현지가이드 김미화 씨가 기다리고 있었다. 우중에 목단강 시내 밤길을 가는데 노면에 요철이 많은지 버스가 심하게 덜컹거리고 있었다. 20여 분을 달려 새벽 1시 30분경(현지시간) 대복원 주점(大福源 酒店) 호텔 901호실에 투숙했다.

아침에 일어나니 다행히 비는 그치고 흐리기만 했다.

흑룡강성 면적은 460,000평방킬로미터이고, 인구는 3,900만 명이다. 목단강시는 면적이 40,355평방킬로미터이고, 인구는 280만 명이다. 목단강 시내 인구는 약 100만 명 정도이다.

9시에 호텔을 나와 팔녀투강비(八女投江碑) 공원으로 향했다. 우리 조선족 안순복, 이봉선을 포함한 8명의 항일 여전사들이 1938년 일본군과 격전을 벌이다 목단강물에 몸을 던져 순국한 것을 기리기 위해 커다란 조형물(길이 8.8미터, 높이 13미터의 화강석)을 만들어 놓았다.

또 부근 일대의 공원은 화사한 꽃들과 아름다운 정원수로 단장해 두었다.

목단강이 내려다보이는 곳에 조성한 공원이라 많은 관광객들이 찾아들고 있었다. 공원 주변의 숲속 뒤로는 미려한 현대식 건물들이 늘어서 있고, 공원 뒤쪽으로는 그날의 함성이 들리는 듯한 강폭이 넓은 목단강(만주어로 굽이굽이 흐른다는 뜻의 백두산 기슭을 발원지로 한 송화강 상류임)이 유유히 흐르고 있었다.

아쉬운 것은 수량(水量)이 적어 하상이 드러나고, 화려한 유람선은 갯벌 위에 비스듬히 쓰러져 있었다. 그리고 강변을 따라 호화아파트들이 줄지어 서 있는데 러시아가 가까운 국경지대라 건물이 러시아풍을 가미했다고 하는데 정말 외관은 아름다웠다.

이곳저곳을 영상에 담고 발해유적지가 있는 동경성으로 향했다. 소요시간은 1시간 정도이다. 목단강 시내를 벗어나기 전. 어제 개업했다는 외관이 화려한 백화점을 지나기도 했는데 하루가 다르게 발전하는 중국의 모습을 보는 것 같았다.

도로변 가로등이 고깔을 거꾸로 세운 것 같은 형상이 이색적이라 동영상으로 담았다. 고속도로에 들어서니 중국의 여느 지역과 마찬가지로 대형 야립간판이 줄지어 서 있고, 대평원에 끝없이 이어지는 무성한 7월의 옥수수가 시원한 풍광을 그려내고 있었다. 고속도로는 시멘트 포장상태가 불량하여 승차감이 좋지 않았다. 옥수수 재배지 사이사이 곳곳에는 벼농사. 콩. 담배. 등 작물을 재배하고 있었다. 가끔 대형 배관이 휘감겨 있는 공장들도 보였다.

10시 30분경부터는 도로변 수벽을 이루는 몽실몽실한 수양버들과 한편으로는 바람에 나부끼는 버드나무가 가슴을 시원하게 했다. 주위의 풍광에 젖어 달리다 보니 11시경에 동경성(東京城) 입구 요금소에 도착했다.

동경성 고속도로 요금소에서

동경성은 발해(渤海) 5경(京)의 하나다. 발해평원 중심부에 위치해 있는 발해국도 상경 용천부의 소재지이다. 지금의 만주(滿洲) 영안 남방 약 40km 지점(地點), 영고탑(寧古塔) 근처에 있다. 1933~1934년의 발굴(發掘)로 그 전모가 밝혀졌다고 한다.

요금소를 통과하여 시골길을 얼마 가지 않아 발해 중학교가 나오고, 이어 5분 정도 가니 1993년도에 개관했다는 조그마한 발해 박물관이 나왔다. 그리고 가까이에 있는 발해유적지(궁터) 정문 앞 주차장에서 내렸다.

고구려가 멸망 후 서기 698년 대조영(大祚榮)이 만주 일대의 고구려 유민들과 말갈족을 규합해 발해를 건국하고 세력 확장을 하여 926년 요나라에 멸망할 때까지 228년간 만주를 지배했다. 그 기간에 수도였던 상경용천부(上京龍泉府)의 발해 유적지(궁터)를 찾은 것이다.

버드나무 사이로 100여 미터 들어가 궁전의 정문 입구에는 '고정(古井)'이라는 돌 간판 옆에 발해시대 때의 덮개를 씌운 우물이 있고 가까이에 그 유래를 명기한 대형비석이 숲속에 숨 쉬고 있었다.

제일 처음 맞이하는 오봉루(五鳳樓, 현무암으로 쌓은 기초의 규모가 동서 42m, 남북 27m, 높이 5m임) 좌우 출입구 중 좌측으로 돌아 망루 위로 올라가니 현무암으로 된 그 옛날 추출 돌이 일정 간격으로 있는데 웅장한 궁전의 규모를 상상케 했다.

망루를 내려와 궁전의 규모 둘레가 16km(동서 4.6km, 남북 3.34km)로, 좌측 회랑을 거쳐 중앙에 있는 제1 궁전으로 향했다. 넓은 궁전 뜰에는 목 백일홍이 다양한 색상으로 가득 피어 쓸쓸한 옛 영화를 달래는 것 같았다. 네모꼴 외성을 4m 높이 토성으로 두르고 그 중앙 북방에 왕궁(내성)을 쌓았던 것이다.

내성 남문에서 외성 남문으로 일직선으로 이어진 도로(失雀大路)를 중심으로 동쪽을 좌경(左京) 서쪽을 우경(右京)으로 가르고 이것을 다시 여러 조방(條坊)으로 나누었다. 내성 안에는 5개의 궁전터가 남아 있었는데 다 돌아볼 수는 없었지만. 어느 곳이나 추출 돌만 남아 있어 그 위에 세워진 거대한 건물을 상상하고 화려했을 궁중 생활을 그려보면서 30여 분을 둘러보았다.

이 유적지의 입구에 발해상경용천부유적 안내비석이 있었다. 그 비문에는 "서기 698~926년간에 섰던 발해국은 5경 15부 62주를 설치한 강대한 나라로 이곳이 그 수도였던 자리다."라고 설명하고 있단다. 허허로운 만주 들녘에서 1,090여 년 전의 궁전과 절은 사라졌지만, 전각을 떠받쳤던 아름드리 주춧돌은 해동성국의 영화를 말해주는 듯했다.

유적지를 나와 조금 전에 지나간 발해 박물관(소규모)에서 각종 유물과 발해 궁전의 모형도와 생활상을 그림으로 둘러보았다. 그리고 현지식으로 점심을 하고 12시 50분 돈화시(敦化市)로 출발했다. 2시간 30분 소요예정이다. 1시 20분경, 숲속에 잠겨 있는 경박호(鏡泊湖, 해발 351m에 위치한 호수로 규모가 길이 45km. 폭은 0.3~6km, 면적 95 평방킬로미터의 거대한 호수임) 일부가 나타났는데 물고기가 많이 잡히고 풍광이 아름다운 곳이 많다고 했다.

1시 30분 현재 이정표에는 돈화시까지 105km 남았다는 안내를 하고 있었다. 야산을 지나고 있는데 부근의 농지들은 전연 경지정리가 되지 않았고 저지대에는 주로 벼가 재배되고 그 이외에는 콩, 옥수수 등 밭작물이 7월의 무더위 속에 무성하게 자라고 있어 삶이 무척 풍요로워 보였다. 2시 10분경에는 도로를 횡단하는 대형안내판에는 흑용강성을 지나 길림성의 환영인사 간판이 눈에 확 들어왔다.

길림성(吉林省)은 면적 187,400평방킬로미터, 인구 2천8백만 명이고, 돈화시 분지는 면적 약 11,963평방킬로미터, 인구 48만 명으로 조선족이 10% 정도라 했다. 돈화시에도 곳곳에 발해유적지가 있다고 했다.

거리에 간판은 모두 한글이 위, 아래는 중국어로 되어 있는 것이 특이했다. 그리고 이곳 시골에 있는 조선족 젊은이들은 돈을 벌기 위해 한국으로 떠나고 부모들마저 시내로 가고 빈집만 남아 있는 곳이 많다고 했다. 도로변 이정표들도 모두 한글로 되어 있어 반갑기 그지없었다. 백두산 밑에 첫 마을 이도백하(二道白河)로 향하는 현재시간 3시 20분 주변은 콩과 옥수수를 재배하고 있는 시골길을 달리고 있다.

이어 3시 40분부터는 울창한 숲속을 달리다가 장백산대관동문화원(長白山大關東文化園)이라는 휴게소에 잠시 쉬었다가 야산 구릉지대(丘陵地帶)를 개간하여 옥수수가 뒤덮고 있는 풍요로운 집단재배지를 달렸다. 부근에 농가 주택들은 전부 지붕에 굴뚝들이 있는데 겨울의 혹한을 짐작케 했다.

이도백하로 가는 도중에 조선족 할머니가 운영하는 '강원도 식당'에서 저녁을 하고 20여 분 더 달려 이도백하(二道白河, 인구 15만 명 중 조선족이 6%이다.)에 도착하였는데 관광지답게 건물들도 화려하고 네온불빛도 현란했다. 그리고 도로마다 승용차와 버스가 성수기를 맞아 만원이었다. 이곳에서 백두산의 서파와 북파를 올라가는 길목이라 그러한지 한창 개발 중이라 했다. 우리는 6시 30분경에 군안호텔 1418 호실에 여장을 풀었다.

2013년 7월 24일(일) 흐린 후 맑음

아침 7시에 호텔을 나와 백두산 서파로 향했다. 산문 주차장까지는 1시간 정도 소요 예정이다. 출발할 때부터 빗방울이 떨어지고 있어 모두들 오늘도 백두산 천지를 보지 못할까 걱정이다. 구불구불 2차선 숲속 산길을 싱그러움을 안고 오르고 있었다. 장백산(한국은 백두산)이라고 부르게 된 것은 금나라 때부터라 했다.

1702년 마지막 폭발로 휴화산이 된 백두산은 2,750m로, 16개 봉우리 중 제일 높은 장군봉은 북한쪽에 있다. 그리고 천지 못은 해발 2,194m이고, 둘레가 14km, 평균 깊이가 213m, 최대수심 384m이며, 수량(水量)은 19억 5,500입방미터나 된다. 그리고 수면의 60%는 북한 구역으로 두만강. 압록강. 송화강의 발원지이기도 하다.

7시 48분 현재, 장백산 주차장까지 36km 남았다는 이정표가 수림(樹林) 속에 나타났다. 올라가는 도중에 날이 맑아지는가 했는데, 다시 검은 구름이 오락가락 애를 태우더니 7시 55분부터 비가 쏟아지기 시작했다. 염려가 현실로 바뀌어 모두들 크게 실망을 했다.

8시 2분 현재, 주차장까지 17km 남았다. 8시 지나면서부터는 좁은 도로 좌우에는 수피가 하얀 자작나무(90% 이상)가 하늘을 찌를 듯 울창한 숲이 계속되고 있었다. 그리고 도로 노견(路肩)을 따라 황금빛 루드베키아가 활짝 웃고 있었다. 8시 20분 현재 2km 남았다.

다 온 것이다.

입장료는 경로우대로 면제를 받았으나 셔틀버스 요금은 85위안이었다. 입장권 체크를 하고 200여m를 울창한 숲속에 목재보도(木材步道)를 깨끗하게 해두었다. 수고가 높은 수림(樹林) 속을 상쾌한 기분으로 통과하니 주차장을 가득 메운 셔틀버스가 대기하고 밀려오는 관광객을 빨아들이고 있었다.

8시 55분 우리 일행도 버스에 올라 비가 내리는 숲속 길을 달렸다. 관광객을 싣고 꼬리를 물고 내려오는 버스가 좁은 길을 교차할 때마다 불안했다. 다행히 비는 잠시 그쳐도 날은 잔뜩 흐렸다. 9시 60분부터는 고산 평야 지대가 나타나고 듬성듬성 보이는 입목은 수고(樹高)가 모두 낮았다. 고산지대라 식물의 생태가 변하고 있었다. 수많은 이름 모를 야생화가 궁금증을 불러일으키며 화사한 자태를 뽐내고 있었다. 다시 비가 내리는 속에 노란 꽃과 코스모스 같은 연분홍의

키가 작은 꽃들이 가냘픈 자태로 시선을 사로잡았다.

9시 45분 주차장에 도착했다. 계속하여 내리는 비에 모두들 우의로 중무장을 하고 천지(天池)를 향해 1,468계단 900m를 안개구름 속에 오르기 시작했다. 비가 내려도 관광객이 너무 많아 힘들었다. 천지(天池) 전망대에 오르니 5m 앞도 보이지 않을 정도로 天地間에 자욱한 안개 때문에 천지(天池)를 볼 수가 없었다. 옛날과 달리 전망대 등 많은 시설을 해 두었고 관광객 안전을 위해 통제도 하고 있었다.

세찬 비바람이 불어도 끊임없이 오르는 수많은 관광객은 모두 천지(天池) 쪽 난간에서 안갯속을 안타깝게 바라보다 발길을 돌려야 했다. 그래도 안개를 배경으로 아쉬움의 영상을 담았다.

우리 일행도 주차장에서 12시에 만나기로 하였기에 안개가 걷히기를 고대 하면서 많은 한국 관광객들과 함께 기다려도 안개가 걷힐 기미가 보이지 않아 11시 반경에 아쉬움을 안고 하산하였다. 필자는 몇 해 전에 이곳에 와서(5월 31일) 꽁꽁 얼어붙었지만, 천지의 풍광을 동영상으로 담았기에 미련이 적었다.

하산길에도 안개를 무릅쓰고 꼬리를 물고 끊임없이 밀려드는 관광객을 보고 놀라지 않을 수 없었다. 70~80%는 한국 사람 같은데 모두들 허행할 것을 생각하니 안타까울 뿐이다.

주차장에서 하산하는 관광객의 질서를 위한 새로운 시설을 잘해 두었다. 다시 탑승지에서 셔틀버스를 타고 금강대협곡으로 향했다. 도중에 뷔페로 중식을 한 후 1시 30분, 금강대협곡으로 가는 버스에 오를 때 햇빛이 쏟아지니 모두들 변화무쌍한 백두산 날씨를 실감하며 아쉬움을 달래어야 했다. 가이드가 백두산 정상의 안개가 걷히면 다시 올라가려고 했지만, 그곳은 여전히 안개에 묻혀 있다고 했다.

1시 48분, 금강대협곡 주차장에 도착하니 이곳도 관광객이 만원이다. 나무로 만든 보도(步道)를 따라 울창한 숲속을 찾아들었다.

길은 두 사람이 나란히 걸을 정도의 좁은 길이다. 그리고 일방통행으로 운영하기에 혼잡을 피할 수 있고 관광도 여유롭게 할 수 있었

다. 울창한 숲속의 화산재로 이루어진 기묘한 바위 현무암의 형상을 1시간 정도 둘러보았다.

2시 80분경, 셔틀버스를 타고, 3시 40분 산문에 도착하여 대기하고 있던 우리 관광버스에 올랐다. 시원한 에어컨을 즐기며 내려오는 길은 얄밉게도 하늘은 파랗게 개고 햇빛은 눈부시게 부서지고 있었다. 도로변의 하얀 자작나무의 껍질이 햇빛을 받아 백설처럼 눈부실 정도였다.

지난밤 투숙했던 군안호텔에 5시에 도착하여 조금 쉬었다가 한인이 경영하는 식당에서 한식으로 저녁을 하고, 발 마사지 후 호텔에 오니 8시 20분이었다.

2016년 7월 25일 (월) 맑음

6시 50분에 호텔을 나와 백두산 북파 주차장으로 향했다. 소요시간은 30~40분 정도이다. 하늘만 보이는 숲속 길을 따라가는 길 양측 노견(路肩)에는 루드베키아가 한창 노랑 자태를 자랑하고 있었다. 그리고 숲길을 따라 대형 홍보 판이 나타났다 사라지고 있었다.

4시 7분 현재, 산문 주차장까지 20km 남았다. 자작나무의 울창한 숲이 싱그러움을 더하고, 하늘은 더없이 맑아 오늘 북파 등정에서는 天池를 볼 수 있을 것 같았다. 7시 17분 현재, 10km 남았다는 안내하는 이정표가 반가웠다. 더디어 산문에 도착하니 맑은 날씨 속에 대형 주차장에는 버스가 이미 많이 와 있고 계속해서 밀려들고 있었다. 관광객이 너무 많아 일행을 놓칠까 봐 두려울 정도였다.

100여m 들어가니 붉은 글씨로 장백산(長白山)이라는 대형 글씨가 대형 검표소 건물 중앙에서 환영인사를 하는 것 같았다. 7시 50분에 입장하여 셔틀버스에 올랐다. 관광객이 너무 많아 정말 복잡하고 번거로웠다.

이곳도 입장료는 경로우대로 무료였고, 셔틀버스 이용료는 85위안(한국 돈으로는 약 1만5천 원 정도)이었다.

숲속 길을 20여 분 달려 8시 11분 산악용 지프차 주차장에 도착했다. 어디를 가나 관광객 너무 많아 동영상 담으랴. 일행을 확인하느라 바빴다. 잠시 후 1인당 80위안 운임을 내고 줄을 서서 한참 기다린 후 지프차(10인승)를 타고 백두산 정상으로 향했다.

출발지에서는 자작나무가 수고가 낮고 많은 가지가 있어 용재림으로는 질이 떨어지지만, 이것이 고산지대 수림의 대표적 자태인 것 같았다. 꼬부랑길을 한참 오르니 곳곳에 앙증맞은 나리꽃 등이 시선을 끄는가 하면 무립목(無立木) 지대에서는 이름도 모르는 화려한 야생화가 꽃밭 길을 이루고 그 사이로 지프차가 바람을 가르고 있었다. 까마득한 급경사 정상 부근으로 180여 대의 지프차가 꼬부랑길을 꼬리를 물고 파란 가드레일 사이로 곡예를 하는데, 마치 한 편의 영화를 보는 것 같았다. 우리 일행도 안전벨트는 기본이고 손잡이를 꽉 잡아야 하는데, 소리 없는 비명을 지르며 그 길을 달리고 있었다. 보기 드문 체험을 해보았다.

8시 20분에 출발하여 8시 46분에 정상 부근의 주차장에 도착했다. 수많은 인파가 밀려들어 통제관들도 애를 먹고 있었다. 멀리 먹구름이 오락가락하고 있어 혹시 이곳으로 몰려올까 조마조마한 심정으로 수백 명이 밀려 입장을 기다리는 시간이 일각(一刻)이 여삼추(如三秋)였다.

산 정상 능선으로 천지(天池)를 보고 있는 개미 때처럼 몰려 있는

관광객이 부럽기도 했다. 변화가 많은 백두산이라 갑자기 시야를 흐리는 날씨가 될까봐 조바심이 났다. 다행히 시간이 흘러도 쾌청한 날씨가 계속되는데, 가이드도 이렇게 맑은 날씨는 흔하지 않다고 했다. 무더위 속에 비지땀을 흘리면서 정상의 천지(天池)를 향해 많은 관광객 때문에 거북이걸음을 해야 했다.

　드디어 정상에 올라서서 북적이는 인파와 안전을 위해 설치한 철책선 사이로 민족의 영산(靈山), 옥수(玉水) 같은 신비스러운 푸른 물을 영상으로 담고 주위의 화려한 자태를 자랑하는 연봉(連峯)들을 시종 감탄 속에 영상으로 담고 담았다.

백두산 2

　　그 이름도 정겨운 백두산
　　압록강과 두만강의 발원지로

국경을 이룬 세월이 그 얼마인가

시뻘건 불기둥. 시원(始原)의 흔적
장엄한 첨봉(尖峯)들의 서기(瑞氣)도
천지간(天地間)에 자욱한 안개가
천지(天池)의 속살을 가리더니

천지(天地)의 조화로
거울 같은 옥빛 수면(水面)을
호기심의 불꽃으로 수(繡)놓고

하늘빛으로 녹아든 성스러운 숨결
신비감으로 일렁이었다.

민족의 정기 어린 백두산
통일의 염원은
언제나 이룰 수 있을까.

두 손을 모아
천지신명(天地神明)께
빌고 또 빌었다.

  그 많은 인파 대부분이 한국인이고 나머지는 전부 중국인이었다.
항상 만수위를 유지하고 있는 천지(天池)의 경이로움을 가슴에 담고 영상으로 담았다. 어제 안개 때문에 볼 수 없었던 서파에서는 천지(天池)의 전경이 한눈에 들어오는데, 이곳 북파에서는 천지(天池)가 구역마다 다른 얼굴을 내밀고 있어 또 다른 재미를 맛볼 수 있었다.

시종일관 관광객이 너무 많아 관광코스는 몸살을 앓고 있었고, 사진촬영조차 어렵기만 했다. 부지런히 아름다운 주위의 산세와 천지(天池)를 영상에 담고 아쉬움을 안고 정상의 주차장으로 내려왔다.

다시 줄을 서서 한참을 기다린 후 10시 25분 산악용 지프차를 타고 10시 45분에 숨쉴 사이도 없이 셔틀버스에 올라 비룡폭포(중국인들은 장백폭포)로 향했다. 이곳의 셔틀버스는 좌석이 계단식으로 되어 있는 것이 특이했다. 관광하기에 편리하도록 내부를 개조했는데 처음 보는 것이었다. 10여 분을 협곡을 달려 비룡폭포 주차장에 도착했다.

비룡폭포(飛龍瀑布)는 해발 1,950m(한라산 높이와 같음)에 위치해 있는데 주차장에서 1,200m를 걸어서 올라가야 했다. 수많은 인파와

함께 넓은 계곡 바닥에 설치한 목책 보도(步道)와 나무다리를 따라 걷는데 물보라를 일으키는 시원한 계곡물 소리가 여름 더위를 식히고 있었다. 30여 분만에 폭포가 보이는 곳에 도착하여 아름다운 풍광을 영상으로 담고 천지(天池)물로 세수도 해 보았다. 장엄한 산세 정중앙에 68m의 비룡폭포의 굉음이 물보라를 삼키고 있었다.

폭포 옆으로 나 있는 등산길을 따라가면 천지 못에 직접 손을 담글 수 있다는데 지금은 폐쇄하여 갈 수 없어 아쉬움의 발길을 돌려야 했다. 목책 보도 길을 오르는 사람과 내려가는 사람을 일방통행으로 하여 무척 편리했다. 한참을 내려오니 아름다운 컬러를 자랑하는 큰 암반의 물이끼가 비위를 뒤덮고 있고, 그 중앙에 쉴 새 없이 뜨거운 김을 뿜어내고 있어 화산지대임을 실감 할 수 있었다.

현란한 이끼와 내뿜는 김을 함께 영상으로 담았다. 이어 절벽에 파란 이끼를 타고 흘러내리는 83도의 온천수에 모두들(동시에 10~45명이 이용 가능함) 손을 씻고 있어 우리 일행들도 손을 담가 보았다.

비룡폭포 주차장에서 11시 40분에 셔틀버스에 올라 산문에 12시 20분에 도착했다. 그리고 대기하고 있는 버스에 올라 식당으로 향했다. 중식 후 1시 30분에 용정시로 출발했다. 안도현 송강진이라는 작은 마을의 도로변에는 화단 조성이 잘되어 있어 시선을 즐겁게 했다. 이어 한적한 숲속 길을 굽이굽이 돌아가는데 교통표지판마다 한글은 위, 중국어는 아래에 표기되어 있었다. 도중에 '장백산 진달래 축제장'이라는 대형 야립 간판이 왠지 모르게 반갑게 다가왔다. 용정으로 가는 길은 멀고도 험했다.

3시 10분경, 화룡시 경계에 들어왔다. 이곳이 1920년 김좌진 장군이 이끈 항일 독립군들이 전투하여 승리한 청산리라 했다. 이국땅에서 조국독립을 위해 싸운 임들의 흔적이 곳곳에 묻어나는 것 같아 가슴이 뭉클하여 자연스레 두 손을 모으게 했다.

간이휴게소에 들러 뒤편 가까이에 있는 우거진 낙엽송 사이의 장뇌삼 재배지를 둘러보았는데 10~50년생이 연도별로 무성히 자란 장뇌삼을 처음 보았다. 탐스런 열매가 붉게 익어가고 19년생 한 뿌리에 5만 원이라 했다. 지나가는 관광버스마다 차를 세우고 관광객이 찾아들고 있었다. 그리고 부근의 작은 마을도 조선족이 살았는데, 모두 한국으로 돈 벌러가고 지금은 한인들이 살고 있다는데 고향을 등지는 현실에 야릇한 기분이 들었다.

중국 전체에 조선족이 약 290만 명이나 되지만 대부분이 연변을 중심으로 살고 있단다. 지나가는 도로변 산비탈 경사진 곳에는 옥수수, 콩 등을 많이 재배하고 있었다. 완경사 산들은 전부 개간하여 각종 농작물이 무성하게 자라고 있었다. 이곳 연변인들은 한국방송을 위성을 통하여 실시간으로 시청하는데 이북 방송은 전혀 볼 수 없다고 했다.

4시 6분 현재, 화룡시를 지나 용정시 경계에 들어서니 왕복 4차선이다. 도중에 만난 광활한 평강들은 조선인들이 개간하여 들판 중심으로 흐르는 해란강 상류(上流)물을 이용하여 벼가 무성하게 자라고 있었다. 이곳이 독립투사들의 주 무대였다고 하니 그 당시 분위기를 생각하며 다시 돌아보았다. 용정시 면적은 2,592평방킬로미터이고 인구는 24만 명인데, 80%가 조선족이란다.

진달래 민속 마을을 지나니 넓은 들판이 나오고 4시 15분 용정시까지 14km 남았다는 한글 간판이 반가웠다. 용정시 입구에 들어서자, 우측에 약간 떨어진 작은 산이 비암산이고 일송정이라 했다. 멀리서나마 영상으로 담았다. 비암산은 항일운동의 근거지였다. 정상에 있던 일송정 소나무는 일본 사람들이 고사(枯死)를 시켰고 현재의 소나무는 2003년에 9번째 심어서 살린 소나무라 한다.

4시 40분, 용정 시내에 들어섰다. 시내 중심지를 넓은 헤란강이 흐르고 시가지는 온통 한글 간판 일색이고 활기가 넘쳐 흘렸다. 곧바로 용정중학교로 들어서니 담장을 사이에 두고 대성 중학교가 있었다. 대성중학교 입구에는 윤동주 시인의 흉상과 시비가 있었다. 옛날 건물 그대로 전시관으로 사용하고 있었다.

건물 2층으로 올라가니 학교 연혁과 윤동주 시인의 일대기가 사진과 함께 상세히 전시되어 있었는데 기다리고 계시던 여선생님의 설명을 곁들인 안내를 받았다. 그리고 최초 학교 설립자인 이상설 선생의 항일투쟁과 민족교육을 쌓기 위해 사비를 털어 서산서숙이란 학교를 설립하는 등 의로운 활동 상황들이 전시실 가득히 안내하고 있었다. 건물 밖에 있는 각종 홍보 자료들도 둘러보았다.

용정시 외곽지대에는 새로운 아파트를 많이 짓고 있었다. 용정시 부근에는 높은 산이 없었고 시내를 벗어나니 사과, 배 재배지가 이어지고 있었다. 어둠이 내려앉을 무렵 연길시 외곽 비행장이 가까이 있는 곳의 한인이 경영하는 식당에서 삼겹살과 중국 술로 기분 좋은 저녁 식사를 했다. 갑자기 정전되어 잠시 촛불 신세를 지는 추억도 남겼다.

연길시는 면적 1,748평방킬로미터이고, 인구는 65만 명인데 조선족이 60%라 했다. 넓은 중심도로를 따라 시내로 들어가니 지금까지 한 번도 본 적이 없는 가로등 아래 여러 개의 꽃 형상의 화려한 네온등이 너무나 아름다워 감탄이 절로 나왔다. 동영상으로 담긴 했어도 육안으로 보는 것보다 못해 아쉬웠다. 연길 시내를 넓게 흐르는 부루하통하(만주어로 '푸른나무숲이 우거지는 늪'이라는 뜻)의 조명이 아름다운 무지개다리를 지나는데 강을 좌우로 고층건물을 비롯하여 화려하고도 현란한 조명은 다른 곳에서는 볼 수 없는 감동을 주었고 동영상으로 부지런히 담았다.

강변을 따라 조금 올라가 연길 장백송 호텔에 들어서니 밤 9시를 지나고 있었다. 418호실에 마지막 밤 여장을 풀었다.

2016년 7월 26일 (화) 흐림, 비

호텔을 나와 출발하는데, 고층건물이 있는 시내 중심을 벗어나도 외곽지대의 깨끗한 건물들의 간판에는 전부 한글은 위 또는 앞에 중국어는 아래 또는 뒤에 올려서 사용하고 있었다. 중앙의 6차선은 차도로 도로 양측으로 4차선은 아름다운 정원수나 꽃으로 조경을 하였는데 땅이 넓은 중국답게 활용하고 있었다. 아침 출근이라 그런지 운행되는 자동차는 한국 못지않게 자동차로 넘쳐나고 있었다.

연길 시내에서 중국의 특산품 매장을 둘러보고 12시 50분 도문시로 향했다. 도문시까지 소요시간은 1시간 예정이다. 도문시는 면적 1,142평방킬로미터 이고 인구는 15만 명의 국경 도시로 조선족이 59%나 된다. 북한과 러시아로 통하는 철도 등이 있어 교통의 요충지라 했다.

우중에 산길과 들판을 지나면서 만주 땅의 풍경을 눈으로 즐기면서 달렸다. 주위의 야산 구릉지대 등에는 옥수수 등 농작물이 빗물을 머금고 생기를 자랑하고 있었다. 7백 리 두만강 가는 길에 계속하여 부슬부슬 비가 내렸다. 1시 38분경, 강폭이 넓은 '가야하라' 강이 푸른 들판을 가로질러 흐르고 있었다. 또한, 곳곳에 하얀 비닐하우스가 있는데 재배작물이 무엇인지 궁금했다.

곧이어 도문시에 들어서고 이내 시내를 지나 바로 두만강변의 주차장에 도착했다. 주차장 앞에는 공원과 함께 넓은 광장이 있고 그 한 옆에는 붉은 큰 글씨로 홍보하고 있는 간이 시장이 있었다. 곧바로 선착장이 있는 두만강 둑으로 갔다. 강둑에 올라서니 두만강의 중류 지점이라는데 강폭이 50m도 안 되고 황토물이 세차게 흐르고 있었다.

강 건너편은 이북의 함경북도 온성군(穩城郡)이 손에 잡힐 듯 가까웠다. 별로 넓지 않은 들판에는 옥수수 등 작물이 무성하게 자라고, 가까이에 있는 경사진 산은 역시 입목이 없는 민둥산이었다. 중국과 국경을 이루는 북한 쪽의 산은 탈북을 막기 위한 속셈인지 몰라도 전부가 민둥산으로 만들어 두었다.

강변의 화려한 장식의 유람선(?) 선착장으로 내려가 붉은 구명조끼를 입고 큰 대나무 형태의 11개로 엮은 것처럼(계림 같은 남방지역에는 실제 대나무 뗏목을 이용함) 하여 그 위로 철판을 깔고 의자 12개(12인승)가 놓여 있었다.

　요란한 모터 소리와 함께 강을 거슬러 올라가는데 중국 쪽으로는
건물 몇 곳에 중공기가 바람에 휘날리는 있으나 북한 쪽은 풀숲이
죽은 듯이 고요했다. 철조망 같은 것은 보이지 않고 가끔 지붕만 보이
는 초소랑 원두막처럼 만든 2층 초소에는 북한군이 모습을 드러내고
있었다. 북한 쪽으로는 사진을 촬영치 못하게 해서 조심스럽게 영상
으로 담았다.

　눈앞으로 달려오는 육중한 다리는 1920년도 건설한 것으로, 이곳
부근에서는 북한과 중국을 오가는 유일한 다리로서 다리 하부(下部)
철판 절반의 청색 부분은 북한 소속이고, 중국 쪽 절반은 황색으로
페인트칠하여 구분해 놓았다. 지금도 서로 왕래를 한다는데 차량과
사람이 다니지 않아 유령의 다리 같았다. 모터보트는 급류를 계속 올
라가는데 상류에 또 하나의 철교는 기차가 다니는 다리라 했다. 역시

지나가는 기차가 없어 흉물처럼 보였다.

15여 분의 간단한 두만강 선상유람을 끝내고 하선하였다. 우중에도 관광객이 제법 많았다. 넓은 광장 옆 간이 시장 내에 들러 다양한 상품들을 둘러보았다. 진기한 약제, 다양한 먹거리, 그리고 화려한 문양의 도자기를 영상으로 담고 2시 30분 목단강시로 출발했다. 소요시간은 4시간이다. 차장밖에는 계속 비가 오락가락하고 멀리 산에는 안개구름을 걷어 올리고 있었다. 큰 개울을 끼고 달리는 3시 25분 현재 부근의 작물은 대부분 담배이다. 일손이 많은 담배를 집단 재배하는 부근의 산들은 완경사 야산이다.

3시 44분, 왕청(汪淸) 시가지를 지나가고 있었다. 이곳도 조선족이 많이 살아서인지 간판 대부분이 한글이다. 왕청까지가 길림성이고 이곳을 지나면 흑룡강성 구역이란다. 4시 36분부터는 사방이 짙은 물안개로 덮이고 버스는 산길을 구불구불 돌고 있었다. 산길을 벗어나니 톱밥을 이용한 노지(露地) 목이버섯 재배지가 끊임없이 이어지는데, 이곳이 재배 적지라 했다. 한국에는 없는 처음 보는 풍경이었다. 차에 내려서 보지 못해 아쉽지만 신기했다. 7시 가까이 되어 목단강시 외곽에 도착했다. 다행히 비는 그치고 시내로 들어가는 고속도로변 멀리 아름다운 저녁노을이 온통 하늘을 물들이고 있어 모두들 영상으로 담아냈다.

시내에서 현지식으로 저녁 식사를 한 후 마사지를 하고 목단강 공항에 도착하니 10시가 조금 넘었다. 11시가 되어 화물 탁송 준비를 하려는데, 웅성웅성하더니 가이드가 와서 여객기가 안개 때문에 착륙을 못 해 심양과 하얼빈공항으로 돌다가 결국 김해공항으로 되돌아갔다고 했다. 계기로 운행하는 비행기가 안개 때문에 착륙을 못 한다는 것이 이해가 되지 않았다. 당초 탑승 수속을 마치면 새벽 2시

20분에 이륙할 예정이었다.

　우리 일행은 다행히 도착하는 같은 여행사 관광객을 위해 대기 하던 버스가 있고, 호텔도 우리가 투숙했던 대복원(大福源) 호텔이고, 인원도 도착하는 예정 인원이 22명, 우리 일행은 20명이라 밤중에 호텔 구하는 수고를 들 수 있었다. 다른 200여 명의 관광객은 한밤중에 숙소를 어떻게 하였는지 남의 일 같지 않았다. 피곤한 몸을 이끌고 첫날 묵었던 대복원(大福源) 호텔 1409호실에 들어오니 새벽 2시를 넘기고 있었다.

2016년 7월 27일 (수) 맑음

　　　아침에 일어나 14층에서 바라다보는 목단강 시가지는 여전히 안개가 자욱했다. 6시 30분 식사를 하고 여객기 출발 여부를 기다렸다. 좀처럼 갤 것 같지 않던 안개가 10시를 지나서부터 사라지기 시작하여 11경에는 활짝 개어 목단강 시가지가 한눈에 들어 왔다. 곳곳에 아파트 등 신축하는 건물들이 많이 보였다. 천재지변이라 하루 연기하는 비용은 우리가 자담해야 했다.

　진에어 전용비행 시간이 어제와 같은 시간에 와서 새벽 2시 20분에 출발한다고 했다. 언제인가 청도에서 한국에 태풍 때문에 출발 못 해 1인당 하루 호텔 숙박비가 한화로 7만 원씩(식사비 제외) 부담했는데, 이곳은 여행사와 단체계약 단가로 1인당 밤 10시까지 있기로 하고도 30불씩 부담했다. 그리고 식사는 가이드가 주변의 식당을 물색하여 점심은 호텔 인근에 있는 우육(牛肉) 국숫집에서 처음 보는 색다른 음식을 맛있게 먹었다. 후식으로 수박과 아이스크림 1개씩 주었다.

남아 있는 것이 시간뿐이라 시가지 관광에 나섰다. 호텔 부근이 많은 호텔과 백화점 등이 있어 번화가(?) 인지 널은 중앙도로에는 도로 가운데 간이매점이 즐비하고 온갖 상품을 팔고 있는데 더운 점심시간에도 이렇게 사람이 많은데, 밤이면 불야성을 이룰 것 같았다.

모든 것이 한국에 비하면 너무 싸기 때문에 구매충동을 느끼었고, 점심 직후인데도 식욕을 자극하는 음식 냄새가 도로에 흘러넘쳤다. 백화점은 생략하고 더위를 피하여 지하상가로 내려가니 엄청난 규모에 놀라고 만물상같이 없는 것이 없을 정도로 온갖 값싼 물건들이 많았다. 지금의 만주 땅은 모든 것이 풍요로워 보였다. 한참을 둘러본 후 호텔로 돌아와 오후 휴식에 들어갔다. 안개 때문에 하루가 연기되긴 했지만, 목단강 시내의 생활상을 흥미롭게 둘러본 것이다.

저녁은 다양한 요리 코스의 식당에서 고량주를 곁들인 성찬으로

즐겼다. 밤 10시 반경 대기하고 있는 버스로 목단강 공항에 도착하여
졸음 속에 출국 수속을 마치고 새벽 2시(한국 시간 새벽 3시)에 들어가
니 게이트에서 100여m 떨어진 곳에 여객기가 계류 중인데 우리가 타
고 갈 여객기 이외는 아무것도 없어 마치 허허벌판에 홀로 있는 여객
기를 타기 위해 셔틀버스 없이 걸어서 트랩까지 갔다. 필자가 해외여
행을 40여 회 다녀 보았지만 걸어서 비행기 타보는 것은 처음이다.

어떤 승객은 새벽 밤하늘에 두 손을 뻗쩍 들고 만세를 부르면서 빙
글빙글 돌면서 걸어갔다. 그래도 여객기(LJ804)는 정확히 현지 시간
새벽 2시 20분에 이륙했다. 3시간 걸려 김해공항에 아침 6시 20분에
무사히 도착했다.

💬 COMMENT

성 을 주 백두산의 체험기 몇 번이나 보는 것 같습니다. 자주 여행하시는 분이라 백두산을
몇 번이고 체험하는 것으로 압니다, 조목조목 잘 표현해 주셨습니다.

김 병 열 소산 선생님의 백두산 여행기 잘 읽었습니다. 역사 속 발해의 웅장한 궁성터 만주
벌의 농촌풍경, 그 옛날 애국지사들의 독립투쟁 지난 역사를 상상하면서 선생님
의 뒤를 따라 백두산 천지까지 함께한 듯 착각 속에 좋은 구경 잘했습니다. 건강
하시고 행복한 나날이 되세요. 감사합니다.

海松 김태옥 문재학 선생님, 백두산 관광 잘하셨네요. 여행 기행문을 보니 내가 직접 보고 있
는 것같이 생생한 기록을 남기셨네요. 수고하셨습니다. 기행문이 너무나 자세하
게 잘되어서 죄송하지만 제가 좀 퍼갑니다. 저도 8월 28일부터 9월 2일까지 6박 5
일 백두산 관광 신청을 해 두었거든요.

所向 정윤희 선생님, 중국 여행 다녀오셨군요. 글 속에서 중국을 다녀온 것 같습니다.

명강사 김상영 지극 정성이 담긴 글과 정경 잘 둘러보고, 노고에 감사드립니다.

윤 한 상 TC의 설명을 들으며 연신 적고, 관찰하고, 촬영도 하면서 처음부터 마칠 때까지

시종 긴장과 여유와 낭만이 함께하는 여행 작가님과의 동행은 행복합니다. 여행 내용에 놓친 것은 거의 없고 객관적 자료까지 더하니 존경과 감사를 드립니다.

조　약　돌　생생한 기행문에 백두산 안에 제가 있습니다.

원　　　공　저도 몇 년 전에 천지에 올라갔을 때 엄청 추워 혼났던 기억이 있는데, 오늘 글과 사진을 보니, 추억이 새롭네요. 감사합니다.

꿀　　　벌　백두산 여행기 읽고 갑니다. 감사합니다. 늘 오늘처럼 행복하세요.

도　산　면　백두산 기후 때문에 한 달 내내 가도 천지 경관을 보기 어렵다고 하던데 올려주신 이미지 보니 청명하군요. 백두산 천지 잘 봤습니다. 감사합니다.

소당 / 김 태 은　7년 전에 故 장백일 교수님 외 12명이 다녀와서 아물아물했는데 소산 수필가님 시인님의 글 보니 다시 회상하게 되는 여행기를 상세히 잘 써 올려서 감회가 새롭네요. 다리 건강하실 때 여행을 많이 하니 참으로 멋지게 살아가십니다.

연　　　지　무더운 날씨에 여행 무사히 즐겁게 잘 다녀오셨군요. 여행기까지, 수고하셨어요.

상해·계림· 장가계 여행기

2005. 3. 15. ~ 3. 19. (5일)

　　여행객이 대부분 주민 들이고 그중에 환갑을 맞은 여자 분들이 많이 포함된 총 58명의 대부대가 염려(인원이 많아) 속에 10시 반경 김해공항에 도착했다. 여객기 출발은 30분이나 지연된 12시 35분에 중국 민항기(동방항공)에 탑승 상해로 향했다.

　여객기가 횡으로 6석으로 아주 작은 비행기다(길이는 보잉 747 정도 되어 보였다.) 부산 ～ 상해 간 거리는 1,114km로, 1시간 20분 소요 예상이다. 14시 조금 지나서 상해 포동공항에 도착했다. 창밖으로 보이는 포동공항은 공항 청사 전체를 철골로 높이 15m, 길이는 200m 정도로 조립하여 대부분 유리로 마감하였다.

　사람이 많아 입국 수속이 길어지고 또 중국사람 특유의 느린(만만디) 체크로 짜증스러울 정도, 수하물을 찾고 탁송하는 데 시간이 많이 소요됐다. 이곳에서부터 현지가이드가 2명 나오면서 30명씩 별개로 조를 짜서 행동하기로 했다. 상해 현지 가이드 김성분(할아버지 고향이 평안북도이고 아버지 고향이 길림성이라는 31세의 여자 기혼자)가 나왔다. 한국말을 배워서 가이드한 지 4년이란다. 약간은 이북 억양이 섞인 말씨다.

　상해는 서쪽에 있는 옛날 공항(홍조공항)이 있고, 이곳 포동공항은 새로운 공항이란다. 이곳 공항에서 시내에 있는 대한민국 임시 청사까지는 1시간 정도 소요 예상이다.

현재 한국 시간 15시 10분, 이곳 시간은 1시간 늦은 시차로 14시 10분이다. 시내로 오면서 차 중에서 가이드의 주의 사항과 안내가 계속되고 있었다. 이곳은 물이 좋지 않으니 식사 도중에 냉수를 마시지 말 것. 차량 통행이 무질서하니 교통안전에 유의할 것 등이다.

도중에 도로변에 LG와 삼성전자 대형 간판이 보였다. 이곳에서는 LG의 에어컨이 대단히 인기가 많고 아주 많이 팔린단다. 상해는 동쪽은 동해, 북쪽은 양자강, 남쪽은 항주가 있는 양자강 하류 하상(河床) 중적토로 이루어진 땅이라 역사가 일천하단다. 작년에 개통하였다는 자기부상열차가 세계제일을 자랑하는 시속 430km 눈 깜짝할 사이에 지나갔다.

중국에서 제일 큰 도시는 인구 3,000만 명인 중경이고 다음은 상해, 북경, 텐진이 4대 직할도시란다. 중국은 960만 평방킬로미터로, 우리나라 남북한의 44배 정도, 남한의 76배의 큰 나라다. 그리고 상해는 면적이 서울의 10배인 6,341평방킬로미터에 인구는 1,700만의 큰 도시다. (이 중 650만 명이 외국인이다.) 상해는 년 중 200일은 비가 오므로 공기가 습하여 농가 주택건물은 보통 2층으로 아래층은 부엌이나 창고용이고 2층은 주거로 이용하고 있다. 상해는 봄가을이 여행하기 좋은 계절이다. 봄에는 비가 적게 온다.

여름은 5~9월로 길고 평균 기온이 28도(한창 더울 때는 35도)이고 비도 많고 기온이 40도가 넘는 때가 많아 더위에 크게 시달린단다. 다만 겨울은 영하 4도까지만 내려갈 정도로 따뜻하지만, 집안에 난방 장치가 안 되어 있어 한국 사람이 와서 난방을 않고는 추위에 견디기 힘들다고 했다.

상해는 양자강의 하상 중적토 지대로 산이 없고, 역사도 700년 정도로 짧다. 시내 중심으로 황포강이 상해시를 동서로 나누고 동쪽은 포동신도시, 서쪽은 서포구 서동으로 나눈다. 시내로 오는 공항 도로 변은 조경을 많이 해두어 시선을 즐겁게 했다. 곳곳에 정원수 재배하는 곳도 많이 보였다. 반가운 대우 대형 간판도 보였다. 도로변은 아파트도 있지만 공장이 많이 보였다. 중국은 13억 인구 중 농민이 9억 명이란다. 남부지방은 벼와 밀 2모작을 하고 있다. 또 하우스도 많다. 특징은 상해는 습하기 때문에 고급 주택을 제외하고는 빨래를 밖에 장대나 막대기를 꽂고 내다 건다.

상해는 아파트를 내장을 않고 팔고 입주자가 자기 취향에 맞추어 완성하는데, 집값은 서울과 비슷하다. 즉, 30평 기준 외곽은 1억, 시내는 5억 정도, 그리고 물가가 비싸고 빈부 격차가 심한 곳이다. 상해에는 LG를 삼성보다 더 잘 알아준단다. 특히 엘지 에어컨이 많이 보급되어 있다. 아파트가 새로 짓는 것 이외에는 지저분하고 대나무 등을 길게 걸어 놓고 빨래를 많이 말리고 있었다(보기가 흉했다.). 상해는 40층 이상 빌딩이 2,400개가 있고, 외탄 지역은 황포 강둑이 관광 코스로 유명하다.

(※ 중국말: 니하오(안녕하십니까), 신콜라(수고하셨습니다), 체어슈워 나이(화장실 어디 있습니까), 세쩨(감사합니다), 니 실필르머(식사하였습니까) 등 간단히 소개받았다.)

거대한 제철소가 황포강변에 있다. 강은 수심이 평균 9m 이상이란다. 강철로 만든 아치형 노포다리를 건너면 서동이라는데, 빌딩이 숲을 이루고 있었다. 지금 우리 버스는 강을 건너 신호등이 없는 고가 도로를 지나고 있다. 중국에는 인구, 자전거, 가짜가 많다는데 역시 길에는 자전거가 많았다. 이곳 자전거는 우리나라와는 달리 등록을 하고 번호판도 단다(자전거 가격은 대당 3~10만 원 정도).

드디어 시내 복잡한 곳(서포구)에 있는 임시 정부청사에 도착했다.

관람 시간은 영상 자료 포함하여 40여 분 소요될 예정이다. 한국 관람객이 줄을 잇고 있으며, 영상 관람실은 10평 정도로 5개 방을 만들어 20~30명씩 임정 시절의 활약상 비디오(5분 정도)를 보여주고 있었다. 2층까지 좁은 복도를 거쳐 회의실, 김구 집무실, 주방, 침실 선금 기탁자 동판 액자 걸어 둔 곳 등을 통과했다. 김구를 비롯한 당시 그분들의 노고를 짐작할 수 있었다.

(※ 大韓民國 臨時政府 舊址 / 上海市 盧灣區人民政府 / 1919년 2월 19일 公布)

임시 정부청사는 1920년대 이전 건물로 모두 낡아서 임정 청사를 제외한 주위 건물은 재개발을 하고 있었다. 주위의 집들이 대부분 낡아 3~4층 건물들은 철거와 수리작업을 대나무를 받침대로 이용하고 있었다.

외탄 언덕으로 이동 둘러보려 했으나 시간이 없어 공항으로 직행하는 길에 차 안에서 외탄 언덕의 전망대를 포함한 화려한 건물을 둘러보기로 했다. 이곳은 6년 전부터 주 5일제를 시행하고 있고, 17시 30분이면 퇴근 시간이라 붐비기 시작한단다. 그리고 구정에는 1주일을 쉬고(많이 하는 곳은 15일 정도 휴무) 10월 1일이 되면 1주일. 5월 1일 노동절에도 1주일 정도 쉰단다.

상해에서 가장 큰 골동품 판매 거리를 사진에 담았다. 조금은 불결했다. 이곳도 가짜가 많단다. 무괴도 전차가 다녔다. 중국의 지하철은 상해, 북경, 광동성의 광주 등 3곳이 있다.

잠시 뒤 외탄 언덕이라는 곳에 도착했다. 시간이 있으면 내려서 여유 있게 둘러보았으면 좋았을 텐데 공항에서 일행이 많아 탑승 수속이 늦어질까 봐 결국 버스 순회로 둘러보는 것으로 만족해야 했다.

황포강을 사이에 두고 반대편은 현대식 고층건물이 즐비하고, 이

중에 동방 명주탑(진주라는 뜻)이 383m까지 올라갈 수 있는 전망대(공처럼 돌출된 황금색 원형)에 얼마 전 북한의 김정일이 방문하고 깜짝 놀랄 정도의 자본주의 사회발전을 실감하였다는 곳이다.

전망대 탑의 부근에는 현재도 고층건물을 짓고 있었다. 한쪽은 유럽식 석조 건물(거리는 대략 200~300m)로 주로 은행과 호텔로 이용하고 있단다. 퇴근 시간이 가까워져서인지 거리가 차량으로 붐비기 시작했다. 아쉽지만 상해 시내 관광을 끝내고 남포대교라는 다리를 통과하면서 공항으로 향했다. 잠시 둘러본 상해거리의 인상은 교통질서가 전연 안 되어 있고, 차량도 비교적 적었다. 그리고 대부분의 거리는 불결했다. 공항으로 가는 연도 변의 철탑 전주는 쇠로 2줄로 아래 위 3중으로 전기를 보내고 있었다.

도로변 곳곳에 작은 대나무를 조경용으로 군식(群植)을 해두었다. 도로는 편도 4차선이고 차 유형별로 차를 운행하는데, 버스는 3차선이다. 도로변 조경수는 아열대 지방이라 유도화, 종려수. 메타세쿼이아 등이 많았다. 그리고 클로버가 파랗게 많이 자라 온통 초록빛이다. 수양버들도 줄기가 파랗고, 잎이 곧 터질 것 같다. 다시 탑승 수속을 마치고 여객기에 올랐다. 김해비행장에서 탑승한 같은 회사의 동종 여객기다. 상해서 계림까지 (안내 방송에 의하면) 거리가 1,327km 소요시간은 2시간 정도라 한다. 현재 이곳의 시각은 18시 30분이다.

1996년 처음 방문 하였을 때 계림국제공항은 처음 개항한 상태라 잔디는 활착도 안 되었고 나무는 새로 심어 지주를 새웠던 공항이라 한산 하다못해 텅 빌 정도의 공항이 지금은 상당히 붐비고 있었다.

비행 소요 시간은 2시간 20분 걸려 밤 21시 30분경에 도착했다. 공항에는 조용히 비가 내리고 있었다. 연간 강우량이 1,900mm 비가 많은 지방에 부모님을 모시고 10년 전에 왔을 때 맑은 날씨는 그야말로 행운이었던 것이다.

자그마한 체격의 31세의 기혼자 김홍매 가이드가 마중을 나왔다. 아버지의 고향이 부산이란다. 주차장에 대기 하고 있는 버스에 올랐다. 시내까지는 30분 소요, 어두워서 밖이 보이지 않았다. 과거 기억으로는 시내까지 경지 정리되지 않은 들판이고 산은 없었다.

중국은 23개의 성으로 이루어져 있고, 이곳 광서성은 그중 9번째로 넓은 성(省)이다. 계림은 광서성에서 3번째 큰 도시다. 광서성은 22만 8천평방킬로미터로, 우리나라 남북한보다도 약간 넓다. 인구는 4,550만 명이다.

계림은 주위 인구를 포함 80만 명이란다. 10년 전 52만 명보다 많이 늘었는데 급속한 도시 집중화를 실감할 수 있었다. 중국은 55개 소수민족이 있고 한족 포함하여 56개의 민족으로 이루어져 있단다. 인구증가 예방을 위해 한족은 한 집에 1명, 소수민족은 한 집에 2명으로 제한한단다.

(※ 광서성은 장족 자치구로 장족이 제일 많다. 중국은 차 번호에 8이 들어가면 돈을 많이 번다는 속설이 있어 8908 등 8번이 들어간 차가 많았다. 이곳은 안량미(인디카 벼)를 연 2회 수확하고, 사탕수수도 대량 생산한다. 시내 한식집에서 중국 술(대부분 주도가 40% 내외)로 반주 삼아 식사를 했다. 숙소는 시내에 있는 아세아나 항공 지정 호텔인데 시설이 상당히 좋았다.)

아침에 일어나니 호텔 밖에는 안개가 많이 끼고 부슬비가 내리는 궂은 날씨다. 리강(離江) 유람을 위해 7시에 호텔 문을 나섰다. 계림 시내는 10년 전보다 4~5층 아파트도 상당히 많이 늘었고, 상가 건물도 많고, 차량도 많아졌다. 가는 길에 고속도로라고 통행료를 받는데 옛날에 없던 것이다. 2차선을 시멘트로 포장하여 우리나라 국도보다도 못하고 노면이 울퉁불퉁하여 승차감도 좋지 않았다. 경지정리가 되지 않은 논밭은 여전하고 농가 주택도 달라진 것이 없었다. 다만 산록 변의 묘지는 조금 다듬은 것 같았다.

1시간 반 정도 걸려 리(離)강의 흥평이라는 곳(중국 돈 20위안짜리 돈에 나올 정도로 유명한 곳임.)의 선착장에 도착하였다. 리강은 모아산

에서 발원하여 장가계의 호남성으로 향하여 내려간다. 리강 길이는 437km 광주 쪽 바다로 나간다. 강가 선착장에는 잡상인이 엄청나게 많고 귀찮을 정도로 적극적이었다.

작은 유람선을 타고 하류로 한 시간 정도 내려가면서 좌우의 계림만의 독특한 산들을 비디오와 사진으로 담았다. 대나무 죽순이 2~3m 정도씩 자라 있었다. 봉미죽(鳳尾竹, 봉황새의 꼬리라는 뜻)이라 했다.

선내에서 민물고기와 새우튀김을 우리나라 물가와 비슷한 가격으로 1만 원에, 그리고 술 한 병에 5천 원에 사 맛을 보았다. 안개 낀 강변의 풍경을 감상하면서 시간을 즐겼다.

유람을 간단히 끝내고 다시 동굴 관람을 위해 계림 시내 방향으로

향했다. 도로변 농촌은 자급용 채소랑 유채꽃 밀감나무 등이 유난히 많았다. 주변의 간판 글씨는 대부분 붉거나 황금색이다.

전답은 경작하지 않은 곳은 잡초가 무성하고, 거의 대부분 경작을 하고 있어 초록 들판이 싱그러웠다. 경지정리가 안 된 전답은 한 필지가 50~100평 정도 되었는데, 무를 많이 심어 무꽃이 마치 메밀꽃처럼 온 들판을 하얗게 물들이고 있었다. 이곳은 상록수를 제외한 나무는 보기 힘들 정도이지만 아직 새싹이 나지 않은 나목(裸木)들도 있었다. 복사꽃 매화꽃 등은 한창 지고 있었다.

이곳 계림은 귤과 곶감으로 유명하단다. 석회석 동굴을 관람하기 위해 은자암(銀子岩)에 도착하였다. 한국인 관광객이 많았다. 화려한 석회석 동굴을 감탄을 연발하면서 둘러보았다.

이곳의 산들은 석회석산이라 동굴이 많아 어린애들이 종종 실족 당할 정도란다. 백미화랑이라는 곳의 수려한 경관을 차창으로 보면서

통과했다. 우리나라에도 이런 곳 하나만 있어도 관광객이 넘칠 텐데
…. 날씨가 아침에 비가 내렸는데 리강 유람 시는 흐리더니 안개로 바
뀌더니 지금은 그쳤다. 12시경이 되니 다시 구름과 안개가 짙어지고
있었다.

양탁이라는 곳으로 향했다. 중국의 경작지는 경지정리가 되지 않아
서인지 아니면 인력이 충분해서인지 그 흔한 경운기 하나 안 보였다.
우리나라 1950년대와 같이 소(물소)와 삽과 괭이로 농사를 짓는다.

토지가 국유지라 자급자족하려고 열심히 일할 필요성이 없는 모양
이었다. 가난을 벗어날 의욕도 없고 모두가 자포자기인 것 같았다. 계
림 기석관(桂林 奇石館)을 지나 계림 시내에 가까운 식당으로 점심을
먹으러 들어갔는데 정전 속에서 식사해야만 했다.

점심이 끝날 무렵 불이 들어왔다. 밖에는 비가 세차게 내리고 일행
들은 우산 사기에 바빴다. 우중(雨中)에 지질 박물관(地質 博物館)을
방문(訪問)했다. 고대 화석과 진귀한 광물 전시를 해두었다. 광물 제
품(반지, 목걸이 등) 등을 관람하면서 비디오에 담았다. 여행객의 시선
을 끌어 한 푼이라도 돈을 벌기 위해 옛날에 없던 것을 많이 만들어
놓은 것 같았다.

지질 박물관을 나와 시내로 들어와 상비산은 차 중에서 쳐다 보고
(옛날에 왔을 때는 강변에서 내려서 시간을 가지고 보았지만) 왼쪽에 호수가
있는 구리탑을 지나 리강 상류인 해방교를 통과했다. 우중이지만 그
다지 높지 않은 북파산(가파르지만 높이는 100m 정도 되어 보임. 이곳에서
리강과 계림 시내를 조망할 수 있음.)등반을 하여 계림 시내를 영상으로
담았다. 그리고 북파산 아래 리강변 공원에서 돌에 거린 그림이 괜찮
아 보이는 병풍 그림(小)을 만 원(한국 돈)에 기념으로 구입했다.

다시 진주 및 옥공예를 판매하는 곳을 들른 후 중국집에서 저녁 식

사를 했다. 20시경에 열차를 타기 위해 유주(공업 도시로, 인구가 7백만 명이나 됨.)로 향했다. 고속도로라고 하지만 꼭 비포장도로와 비슷할 정도로 승차감이 좋지 않았다. 밤 22시경에 유주에 도착했다. 유주는 계림보다 큰 도시로 주요 간선도로는 조명이 밝았고 건물도 화려해 보였다. 특히 거리에 늘어선 다양한 형상들의 가로등이 눈길을 끌었다. 한 전주에 색깔이 다른 전구를 다양한 모양으로 달아 아름다운 빛을 뿌리는데 정말 보기 좋았다. 우리나라도 고객 상대하는 집(회사나 장사하는 집)은 홍보를 위해 이런 아이디어가 필요할 것 같았다.

대합실에서 나누어 주는 아침용 도시락을 배당받고 밤 22시 20분 장가계행 야간열차에 올랐다. 난생 처음으로 타보는 침대 열차였다. 4인 1실 2층으로 된 구조이고, 상당히 불결했다. (※ 열차 호실 배정은 여자는 여자끼리, 남자는 남자끼리 분리함) 화장실과 세면장도 불편하고 불결했다.

이 열차의 등급이랄까 수준이 어느 정도인지는 몰라도 다시는 중국에서 열차 여행은 사양하고 싶었다. 내일 아침 장가계 도착 시간은 오전 11시경이란다. 좀도둑 주의 사항을 듣고 잠자리에 들었다.

2005년 3월 17일

아침에 일어나 간단한 세면을 하고 도시락으로 아침을 했다. 좀 피곤하고 불편한 여행 환경이지만, 그래도 모두 불평 한마디 없는 즐거운 표정이다. 장가계(張家界)로 가는 철로 변 산악지대라 그런지 산을 경사가 급한데도 계단식으로(소규모) 경작하고 있었다. 물론 농기계 사용 없이 전부 인력으로 농사를 짓고 있었다. 중국도 농민이 도시로 몰려 신흥 도시가 많이 생기는데도 아직도 이런 농촌이 남아 있었다.

위도가 낮아 따뜻한 곳이라 그런지 밀감 재배를 많이 하고 각종 채소와 유채꽃이 만발했다. 일반 주택들은 (기와장이 우리나라 1/4 정도 크기. 그나마 그냥 포개 쌓는 식으로 지붕에 올려놓음) 낡거나 초라했고 현대식 아파트도 넓은 들판에 간혹 보이지만 외관이 무척 불결해 보였다.

산악 지대라 그런지 터널이 계속 이어지고 산에는 나무가 거의 없었다. 암반이 많은 산이라 토질도 척박해 보였다. 이곳은 아직 자동차가 많지 않은가 보다 큰 부락을 몇 개나 지났는데도 차가 보이지 않는다. 간이역 한 곳을 지나니 역에 석탄을 하차하여 놓고, 그것을 조그마한 터럭에 여성들이 삽으로 싣고 있었다. 장비로 석탄을 실어면 간단할 것을 그런 장비가 없는 탓인지 인력으로 그것도 여자들이 싣는 광경은 측은하기도 했다. 이곳의 생활 수준은 우리나라 1960년대 정도로 되어 보였다.

장가계(張家界) 역에 10시 5분에 도착했다. 현지 가이드 교포 3세인 손국(할아버지 고향은 경주. 길림성 출신)이 나왔다. 가이드 수입이 어느 직장보다 많고, 특히 한국인 여행객이 많아 조선족 가이드가 계속 늘어나고 있단다. 계림서 한국인 여행 가이드가 320명이라 했는데, 이곳도 그 수준은 되는 300명이란다. 역 앞에는 관광 홍보를 위해 화려한 대형 간판이 많고, 장사하는 분들이 엄청나게 많았다. (※ 잡상인에게 중국말로 '무요.' 하면 싫다는 뜻이라 그렇게 사용하란다.) 열차에서 내려 여행용 가방을 짐꾼에게 우리 돈 천 원을 주고 부탁했다. 꽤 무거웠는데도 (체격이 작은 토호족) 계단을 잘도 내려간다.

장가계(張家界) 관광지까지 50분이 걸린단다. 장가계(張家界)는 면적이 9,563평방킬로미터, 인구는 150만 명이란다. 장가계(張家界) 시내는 상당히 넓어 보이고, 10층 내외의 아파트도 있고, 화려한 건물의 백화점도 보였다. 오래된 아파트는 불결하기 그지없었다. 이곳은 호텔이 별 5개는 없고 4개가 최고란다.

장가계(張家界) 시내는 차가 비교적 많이 다녔다. 역시 도로는 노면이 한국의 시멘트 길보다도 승차감이 좋지 않았다. 시내에서 같이 온 일행 중(다른 조) 어느 아주머니가 열차 출구를 나오면서 넘어져 병원 응급처치를 위해 시간이 지체되었는데 그분은 결국 장가계 산행은 포기하였다. 조심해서 다니면서 본인은 물론 타인에 누를 끼치지 말아야 하겠다.

장가계는 비가 많아 상해와 마찬가지로 1층에는 못 살고 2층에 살아야 한단다. 중국은 어디를 가나 교통신호를 무시할 정도로 질서가 없는데 이곳도 마찬가지다. 차가 적어 오래된 무질서 습관을 고치기가 쉽지 않은 모양이다. 관광지로 가는 길 시내는 중앙 4차선이 있고 양쪽으로 녹지대(조경이 잘 되어 있음) 녹지대 밖에 차도가 양쪽에 또하나 있었다.

장가계는 150만 인구 중 토호족 원주민이 100만 명이 되고 그 외 20여 소수민족이 살고 있다. 시내를 빠져나오니 다시 차선이 없는 2차선 도로에 들어섰다. 주위의 야산에는 심은 지 얼마 되지 않는 유자나무 유목(幼木)이 많고 유채꽃도 많았다.

잠시 가다가 고속도 통행료인지, 입장료인지 차를 세워 돈을 받고 있었다. 그리고 관광지 주변이라서 묘지를 많이 옮겼다는데도 아직도 석문 형식의 묘가 많았다. 경사가 급한 곳에도 밀감 재배 등 화전을 일구어 농사를 짓고 있었다.

장가계 입구 무릉원으로 가는 진입로는 시멘트 포장 보수 공사를 하고 있었다. 도로변 중간중간에 명승지에 대한 대형 컬러 홍보용 간판이 즐비했다. 주위의 산에 소나무 편백나무 삼나무 등이 보이나 임상이 아주 빈약했다. 가는 길 노면이 계속하여 좋지 않았다. 터널에는 조명이 없는 곳이 많았고, 2km 이상 되는 곳도 조명이 희미한 것을 보니 전력 사정이 좋지 않은 것 같았다.

안내원의 주의 사항인데 관광지 내의 흡연은 한국 돈으로 벌금 5만 원이라고 강조했다. 무릉원 마을 입구의 좁은 협곡에 들어서니 희뿌연 운무 속에 송곳처럼 뾰쪽한 산봉우리들이 탄성을 자아내게 했다. 더디어 무릉도원 마을에 도착하였다. 이곳에서 한식으로 중식을 하고 장가계 입구 무릉원이라는 대형 출입문에서 입장할 때 신원 확인을 지문으로 카드와 함께하고 있었다.

그리고 별도 마련한 미니셔틀버스(일제 도요다)로 갈아타고 입산을 했다. 200여m 올라가니 좌측으로 협곡에 계곡을 막은 맑은 호수가

나타나기도 했다. 올라가는 길이 좁기도 하지만 급경사 S자 코스다. 터널도 있었다. 하산 시에 이 길로 다시 내려온단다. 이태리의 소렌토 카프리 섬 코스와 비슷하게 스릴이 있었다. 천자산은 케이블로 올라가는데 관광 시간은 1시간 정도, 원가계 둘러보는데도 한 시간 정도 예정이다.

가이드는 한국의 대통령 박정희, 전두환 등을 모르고 있었다. 조선족이지만 조국에 관한 관심이 전혀 없는 것 같았다. 올라가는 도로변에는 목련과 벚꽃이 피어 있었다. (한국보다 한 달 정도 빠른 것 같았다.)

천자산은 높이는 1,250m로 그리 높지는 않지만, 케이블카 올라가는 길이가 2,098m나 된다. 감탄하면서 천자산 정상에 올라가니 200~300명 정도 되는 관광객이 있었다, 모두 한국 사람이었다.

사진과 비디오로 기록을 남기고 기념품 가게도 둘러보았다. 장사도 전부 한국말이고 장애인들의 노래도 아리랑, 도라지 등 온통 한국 노

랫가락이다. (천 원씩 모두 주저 없이 주었다.) 한국의 유원지에 놀러 온 기분이다. 어디로 올라왔는지 다음 행선지로 안내키 위해 대기해 있는 미니버스에 올랐다.

원가계는 버스로 40분 정도 소요됐다. 역시 장사하는 사람이 많았고, 온통 한국 사람뿐이다. 주위의 산에 많이 심겨 있는 삼나무를 비롯한 활 잡목들이 예년에 없던 폭설로 심하게 부러지거나 넘어져 있었다.

산 정상에는 한국의 야산과 같은 완만한 능선을 이루고 발아래로는 산들이 장구한 세월을 두고 침식으로 생겨난 것처럼 보이는 다양한 형상의 뼈대(바위)들이 집단으로 장관을 이루고 있었다.

잡상인들이 관광객 지나가는데 천 원, 천 원 외치는 소리가 꼭 참새들의 노랫소리 같았다. 외국인이 섞여서 관광해야 관광 기분이 날 텐데, 아직 홍보가 안 되었는지 한국 사람뿐이라 조금은 아쉬운 기분

이 들었다. 원가계 꼬불꼬불한 산길(편도를 이용하고 있음)을 돌면서 사진도 남기고 중국 막걸리도 맛을 보면서 이색적인 풍경을 감상하였다. 하산길은 높이 326m를 자랑하는 백룡 엘리베이터를 이용했다.

백룡 엘리베이터 타는 곳

내려오는 시간이 1분 58초, 초고속이었다. 내려오는 도중 반 정도는 전방이 확 틔어 경관을 보면서 내려왔지만, 도착 지점에서 약 100여m는 동굴이었다. 동굴 양쪽으로는 중국의 유명 관광지를 화려한 대형 컬러 간판으로 가득 채워 홍보하는데, 아이디어가 좋고 기분도 좋았다.

이곳에서 (골짜기 협곡) 차가 도착할 때까지 장가계의 대표적인 산세를 감상하면서 동영상으로 담았다. 그리고 하산길은 당초 천자산으로 올라가는 갈림길까지 골짜기를 따라 내려오는데 차창 밖의 경치가 정말 볼 만했다. 나머지 길은 올라갔던 길을 되돌아가는 길인 셈이었다.

하산하여 낮에 중식을 하였던 옆 식당에서 삼겹살로 저녁을 했다. 다음은 무릉원 마을에 있는 관광호텔 같은 곳에서 1인당 5달러씩 팁을 주고 발 마사지를 하는데, 남자는 젊은 여자가, 여자는 젊은 남자가 서비스를 하였다. 처음으로 받아 보았지만 종일 산행을 한 후라 그런지 발과 몸이 시원하게 풀렸다.

밤이 늦은 시간에 무릉마을에서 약간 떨어진 무릉 호텔에 투숙했다. 외관은 좀 오래된 것 같았지만, 숙소는 아주 깨끗하고 좋았다.

2005년 3월 18일

아침에 6시 30분에 기상하여 호텔 뷔페로 식사했다. 식사 후 인근 주민들이 가져온 참깨를 5k에 1만 원 구입했다. 우리나라에서 사는 가격보다 훨씬 싸니까 많은 물량이 순식간에 동이 났다. 필자도 10k(두 봉지) 정도 사려고 했지만, 기회가 없었다.

8시에 TV에 홍보가 많이 되었던 보봉호 호수(寶峯湖 湖水)로 출발했다. 소요시간은 10분 정도로, 가까운 곳이다. 매표하는 입구에 대형 주차장을 중심으로 상점이 많이 있었다. 입구부터 주위의 산세가 예사롭지 않았다. 좁은 골짜기를 100m 정도 올라가니 높이 85.5m 인공폭포가 쏟아지고 있었다. 약간의 경사진 길을 400~500m 정도 올라가는데 가마군이 2만 원이면 태워준다고 했다.

우리 일행 중 이것을 이용하는 사람은 당초 약속 2만 원에서 추가 2만 원을 요구해서 입씨름하여 만원 추가로 더 주고 겨우 해결했다. 나라가 다르니 당초 약속을 이행을 안 해도(즉 억지를 부려도) 손해 볼 수밖에 없으므로 앞으로 조심하여야겠다.

다시 급경사 좁은 산길이다. 300m 정도 올라가니 보봉호 호수다. 들어가는 입구에서 선착장과 부근의 풍광을 동영상으로 담으면서 유람선에 올랐다. 이곳도 관광객은 온통 한국인뿐이고 사람이 많아서 유람선 승선이 복잡했다.

보봉호는 제일 깊은 곳이 119m이고, 평균 수심이 90m라 했다. 총 길이는 2.5km 면적은 모르지만 그리 넓지 않았다. 하산하는 쪽의 폭 5m, 높이 85.5m, 막은 것이 이렇게 거대한 관광용 호수가 된 것이다. 보봉호 호수 주변에는 토호족들이 살고 있고, 호수 안으로 진입할 적에 우측에 처녀가 정자 같은 곳에서 배가 지나갈 때마다 노래를 부르고 돌아 나올 때는 총각이 노래를 불렀다.

호수의 물도 깨끗하고 주위 산세도 계림의 산처럼 아름다웠다. 호수 주변의 두꺼비 바위랑 선녀 얼굴 모습 등 형상석이 운치를 더하였고, 선상에서 토호족 아가씨 노래와 우리 일행의 노래 솜씨 자랑을 하다 보니 순식간에 하선 지점에 도착하였다.

내려오는 길에 타 관광객과 가이드 간의 이야기를 들으니 이곳은 약 10여 년 전에 말레이시아 화교가 50년 임차로 계약하여 만든 것이라 했다. 1일 입장료 수입이 우리 돈으로 700~1,000만 원이라니 대단한 금액이었다.

보봉호를 내려갈 때는 회전식 인공계단을 이용했는데, 필요에 의해서 만들었겠지만 이색적이었다. 올라갈 때 보았던 인공폭포(호수의 물을 자연적으로 흘려보내는 시설의 폭포임)에서 단체 기념 촬영을 하였다.

이곳 인공폭포 앞에도 관광객을 상대로 하는 매점이 늘어서 있었다. 검은 깨 무게를 달지 않았지만 한 봉지 5kg로 생각하고, 만 원씩 두 봉지 샀다. 어디를 가나 관광지는 한국 돈으로 통했다. 다음은 천자봉 쪽의 10리 화랑이라는 곳으로 출발했다. 차 중에서 바라보는 보봉호 쪽의 산봉우리는 정말 아름다워 동영상으로 담아 보았다. 도중에 SILK 매장에 들렀다. 제품의 질보다 가격이 비쌌다. 넥타이도 이태리보다 비싼 편이었다. 그래도 명주 솜이불과 넥타이를 사는 분들이 있었다.

한인이 경영하는 중국집에서 중식을 끝내고 어제 올라갔던 길을 다시 올라 좌측으로 한참 올라가니 아름다운 경관이 있는 협곡에 10리 화랑이라는 모노레일을 타는 곳이 나왔다. 매표소 입구 주차장을 중심으로 승차하는 출입구 쪽으로 매장이 늘어서 있어 승차할 동안 둘러보았다. 한 칸에 6인이 탈 수 있고 한 번에 30~40명 정도 승차, 여러 대가 운행 중이고, 약간의 소음은 있었지만 오가면서 주위 경관을 감상하기에는 안성맞춤이었다.

특이하게 모노레일 천장은 투명 아크릴로 하여 풍경을 둘러보는 데 편리했다. 산골짜기 종점에는 삼형제봉을 비롯한 봉우리가 경관도 좋았고, 먹거리와 관광 상품 매장이 있었다. 이곳에도 상인들이 극성이었다.

내려오는 길에 수정판매점에 들렀다. 돌로 만들었다는 돋보기안경을 사용해보니 아주 시원하게 밝게 보여 무려 3개나 샀다. 다른 것은 우리나라 안경과 마찬가지로 한 개 만 원인데 안경집이 있는 것은 한 개 2만 원이나 했다.

다음 코스는 석회암 황룡 동굴로, 큰 기대를 하고 향했다. 가는 주위 야산들은 완만한 산들이 거의 민둥산이다. 산에 임상을 보고 국력을 평가한다는데, 이곳은 국가에서 인공 조림을 하던 천연림 보육을 하여야 하겠다.

차에서 내려 하천을 따라 동굴로 가는 1km 정도 되는 도로변에는 간이 천막으로 만든 매장에서 호객 행위를 하고 있었다. 14시 26분, 동굴 입구에 도착하였다. 입구는 조각을 잘한 누각 같은 집이 있었는데, 약간 가파른 경사지였다.

동굴 관광의 소요시간이 2시간 이상 걸린다고 했다. 입구에서 얼마 가지 않아 동굴 내 인공호수가 있었고 조각배(모터 장착) 20여 척이 관광객을 실어 나르고 있었다. 우리도 호기심을 안고 승선했다. 1km 정도나 배를 타고 들어가니 2층 3층으로 길을 낼 정도로 동굴 내가 넓고 크다. 그러나 석순 등은 조명을 하여 두었지만 90% 이상 인공 조형물 같아 기분이 아주 좋지 않았다. 계림처럼 사람으로서는 만들 수 없는 신비스러운 맛은 거의 없고 거의 전부가 인공으로 만들 수 있는 것뿐이었다. 일행에 뒤처지지 않기 위해 열심히 걸었다. 관람객이 엄청나게 많았다.

관람을 끝내고 차 타러 오는 도중에 화장실은 용변을 보는 바닥에 하천물을 유입 대변과 함께 그대로 하천으로 보내는데, 중간중간 걸려 있는 것이 미관상 좋지 않았다. (소변은 상관없겠지만) 그리고 다리 위(폭 30m 정도)를 지날 때는 5~6세 되어 보이는 어린이 2명이 밀감을 들고 천 원, 천 원 소리를 하는 것이 기특하여 필자가 사주었더니 천 원을 들고 좋아서 뛰면서 내 뒤를 잠시 따라왔다가 되돌아가기도 했다. 밀감은 차 중의 일행들에게 나누어 주었다.

다음은 녹차 판매장을 들러 시음을 하면서 녹차에 대한 기능별 설명을 듣고, 17시 30분경 장가계로 공항으로 향했다. 40분 소요 예상이다. 도중에 장가계 시내를 차 중에서 비디오에 담았다. 경관이 좋은 뒷산에 케이블카를 설치하고 있었다. 멀리서 보아 작은 산의 구멍(천문산)으로 비행기가 지나다닌다고 한다. 이번에는 방문계획이 없어 아쉽지만, 다음 기회에 다시 찾으리라 다짐해 보았다. 어둠이 내릴 즈음 한식으로 장가계의 마지막 식사를 하였다. 식사 후 그동안 우리 일행 따라다니던 아가씨 2명이 찍은 비디오와 사진을 사느라고 시간을 상당히 지체했다. 필자는 그들이 찍은 사진 몇 장과 CD를 한 장에 2만 원 주고 샀다.

어둠이 내린 밤길로 장가계 공항에 도착했다. 비행장 탑승 수속 받는 건물에 붉은 글씨로 크게 '장가계 하화기장(張家界 荷花機場)'(비행장의 뜻이라 함.)이 게시되어 있었다. 서울 사람을 비롯한 대부분 한국인들로 붐비고, 모두 중국 농산물을 싸다고 많이 사서인지 탁송하는 짐들이 많았다. (여기서는 직항로가 없어 일단 상해로 가서 환승해야 함.)

출국장 매장 간판이 한글로 '진주(眞珠)전문 매장'이라는 큰 간판을 걸어둘 정도로 한국인 관광객이 주류를 이루고 있었다. 이곳에서 동방항공을 이용해 21시 50분 출발 상해에는 24시경 도착할 예정이다. 숙소에 들어가려면 새벽 1시가 지나야 할 것 같다. 장가계서 상해까지는 1,236km 1시간 40분 소요된단다.

상해 공항에 도착하여 일행 중 어떤 아주머니가 화물이 도착하지 않아 공항에서 한 시간 이상 지체했다. 밤이 늦어 모두 극도로 피곤해했다. 새벽 2시 지나 상해 시내 금융가 거리에 있는 호텔에 투숙하였다.

2005년 3월 19일

　　아침 9시 여객기를 타기 위해 새벽 5시 30분에 기상했다. 대부분 나이가 들어서인지 모두 제시간에 나왔다. 호텔 로비에서 빵으로 아침을 대신하였다. 호텔 밖에 나오니 어둠 속에 청소하는 분들이 있었다. 어둡지만 기념으로 호텔 전면을 영상으로 담아 보았다. 차량은 간혹 다녔다. 주위를 둘러보니 대부분 은행건물 금융거리인 것 같았다.

　6시에 상해 포동 공항으로 출발하여 7시경 도착하여 우리가 단체 손님으로는 제일 빨라서인지 화물 탁송 제일 앞자리에 화물을 대기시켰다. 아직 직원들은 나오지 않았다. 곧이어 화물을 부치고 탑승 수속도 끝냈다. 이곳 공항은 국제도시답게 외국인이 상당히 많았다. 여객기는 9시 출발 예정이나 역시 중국 여객기라 30분 정도 늦게 출발했다. 상해서 부산까지는 1,000km, 소요시간은 1시간 10분 예상이다.

　김해공항에 도착하여 짐이 많은 사람은 별도의 확인을 받았다. 어떤 분은 먹다 남은 밀감 등 때문인지 생물은 압수당하고 신고서를 작성케 했다.

　일행이 너무 많아 어려움이 많은 여행이었다. 앞으로 여행 시에는 참고로 하여야 하겠다. 대기하고 있는 관광버스에 탑승 12시 조금 지나 무사히 출발지에 도착하였다. 이번 여행 기간이 짧고, 여행지가 별 볼거리가 시원찮은 여행인 것 같았다.

서안
여행기

2014. 4. 20. ~ 4. 24. (5일)

2014. 4. 20.(일요일, 맑음)

　　동대구역에서 심야버스로 인천공항에 20일 새벽 5시에 도착했다. 8시에 일행을 만나 출국심사를 하는데, 10시 정각에 출발하는 비행기를 놓칠까 염려스러울 정도로 출국하려는 사람이 많았다. 영생을 꿈꾸던 진시황과 동양 미인의 상징적인 인물 양귀비 흔적을 찾아 아시아나 항공(oz 347)편으로 인천공항을 이륙 중국 서안으로 향했다. 쾌청한 날씨 속에 인천대교가 한눈에 보이고 화물선을 비롯한 크고 작은 배들이 하얀 포말을 일으키며 바다를 가르고 있었다.

　　3시간 만에 서안 상공에 다다랐다. 뭉게구름 사이로 경작지와 보라색 오동나무 꽃들로 둘러싸인 마을들이 도로를 중심으로 곳곳에 보였다. 경지정리는 잘되어 있지 않았지만, 녹색 융단의 평야 지대가 풍요로워 보였다.

　　현지 시간 12시 30분(1시간 늦음)에 입국 수속을 마치고 나와 현지 가이드 윤성룽(교포)과 우리 일행과 합류했다. 가족끼리 온 어린이 두 사람 포함하여 모두 10명이다. 간단한 통성명을 하고 대기하고 있는 작은 버스에 올랐다. 날씨가 흐리고 황사인지 운무인지 시계가 흐려 순조로운 관광이 될 것인지 심히 염려스럽다. 그나마 비가 내리지 않아 다행이다.

　　이곳 서안국제공항이 위치한 곳은 함양시 구역으로 서안까지는 약 50km 정도 떨어져 있다. 둥근 관제탑 가까이에 있는 대형 식당에서 중국 현지식(現地食)으로 점심을 한 후 서안으로 향하는 고속도로에 들어섰다.

서안(西安: 중국식 발음은 시안)은 중국내륙의 제일 큰 도시로 인구는 870만 명이다. 옛날에는 장안이라 불리는 13개 왕조의 도읍 도시 3천 년 역사를 가진 수도였다. '장안의 화제'라는 말이 있듯이 우리 선조들에게는 동경의 대상이었을 것이다. 중국에서 인구가 제일 많은 도시는 중경으로 3천만 명이라는데 놀랐다. 상해와 합치면 우리나라 남한보다 인구가 많다. 서안 지역은 연간 강우량이 500~600mm로, 비가 적은 곳이다.

현재 중국 최대의 지도자 시진핑이 이곳 서안 출신이라 대대적인 개발이 이루어진다고 했다. 우리나라 삼성전자가 3백억 불을 투자하여 공장을 짓고 있는데, 공사 동원인부가 하루에 만 명이 넘는 대규모란다. 박근혜 대통령도 이곳을 다녀갔다고 했다.

당나라 중심지였던 서안(명나라 이전 주·진·한·당나라 때까지는 장안으로 불리움.)은 황제 무덤이 78개나 있는데, 그중 76개는 도굴당하고 진시황릉과 측천무후릉만 도굴이 안 되었다고 한다. 고속도로변 평야 지대에 돌출된 작은 산처럼 보이는 것이 황제 무덤이란다. 주위의 경작지는 윤기가 흐르는 대규모 밀밭이고, 마을은 온통 보라색이 만개(滿開)한 오동나무 꽃이 뒤덮고 있는 것이 이색적이고 신기했다.

강태공이 낚시하였다는 '위수'강을 지났다. 이곳 강 주변에는 풍부한 수원을 이용하여 벼농사를 짓는다고 했다. 복잡한 입체 교차로도 지났다. 아직 산이 보이지 않는 평야 지대로, 고속도로 요금소를 지나서도 8차선 도로가 시원하게 뚫려있었다. 황사와 물안개 때문에 멀리 있는 풍경을 볼 수 없어 아쉬웠다. 서안 시내에 들어서니 곳곳에 아파트도 많지만 새로 짓는 아파트도 많이 보였다. 시내 도로변은 정원수와 각종 꽃으로 녹지공간을 잘 조성하여 쾌적해 보였다.

먼저 기원전 119년에 장로가 300여 명의 상단(商團)을 거느리고 실크, 황금 등 선물을 가지고 서역으로 출발한 동서교역의 중심지이자 시발지(始發地)인 실크로드 조각공원에 도착했다.

실크로드 시발지

공원 입구 정문에는 10여 명이 중국 전통악기를 연주하는 것을 잠시 구경하면서 동영상으로 담았다. 실크로드 출발지는 도로변에 위치하고 기다란 분홍색 화강석으로 조각한 대형조형물이 아름다운 꽃밭 속에 자리 잡고 관광객을 맞이하고 있었다.

한 바퀴 둘러보고 역사박물관으로 향했다. 박물관에 도착하니 주차장에는 관광버스가 많았다. 박물관은 외형상은 건물이 대단히 크고 웅장했다. 제1 전시관 입구 홀에는 측천무후 무덤에서 나왔다는 대형 돌 사자상이 관광객의 카메라 세례를 받고 있었다. 이곳 전시물은 50% 이상이 출토 유물이다.

역사 박물관 1층 전시실 거대한 사자상

　약간 어두운 조명 아래 3천여 점의 중국의 옛날 유물들을 1층에 제1 전시관 2층에 있는 제2, 제3 전시관에서 필요한 것은 영상에 담으면서 다리가 아프도록 둘러보았다.

　차는 다시 북광구에 있는 대안탑(大雁塔)으로 향했다. 서안의 신흥 중심지는 고층건물이 즐비한데, 상당히 넓어 보였다. 교통체증이 일 정도로 차량이 많은 데도 교통질서를 지키지 않아 보는 것만으로도 불안했다.

　북광구는 서안에서 제일 잘사는 부촌 지역이란다. 그래서 그런지 건물들이 고풍스럽거나 화려했다. 거대한 대안탑 앞 넓은 광장에는 검은색 삼장법사 현장(602~664) 당나라 초기 고승)의 큰 동상이 눈에 들어왔다. 그 뒤로 미려한 대안탑이 손짓하고 있었다. 자은사 경내

에 있는 대안탑은 652년 당나라 고승 삼장법사 현장이 인도서 가져
온 경전과 불상을 보관하기 위해 세웠는데 규모는 높이 64m 7층으
로 둘레는 25m 벽돌로 지어졌다.

대안탑

차는 대안탑 뒤쪽 수백 평이나 되어 보이는 대형 분수대 공원 앞에
세웠다. 대안탑은 넓은 분수대에서 영상으로 담고 공중으로 지나가는
모노레일의 기차도 동영상으로 담았다.

차는 종고루 광장을 지나 회민(回民)거리 야시장 입구에 도착했다.
회민거리 입구에는 잘 조각된 석문을 들어서니 소수민족인 회족시장
이 반겼다. 다양한 먹거리와 기념품과 공예품 등을 파는데 사람들이
너무 많았다.

어둠이 내리기 시작하자 상점마다 화려한 전광판 불빛과 우거진 나
무에 설치한 네온 불이 흘러내리면서 밤길을 밝히고 있었다. 이름도

모르는 특이한 엿을 3달러 주고 사서 일행들과 나누어 먹으면서 20여 분간 직선 시장거리를 둘러보고, 거대한 성문을 통과하여 밖으로 나왔다.

회민거리 입구

가까이에 있는 종고루 옆 3층 식당으로 갔다. 저녁 식사 메뉴는 수십 가지나 되는 만두였다. 이색적인 식사를 하고 나오니 종고루를 비롯한 주위 건물들의 흘러내리는 네온 조명이 깜짝 놀랄 정도로 화려하고 눈부셨다. 필자가 여행지를 돌아본 것 중에서는 제일 화려한 것 같았다. 동영상으로 열심히 담았다. 참고로 종고루는 명나라 홍무 17년(1384년) 장안의 최중심지에 3층(높이 8.6m)으로 지어 타종으로 성문을 여는 등 시간을 알렸다고 한다.

종고루 거리 풍경을 즐기고 시내 중심지에 있는 유경호텔(일명 아방궁) 518호실에 여장을 풀었다. 이번 여행 기간 동안 4일 밤을 이곳에서 계속 유숙할 예정이다.

2014년 4월 21일(월요일, 비)

　　9시 30분경에 호텔을 나왔다. 기어이 날씨가 심술을 부려 강우량이 극히 적다는 이곳에 아침부터 비가 내렸다. 먼저 시내에 있는 당나라 별궁 흥경 공원으로 갔다. 당 현종이 양귀비와 함께 살면서 집무를 보았다는 곳이다. 경내가 상당히 넓은데도 화초와 정원 수로 단장을 잘해 두었다.

흥경궁 입구

그 옛날 생활상을 그려보면서 연초록 능수버들이 늘어진 호수 등을 둘러보고 나왔다. 흥경 공원 앞 도로 건너편에는 교육도시답게 교통대학 정문이 마주하고 있었다. 우중에 차는 화청지로 향했다. 시원하게 뚫린 시내 간선 도로변에 분홍빛 아카시아 가로수가 물기를 머금고 고운 자태를 뽐내고 있었다.

이어 고속도로에 들어서면서 '패하강'을 지나고 있었다. 역시 고속도로변은 아름다운 조경수로 단장을 해두어 여행객 시선을 즐겁게 했다. 비는 계속 내리고 뿌연 운무 때문에 주위의 경관을 볼 수 없어 안타까울 뿐이었다. 드디어 역사를 뒤흔들고 비운 속에 생을 마감한 양귀비 숨결이 살아 숨 쉬는 당나라 별궁 화청지(華淸池)에 접어들었다.

(※ 화청지는 서안에서 30여km 떨어진 여산(높이 1274m) 남서쪽 자락의 온천지로 주(周)나라. 진(秦)나라. 한(漢)나라에서도 이용했고, 당(唐)나라 때부터 화천궁으로 명명하여 당 현종과 양귀비(719~759)의 로맨스가 있는 곳으로 3,000년의 역사를 가진 곳임.)

화천지 입구 도로변 가로수 사이로 길게 드리운 붉은 가로등이 이색적이다. 화청지 정문 입구 맞은편에 매력적인 양귀비의 자태와 이를 바라보는 현종 그리고 각종 악기를 다루는 무희들의 거대한 청동조각상을 동영상으로 담았다.

  정문을 들어서니 멀고 가까운 곳의 다양한 건물들이 호기심을 자극했다. 좌측으로 조금 들어가니 넓은 공연장이 나왔다. 이곳을 옆에 끼고 붉은색 기둥과 화려한 단청을 한 구불구불한 낭하를 지나면서 보니 이곳저곳에서 아름다운 자태를 뽐내는 고풍스런 건물들이 반기고 있었다. 명서대를 지나 하얀 대리석의 양귀비상이 있는 광장에 오니 우산을 쓴 관광객들이 앞다투어 사진을 담느라고 북새통이다.

양귀비

긴긴 세월을 두고
얼마나 회자(膾炙) 되었던가.
동양 미인의 표상, 양귀비

백옥 같은 살결 위로
은빛 달빛도 숨을 죽이는

상상의 나래에 살아있는
천하제일의 아름다운 모습
천연의 향기로 피어오르고

대리석 욕조의 긴 그림자도
낭하(廊下)를 울리던
긴 비단 치맛자락 소리
화청지를 휘감고 도는구나.

꿈같은 부귀영화
미인이어서 불행했었나.
비극으로 요절(夭折)한 삶

인생무상.
무심한 세계인의
호기심의 발길만 밀려드네.

※ 화청지(華清池): 서안의 여산 자락에 있는 당나라 때 별궁으로, 당 현종과 양귀비의 로맨스가 남아 있는 곳임.

　　모두 예정된 일정을 소화하기 위해서인지 몰라도 비가 내려도 관광객이 많았다. 우리 일행은 나중에 이곳에 다시 들르기로 하고 양귀비 목욕탕을 비롯한 여러 목욕탕과 온천수가 솟고 있는 곳 등을 둘러보았다. 1936년 12월 서안 사변 시 장개석이 부하직원 장학량에게 체포 감금되어 사용했던 오간청이 집무실, 회의실, 침실 및 대리석 실내 욕조가 원형 그대로 보존되어 있었다. 오간청 앞 연못에는 예쁜 수련들이 함초롬히 비를 맞으면서 관광객을 맞이하고 있었다. 비는 계속 내려도 여러 곳을 둘러보았다.

조금 높은 곳에 올라가 화청지 전경을 내려다보는데, 우거진 나무가 자꾸만 시야를 가려 아쉬웠다. 비가 오는데도 멀리 여산 산정으로 케이블카도 오르내리고 있었다. 마지막으로 양귀비 상을 영상으로 담고 가까이에 있는 병마용갱으로 향했다. 가까이에 얼마 안 가서 병마용갱 입구 주차장이 나왔다. 역시 많은 관광버스와 관광객이 줄을 잇고 있었다. 우리 일행은 삼겹살로 점심을 하고 빗속을 걸어서 병마용갱으로 향했다.

한참을 걸어 넓은 광장을 지나 거대한 1호 갱(면적 약 14,200평 정도)에 들어서니 영상을 담기가 어려울 정도로 관광객이 만원이었다.

병마용갱 1호 갱 내부

2,200년 전에 만들었다는 토병은(키가 184~197cm) 섬세하게 조각으로 만들어 1천 도의 온도에 구워서 진시황(B.C. 259~210, 신장 196cm, 체중 135kg였고, 49세에 사망할 때까지 폭군으로 군림했다.)의 사후 지킴이로 만들었다는데 그 규모에 놀라움을 금치 못했다. 1호 갱은

아직 발굴 중인데 병사들 지역이란다.

가까이에 있는 3호 갱은 더 깊이에 있었다. 이곳은 지휘소이고 계속 발굴 중이다. 다음은 2호 갱에 들어서니 1호 갱과 비슷한 규모이다. 이곳은 기마병 주둔지라는데 극히 일부만 발굴하고 대부분 표토만 걷어낸 상태였다. 8천여 점의 병사와 130개 전차 520여 점의 말이 있을 것으로 추정하는데 실로 어마어마한 규모다. 그리고 모두 아름답게 채색을 하였다는데, 발굴하면서 노출되면 채색이 바래는 것을 방지할 방법이 현대 첨단 과학 기술로도 대책이 없다니 아쉬웠다. 2호 갱에 완제품 토병을 복잡한 관광객 사이로 촬영하느라 지체하다가 일행을 놓쳤다. 실내가 약간 어둡고 사람이 너무 많아 주위를 몇 차례 왕복으로 찾아보아도 도저히 찾을 수가 없었다.

완제품으로 출토된 것임.

일행을 놓칠 때는 다니지 말고 그 자리에 서 있도록 당부한 것을 기억하면서, 호텔 전화번호를 갖고 있어 안심은 되지만, 필자 때문에 일정에 차질이 생길까 염려스러워 마른 땀이 났다. 다른 관광객은 거의 우산을 접어 들고 있지만, 필자는 노란 비닐 우의를 입고 있어 쉽게 찾으리라 생각했는데 찾지를 못했다.

일행이 멀리 간 것으로 알고 가이드에게 전화를 하기 위해 전화번호를 보려고 해도 실내가 어두웠다. 제일 밝은 곳으로 가도 글자가 보이지 않아 애를 쓰고 있는데, 같이 간 일행이 필자의 이름을 부르면서 다가왔다. 처음에는 필자를 부르는 소리가 실내울림으로 다가와 구별이 안 되었다. 비닐 우의 입은 사람은 필자밖에 없어 쉽게 찾았다고 했다. 필자가 비닐 우의 입은 것은 우산을 쓰고 사진촬영이 어렵기도 하지만 방수 카메라로 노출해서 마음대로 동영상 촬영을 해야 하기 때문이었다.

2호 갱을 나와 병마용갱 박물관을 잠시 둘러보고 셔틀버스를 타고 1.5km 떨어진 진시황릉으로 향했다. 진시황릉은 기원전 246년부터 30년간 높이 76m, 넓이 둘레가 2,000m의 세계 최대의 묘지로, 인부 70만 명을 동원하여 조성하였고, 완공 후 도굴방지를 위해 인부들을 생매장하였다고 했다. 왕궁을 옮긴 것 같은 규모로 수은이 흐르는 100여 개의 강과 수십 개 망루를 가진 토성에 온갖 보물 등을 매장하고 있다는데 궁금하기 그지없었다.

진시황릉 박물관과 진시황릉 쪽으로 거대한 진시황릉 표지석이 있는 곳에서 수백 미터나 떨어진 작은 산 같은 진시황릉을 위치 확인(부근 일대는 평야 지대임)으로 만족해야 했다. 진시황릉은 도굴도 개발도 안 되어 있었다.

버스는 다시 화청지 앞을 지나 고속도로를 통과 서안 시내로 들어섰다. 서안 시내는 고층 아파트를 계속 짓고 있어 얼마 안 가서 빌딩 숲을 이룰 것 같았다. 교통체증이 아주 심했다. 오후 7시가 지나니 일부 건물에 네온사인 등 조명이 들어오고 있었다. 버스는 장안성곽을 따라 거북이걸음으로 움직이고 있었다. 지상에서 성벽을 비추는 은은한 조명과 성벽 위의 요철(凹凸) 라인 따라 들어온 조명은 한 폭의 그림이었다.

더구나 곳곳에 있는 성루(城樓)의 화려한 조명이 4월 말 신록(新綠) 속으로 환상적인 분위기를 연출했다. 교통체증 덕분에 성곽의 화려한 야간 조명을 여유롭게 감상할 수 있었다. 성 밖 주위의 일부 아파트 옥상에는 정각처럼 기와지붕을 만들어 야간 조명을 하고, 고층건물마다 화려한 네온사인이 서안시내를 별천지 풍광으로 바꾸고 있었다. 호텔에 도착하니 비는 그쳤다. 하루 종일 빗물에 젖은 발을 씻고 잠자리에 들었다.

2014년 4월 22일(화요일 맑음)

아침에는 밝은 햇빛이 호텔 방으로 스며들고 있어 오늘은 즐거운 관광이 될 것 같다. 아침 10시경에 중국 오악 중의 하나인 '서악 화산'으로 출발했다. 지난밤에 지나왔던 장안 성곽을 지난다. 도로변에 늘어선 만개한 하얀 아카시아 꽃이 하얀 미소를 짓는다. 화산까지는 120km 2시간 소요 예정이다. 하늘 아래 제일 험한 산 '화산' 중화라는 '화(華)' 자는 화산에서 유래되었다고 했다. 또 화산은 도교의 발원지기도 했다.

시내를 잠시 벗어나 서안과 상해를 연결하는 8차선 '연곽고속도로'에 들어섰다. 이정표를 보니 화산까지는 100km 남았다. 고속도로변은 온통 보라색 꽃 오동나무로 뒤덮여 있는 것 같았다. 간혹 수벽(樹壁)을 이루는 버드나무 사이로 보이는 보리를 비롯한 농작물이 싱그럽기만 하다. 일부 낮은 야산을 지나기도 하지만 대부분 평야 지대다. 날이 맑아도 화산이 가까워올 수록 운무가 짙어가고 있어 처음 찾아가는 오늘의 산행이 허탕을 칠까 걱정스러웠다.

화산 입구에서 중국 현지식(食) 중식을 끝낸 후 화산매표소에 들렀다. 입장권을 파는 실내 대형 매표소 안 홀의 50여 평이나 되어 보이는 바닥에 어떻게 만들었는지 하늘에서 내려다보는 화산의 실물 입체 컬러 영상을 축소하여 설치하고, 그 위를 강화유리로 덮어 관광객이 밟아 다니면서 둘러보도록 하였는데, 정말 감탄이 절로 나올 정도로 신기했다.

이어 대기하고 있는 셔틀버스로 갈아타고 험산 계곡을 구불구불 몇 번이나 S자형 좁은 도로 따라 20여 분이나 올라가는데 차장 밖 풍경이 고개를 아프게 할 정도로 절경이었다. 계곡물 소리가 요란한 케이블카 선착장에 도착하니 많은 버스와 관광객이 와 있었다. 짙은 운무 때문에 아무래도 멀리 보는 것은 어려울 것 같았다.

6인승 케이블카를 타고 운무를 뚫고 70~80도 경사를 올라가니 위쪽은 거짓말같이 활짝 개어 있었다. 어제 비가 내려서인지 곳곳에서 스며 나오는 물들이 가슴을 시원하게 했다. 지표면에 낮게 오르는 케이블카 발아래로 이름 모를 작은 꽃들이 앙증스럽게 환한 미소로 반기고, 한층 물오른 연초록 잎새도 물이끼도 생기 넘치는 자태를 뽐내고 있었다.

케이블카 종점에 도착하니 깎아지른 절벽 아래에 집을 지어 상품매장과 휴식처로 이용하고 있었다. 다시 50여m 산 능선으로 오르는 길은 화강석 자연 바위를 계단으로 다듬어 활용하는 곳이 많았다. 산 능선에는 먼저 도착한 관광객들로 붐비고 있었다.

능선에서 우측으로는 북봉(北峰), 좌측으로는 동봉을 지나 서봉으로 가는 길이다. 먼저 기암괴석 사이로 바위를 깎아 만든 가파른 절벽이 있는 동봉으로 향했다. 이곳저곳에 공간이 있는 곳은 다양한 시설물들을 해두어 관광객의 편의를 제공하고 있었다.

동봉 가는 길(멀리 보이는 것이 서봉임)

보라색 라일락이 많이 보이고, 철 늦은 개나리도 가끔 보였다. 무엇보다도 암반 사이에서 시원한 솔바람을 토해내는 수형이 아름다운 큰 소나무를 만나는데, 그 생명력에 다시 한 번 시선을 돌리기도 했다. 짧은 시간에 많은 곳을 보기 위해 서두르다 보니 숨이 턱에 차고 땀이 비 오듯 했다. 연초록 바람이 불어와도 즐길 여유가 없었다. 1시간여 만에 동봉에 도착하니 백여 미터나 되어 보이는 절벽이 현기증을 일으키게 한다.

깎아지른 커다란 서봉(제일 높은 봉우리, 해발 2,087m)이 앞을 가로막고 사방 기암괴석 사이로 낮게 내려앉은 운무가 신비스러운 풍광의 극치(極致)를 이루어 신선이 된 느낌을 갖게 했다. 서봉은 눈요기로 끝내고 아쉬운 발길을 돌렸다.

주어진 시간이 얼마 남지 않아 서둘러 내려와서 다시 반대편 북봉으로 아름다운 풍광을 영상으로 담으면서 올라갔다. 북봉 정상에 오르니 맞은편 산봉우리들 부근은 산중 허리 하얀 기암괴석 사이사이로 자라는 초목들이 마치 수묵화 같은 아름다운 풍광을 그려내고 있었다. 처음 보는 그림 같은 광경이라 동영상으로 열심히 담았다.

북봉 가는 길

3시간여의 산행을 하고 하산길 케이블카 부근은 운무가 씻은 듯이 걷히어 올라올 때 보지 못한 산세(山勢)들을 즐겁게 둘러볼 수 있었다. 어제 내린 비 때문에 계곡물 소리는 더욱 청아하고 이곳저곳에 암반을 타고 내리는 실 폭포가 더위를 식혀 주었다. 다시 셔틀버스로 내려오면서 아름다운 풍광을 감상했다. 대기하고 있는 관광버스로 갈아타고 서안으로 향하는 고속도로에 들어섰다. 모두가 힘든 산행 탓인지 조용했다.

서안 시내가 가까워오니 우측으로 병마용 가는 길 이정표에 서안까지 19km로 나온다. 화청지와 병마용갱이 서안에서 가까운 것을 새삼 느꼈다. 좌측으로는 멀리 그리 높지 않은 산들이 늘어서서 따라오고 있었다. 그리고 그 앞으로는 아파트들이 산재해 있었다. 고속도로를 벗어나 시내 간선도로에 들어섰다.

현재시간 오후 6시 16분, 시내로 들어가는 6차선 도로가 차량으로 꽉 막히어 거북이걸음이다. 상당한 시간이 지체되었지만 저녁 식사 후 8시부터 극장에서 장안의 역사를 알 수 있는 '당극 13조(朝)'라는 가무 쇼를 즐겁게 보고 10시경에 호텔에 도착했다.

2014년 4월 23일(수요일, 맑음)

　　　　아침 10시 호텔을 나와 팔로군 기념관으로 향했다. 중국 역사의 분수령이 된 서안사변과 관련된 팔로군 사령부가 있던 곳이다. 시내에 자리 잡은 팔로군 사무처 기념관은 비교적 초라했다. 팔로군 전신은 홍위부대이고 그 사령관은 주덕(朱德)이다. 1937년 항일전쟁을 위해 제8로군으로 개칭하였고, 1947년 인민해방군으로 명칭을 바꾸었다.

　1936년 12월, 장학량(장개석의 부하)이 항일전쟁이 우선이라고 판단하여 화청지에 장개석을 체포 감금하는 국공합작을 일으킨 서안사변이 있었는데, 이때 장학량이 장개석의 명령대로 2만 명밖에 안 되는 인민군을 먼저 제거하였더라면 어떻게 되었을까? 중국의 공산당이 존재하였을까?

　이곳에는 등소평을 제외한 중국의 유명 인사들이 거쳐 갔다고 했다. 특히 6·25사변 정전 협정 당시 중국 대표자인 '이극농'도 이곳에서 생활하였다고 했다. 벽에 이름이 붙어 있었다. 또한, 주덕과 주은래의 검소한 숙소가 잘 보존되어 있었다. 손문, 모택동 등 사진도 게시되어 있었다. 군인들 숙소는 숙소 입구부터의 긴 통로가 원통형 출입문들이 이색적이었다.

　차는 다시 비림 박물관으로 향했다. 먼저 장안성 성벽 아래 연접하여 있는 문서거리였다. 많은 서예가들이 다양한 필체의 글씨를 전시 판매도 하고 필묵과 인장도 새겨 팔고 있었다. 시원한 나무그늘 밑을 거닐면서 시간 가는 줄 모르고 둘러보았다.

장안성은 명나라 홍무제 3년에서 11년 사이에 지었다고 한다. 규모는 길이 13.74km, 높이 12m, 성 위의 폭 12~14m이다. 즉석에서 54위안(한화 10,000원) 입장 티켓을 주고 성벽 위로 올라갔다.

장안성 위의 광경(폭 12~14m임)

600년 전에 긴 장방형 거대한 성을 벽돌을 구워서 쌓아 만들었다는 것이 경이롭기만 했다. 성내는 기와지붕(2층)으로 이루어진 고풍스런 옛날 집들이 많고, 성내 중심 일부는 10층 내외의 현대식 건물이 있지만, 상당히 통제를 받는다고 했다.

성 밖은 미려한 현대식 고층건물이 성을 따라 늘어서 있다. 성벽 밖 바로 밑으로는 외적 침입을 막기 위해 호성하(護城河)=깊은 수로를 만들었는데, 물이 가득하다. 며칠 후(5월 1일)부터 이곳에 유람선을 띄워 관광지로 개방하기 위해 막바지 작업이 한창이었다. 성(城) 내외를 비롯하여 야간 조명이 화려했던 성루(城樓) 등을 영상으로 담고 성을 내려왔다. 그리고는 바로 앞에 있는 비림 박물관 내로 들어갔다.

비림은 공묘(공자 사당)가 있던 자리에 부지 3만평방미터에 당나라 시대까지 중국 전역에 산재 방치된 각종 비석과 석각조각품 들을 송나라 때(1087년) 시작하여 체계적으로 정리 보관했다. 비림 박물관은 7개의 비석 진열실, 8개의 비정(碑亭), 두 개의 석각 예술실, 6개의 묘지 진열복도 등이 있다. 진한시대부터 각 시대의 비각 능묘석각, 종교석각이 있었다.

비석은 모두 2,300여 점이 보관되어 있고, 시대별로 유명 서예가의 필체와 문인들의 글 등, 5천 년 중국 문화를 엿볼 수 있는 곳이다. 특히 제3호실에는 흥경공원 조감도를 비석에 남겨두어 고증(考證) 복원에 큰 도움이 되었다고 한다.

또 하나 조조에게 붙잡힌 관운장이 유비를 그리며 쓴 시의 글자를 대나무 잎 그림으로 음각을 하였는데, 처음 보는 사람은 대나무 그림으로 착각할 정도였다. 이것을 탁본한 것을 보여 주는데 멋진 필체로 나타나는 것을 보니 정말 신기했다.

한문도 필체도 잘 모르지만, 설명을 열심히 들으면서 다리가 아프도록 둘러보았다. 이어 인접한 석각 전시실에서 옛날 중국의 유명 인사나 부호(富豪)들이 다양한 아이디어로 석물 조각과 묘지 부장품. 비문. 석각들을 호기심의 눈으로 담았다.

3시간여를 관람하고 나오니 상당히 무덥다. 버스는 다시 시내 중심부에 있는 대흥선사(大興善寺)에 도착했다. 서안 최고의 사찰로 265

년부터 289년까지 축조되었다. 수나라 때 확장공사를 하고 당나라 때 크게 번성하였다고 한다. 그리고 이곳에서 신라 혜초 스님이 머물렀다고 한다.

시내 중심부에 있어서 신도들의 이용에 편리할 것 같았다. 필요한 몇 곳을 영상으로 담고 5시경에 호텔로 돌아와 잠시 쉬었다.

6시경에 시내 중심부로 저녁 식사를 위해 가는데, 역시 교통체증이 심했다. 거의 한 시간 만에 도착하여 가족 원룸에서 중국식 샤브샤브 특식으로 저녁을 했다. 저녁 식사 후 밖을 나오니 휘황찬란한 네온이 서안 거리를 밝히고 있었다. 고층건물마다 관광객을 위한 네온사인을 쏟아내고 있었다. 현대화되어가는 서안시의 발전상을 느낄 수 있었다.

2014년 4월 24일(목요일, 맑음)

 10시 30분에 서안 국제공항으로 향했다. 역시 장안 성문을 벗어나 계속 성벽 옆을 지나고 있었다. 온전히 반 바퀴 돌고 난 후, 성벽으로부터 벗어났다. 공항 가는 도중에 한나라 시대 때까지 장안의 중심지였다는 끝이 보이지 않는 거대한 방치된 땅을 지났다. 철저하게 흔적을 없애고 공터로 남아 있는 것이 조금은 이상했다. 현재의 서안시는 당나라 때부터 수도로 이용해 왔다고 한다.

 서안 국제공항에서 공항 사정으로 예정시간보다 1시간 늦게 출발(아시아나 oz 348)하여 인천공항에는 오후 6시 20분경에 무사히 도착했다.

💬 **COMMENT**

서 율 / 박 신 영	역사에서 본 그대로 설명도 시진도 여행 잘했습니다. 무사귀환 감사하구요, 고맙습니다.
雲岩 / 韓秉珍	선생님 중국 서한 여행 기행문과 사진을 올려주셔서 잘 감상했습니다. 기행문 감상하면서 꼭 그곳에 다녀온 느낌으로 머물다 갑니다. 4월의 마지막 밤 건강 유의하시고 평안한 보내시고 5월 맞이하시기를 기원합니다.
안 회 터	직접 보고 온 듯한 생동감 있는 여행기를 잘 읽었습니다. 역사 공부도 되었구요. 꾸준히 가끔 올려주는 글솜씨에 격려의 응원을 보내드립니다. 감사합니다.
소 당 / 김 태 은	정말 존경합니다. 이 글 쓰시느라 정말 고생했어요. 글을 써 보신 분 아니고는…. 아무튼 저도 많이 바쁜데 오늘 아침 이 글 다 읽어 봤습니다. 다시 한 번 머리 숙여 존경하고 감사합니다.
白雲 / 손 경 훈	서안 여행기 직접 가 본 곳처럼 상세해서 좋네요. 고운 글 고맙습니다.
박 종 배	같이 여행하는 듯했습니다. 일행을 잃었다는 대목이 실감나는군요. 잘 보고 많이

배워갑니다.

은	고	개	함께 여행하듯 사진을 보고 설명과 느낌을 적어 주신 글 감사히 읽었습니다. 부럽네요. 이렇게 여행기를 잘 정리해서 쓰실 수 있음이⋯.
黃	京	姬	저도 여행을 가면 기행문을 쓰지요. 자세히 잘 쓰셨네요. 여행은 역시 많은 추억을 담고 오지요. 감사합니다.
백		초	장편의 여행기, 정말 대단하십니다. 머릿속에 기억하기도 힘든 여행일진데⋯.

우루무치(칠색산)를 가다

2019. 10. 5. ~ 10. 13.

2019년 10월 5일 (토) 맑음

　　　황금 물결이 출렁이는 풍성한 가을 풍경을 거느리고 인천공항에 도착했다. 제1터미널에서 10여 분 더 달려 새롭게 단장한 제2터미널에 도착했다. 평소 지인의 권유가 많았던 곳이라 설렘을 안고 19시 10분 여객기는(KE883) 어둠을 가르면서 우루무치로 향했다.

　20시 45분, 야경이 화려한 북경 상공(?)을 나르고 있었다. 가로등 불빛 따라 바둑판처럼 도로가 들어서 있었다. 어둠 속에 유난히 밝은 반달이 여객기 날개 위에서 동행했다.

　22시 47분, 고비사막 상공(?)을 지날 때는 도로 가로등이 보석처럼 빛나는 작은 마을을 지나기도 했다. 도착 48분 전(여객기 전광판에 나오는 시간) 불빛이 밝은 작은 도시를 지나는데 전력 사정이 상당히 좋아 보였다.

곧이어 산재된 인가들이 어둠 속에 별빛처럼 빤짝이는 우루무치에 다가가자 가로등은 주황빛으로 흐르고 일부 건물에서는 네온 불빛이 춤을 추고 있었다. 동영상으로 우루무치의 야경을 담아 보았다.

우루무치 공항에는 여객기가 많이 계류 중인 것으로 보아 비교적 큰 공항 같았다. 23시 35분 무사히 도착했다. 입국 수속을 마치고 나오니 현지 가이드 신문천(교포 3세) 씨가 기다리고 있었다.

공항 앞에는 화면이 깨끗한 대형 전광판의 현란한 광고가 빛을 뿌리고 있었다. 경적 소리가 요란한 주차장을 지나 대기하고 있는 버스에 오르니 새벽 1시(현지 시간 1시간 늦음)가 지나가고 있었다.

호텔까지는 30분 거리이다. 입국 시에 검색이 철저했는데 도로에서도 다시 검문하고 있었다. 이렇게 철저히 검문함으로써 치안상태가 아주 좋다고 했다. 우루무치는 몽골어로 '아름다운 목장'이라고 했다. 연간 400~500만 명 관광객이 오는 우루무치는 면적이 14,577㎢이고 인구는 350만 명이다. 우루무치가 속한 신강성은 면적 1,665,000 ㎢(한국의 8배)로 5,600km 국경에 7개 나라와 접하고 있다. 인구는 2,200만 명이고 그중 위구르 족이 950만 명이나 된다고 했다.

그리고 소수민족도 55개 민족이나 살고 있다. 신강성은 지하자원이 풍부하여 석탄의 경우 100년 이상 채굴할 매장량이 있고 석유와 구리. 철광석 특히 희토류가 많이 생산되는 축복의 땅이다. 이곳의 주산맥인 천산산맥 2,555km 중 1,700km가 이곳 신강성을 지나고 있다. 그리고 신강성 우루무치는 서안에서 출발한 실크로드는 이곳을 지나 중동을 거처 유럽까지는 7,000km나 된다.

동방에서 서방으로 간 대표적 상품이 중국의 비단이라 실크로드(비단길)라 부르게 되었다. 기원전 4세기부터 유지되었고 불교와 이슬람교 문화와 각종 상품 등의 고대 동서교역의 중심지였다.

가로등 아래 크기가 다른 둥근 홍등이 이색적으로 시선을 끌고 있었다. 새벽 1시 37분, DU SHAN(득산자) Hotel 4015실에 여장을 풀었다.

2019년 10월 6일(일) 맑음

조용한 시가지에 아침 8시에 먼동이 트기 시작했다. 한국에 비해 상당히 늦게 날이 밝아와 이해가 잘되지 않았다. 9시에 호텔을 나와 홍산공원(紅山公園)으로 향했다. 인구가 130만 명일 때는 공원에서 우루무치 시내 전경을 볼 수 있었지만, 인구 350만 명인 지금은 일부만 가능하단다. 한때는 유동인구 포함 500만 명일 때도 있었다. 우루무치 인구의 40%가 위구르 족이고, 55개의 소수민족이 살고 있다.

우루무치의 생활용수 및 식수는 바이칼 호에서 끌어 왔는데 지금은 티베트에서 끌어오는 대규모 공사를 하고 있다. 9시 15분에 홍산공원에 도착했다. 상쾌한 아침 공기가 마음을 푸근하게 했다. '홍산'은 산 자체가 붉은색 사암으로 조성되어 있어 '홍산(紅山)'이라 한다. 해발 910m에 위치한 홍산공원 입구 좌측에 있는 검문소에서 철저한 검문을 받고 들어갔다. 영상 5도 손이 시릴 정도의 쌀쌀한 기온 속에 지역주민들의 집단 건강 체조를 보면서 올라가니 공원은 꽃과 정원수 등으로 조경을 잘해 두었다.

붉은 깃발과 붉은 홍보 간판과 샐비어의 붉은 꽃등으로 온통 붉은색으로 단장이 되어 있었다. 1차 전망대에서 우루무치 시내 전경을 영상으로 담고 우루무치의 상징인 홍산탑으로 향했다.

　먼저 중국의 흰색 대리석으로 된 민족 영웅 임칙서(林則徐) 기념상을 지나면 붉은색 안반 위에 1788년 청대에 건립된 높이 8m인 9층탑 홍산탑이 있었다. 홍산탑은 홍산공원의 유일한 청대 건축물로, 이곳에서 현대식으로 발전하고 있는 미려한 고층건물이 즐비한 우루무치 시내를 내려다볼 수 있다.

　다음은 홍산공원에 관한 다양한 사진이 전시된 반원형 긴 회랑을

지나 출입구 반대편인 후문계단으로 내려왔다. 공원 전체 길바닥과 계단 난간 등을 모두 대리석으로 조성해두어 아침 햇살에 반짝이고 있었다. 아름다운 연못 남호(南湖)에 걸려 있는 석조다리와 정자가 있는 곳을 지나 9시 45분에 15분 거리에 있는 신강 박물관으로 향했다.

왕복 12차선 도로변은 꽃과 나무들로 조경을 잘해 두어 지나는 이들의 시선을 즐겁게 했다. 시내는 고가도로가 많아 상당히 복잡해 보였다.

10시 3분 박물관 앞에 도착했다. 굳게 닫힌 대형 철문 우측으로 입장 하는데 철저한 검문검색이 있었다. 넓은 광장을 지나 박물관 건물 입구에서 다시 한 번 똑같은 검색을 두 번이나 했다.

1953년 준공한 박물관은 면적이 7,800㎡이다. 신강 박물관은 1층에는 신강 지역에서 출토된 신강 역사 유물인 실크, 도기, 토용, 화폐, 병기, 문서, 서적 등 5만여 점의 진귀한 물건이 전시되어 있다.

또한, 12개 민족의 전시관에는 고대역사 유물을 기원전부터 진한 시대를 거처 청조 시대에 이르기까지 소수민족의 남녀마네킹을 중심으로 의상, 악기, 공예품과 생활용품들을 전시해두었다. 신강 박물관

은 실크로드의 최대 박물관으로 바닥에 관람코스를 화살표시를 해 두고 있어도 관람객이 너무 많고 전시실도 많아 자칫하면 일행을 놓칠 뻔하기도 했다.

2층으로 올라가 3,800년 전 미이라 루란(樓蘭)의 미녀와 3,200년 전의 하미(合密)의 여인, 그리고 남성 미이라 및 2,500년 전의 여자 미이라와 1,700년 된 미이라까지 여러 구의 미이라를 전시해두었다. 의상까지 포함해 믿기지 않을 정도로 보존상태가 좋았다. 박물관 내 촬영이 허용되어도 카메라 플래시는 미이라 손상을 막기 위해 금하고 있었다. 이곳의 사막지대는 지하 7m까지 수분도 세균도 없어 이렇게 보존상태가 좋은 미이라가 가능하다고 했다.

마지막으로 당나라 초기의 고창왕국의 대장군 '쟝송'의 늠름한 기마상과 그 아래 장송의 미이라가 함께 있는 것을 영상으로 담았다. 이곳저곳을 둘러보고 출입구 쪽의 옥 공예품 매장을 거쳐 관람을 끝냈다.

박물관 입구 계단에는 유니폼을 입은 초등학생들의 단체 사진을 영상으로 담고 11시 30분 천산천지로 향했다. 복강시에 속한 천산천

지까지는 120km로 소요시간은 1시간 10분 정도이다. 고층 아파트들이 즐비한 곳의 고가도로에 진입했다. 어떤 곳은 3~4층의 고가도로가 있어 복잡했다. 고가도로에서 내리면서부터는 꽃등으로 잘 조성된 왕복 10차선 도로를 달렸다.

11시 55분, 광활한 평야 지대의 고속도로에 들어섰다. 신축 아파트가 곳곳에 들어서고 있는 곳을 지나자 무허가 공해공장지대다. 석탄화력발전소 17개소를 비롯하여 드문드문 공장들이 있었다. 얼마 후 야산 구릉지대가 나타났는데 수목이 빈약했다. 그나마 인공조림이었다. 지금 이 고속도로를 2,800km 가면 북경이 나온다고 했다. 외곽지대 조림이 안 된 곳은 하얀 모래 구릉지대였다.

12시 20분경부터는 주위의 산은 자갈로 이루어진 산이라는데 모두 민둥산이다. 도로변에는 건축용 자재로 사용하기 위해 채굴해 놓은 자갈들이 많이 보였다. 신강성에는 많은 화력발전소와 풍력발전소 태양광발전소가 있어 생산된 전기는 상해와 항주 쪽으로 공급한다고 했다. 지금 지나는 8차선 고속도로는 개통 한 달밖에 안 되었다는데 승차감은 좋지 않았다.

12시 35분 고속도로를 벗어나 왕복 4차선 천산천지입구에 들어섰다. 도로변 수목들은 일부 단풍이 곱게 물들고 있었으나 멀리 보이는 산은 사막화되어 황량했다. 도중에 현지식으로 중식을 하고 13시 15분, 다시 천산천지로 향했다.

얼마 후 천산천지 입구 넓은 주차장이 연이어 계속되는데 많은 승용차들이 들어서 있었다. 제일 안쪽 버스 주차장에도 많은 버스가 와 있었다. 화려한 조경을 한 광장을 지나 천산천지 대형 건물에 들어서니 정면 대형스크린에는 천산천지 홍보화면을 내보내고 있었다.

이곳에서 입장권을 받아 입장하는데 개인별로 얼굴촬영을 했다.

13시 41분 수백 대 셔틀버스가 대기한 곳에서 순서대로 버스에 올라 완경사 계곡을 따라 올라갔다. 주위의 야산 산록변에는 인공조림을 해두었지만 3부 능선 위로는 수목이 자라지 못하는 사막화되어 있었다. 이 부근이 중국의 희귀광물 희토류가 많이 매장되어 있다고 했다. 수고가 높은 미루나무가 일부 단풍이 들면서 나뭇잎이 햇빛에 보석처럼 반들거리고 있었다.

20여 분을 달려 버스에서 내려 다음 셔틀버스 타는 곳으로 지나는데 주위 노점상들의 호객행위가 심했다. 가이드가 전해주는 탁구공만 한 붉은 사과를 맛보면서 다시 입장권과 얼굴촬영으로 확인 후 14시 25분 2번째 셔틀버스에 올랐다. 관광객이 많아 혼잡한데도 일일이 얼굴 대조 확인을 하고 있었다.

화창한 날씨 속에 좁은 협곡을 버스는 계속 오르고 있었다. 천산천지에서 내려오는 계곡물이 하얀 포말을 일으키고 있었다. 잠시 후는 급경사 꼬부랑길을 현기증이 날 정도로 돌면서 올라가고 있었다.

바위산인데도 독일가문비 나무가 곳곳에 수림을 이루고 있고 가끔 보이는 자작나무는 노랑 단풍이 들어 멋진 풍광을 쏟아내고 있었다.

도중에 숲속에 있는 작은 천산천지 못을 지나기도 했다.

오르내리는 셔틀버스가 꼬리를 물면서 곡예 운전을 하고 있었다. 되돌아보니 길게 늘어선 꼬부랑길이 아찔해 보였다. 마치 백두산 천지를 오르는 기분이었다.

셔틀버스가 도착한 곳에서 3번째 미니셔틀버스(작은 전동차 같았음)를 타고 잠시 올라갔다. 15시 5분 해발 1,980m에 위치한 산정 자연호수 천산천지 못(가로 3.5km, 세로 1.5km,수심 95m) 에 도착했다.

관광객들이 엄청나게 많이 와 있었다. 잠시 숨을 돌린 후 다시 바위들이 수풀을 이룬다는 석림(石林)이 있는 곳의 케이블카를 타기 위해 미니셔틀버스에 올랐다. 버스는 울창한 독일가문비 숲속 꼬부랑길을 올라가고 있었다. 울창한 곳은 길이 어두울 정도였다. 이렇게 높은 산 위까지 숲이 울창한 것이 신기했다. 15시 30분 케이블카 타는 곳에 도착했다.

8인승 케이블카를 타고 바위들이 수풀을 이루는 곳 급경사를 올라갔다. 멀리 보이는 천산 산맥의 최고봉 왕관 모양의 만년설봉 박격달봉(博格達峰, 해발 5,445m)이 가까워지고 있었다. 천산천지 전경을 발

아래로 한눈에 내려다볼 수 있는 마야산(馬牙山, 3,000m)에 도착했다. 이미 관광객들이 많이 와 있었다. 걸어서 바위산 절벽 좁은 길을 조금 더 올라가 절경을 둘러보고 천산천지의 최고봉 설산의 아름다움을 즐기면서 천산천지 전경을 영상으로 담는 등 시간을 보내다가 하산하였다.

17시 20분 천산천지 유람선에 올랐다. 화려한 치장을 한 유람선 몇 대가 관광객을 실어 나르고 있었다. 석양에 반짝이는 수면 위로 소리 없이 미끄러지는 전동 유람선으로 도교 사원과 전망대. 정자 등 호수 주위의 아름다운 풍광을 여유롭게 즐겼다. 18시 20분, 천산천지의 관광을 끝내고 아찔한 그 꼬부랑길로 하산했다.

19시 10분 우루무치로 향했다. 검문 시간만 절약되면 1시간 정도면 우루무치에 도착한다고 했다. 석양을 안고 가는 우루무치 쪽에는 미세먼지가 가득하였다. 고속도로변에는 대형굴뚝에서 매연을 내뿜는 화력발전소가 가끔 보였다. 좌측 멀리 천산산맥의 최고봉 설산이 석양빛에 위용을 자랑하고 있었다.

19시 27분, 고속도로 상에서 차량 검문검색을 하고 있었다. 터럭들이 수백 미터나 늘어서 기다리고 있었다. 다행히 우리 버스는 신속히 통과되었다. 19시 35분 지평선 저 멀리 붉은 낙조가 꼬리를 감추고 있었다. 우루무치의 외곽지역에는 중국의 다른 도시와 마찬가지로 고층 아파트를 많이 짓고 있었다.

19시 50분, 시내 가로등에 불빛이 들어오고 있었다. 시내에서 한식으로 저녁을 하고 20시 40분, 국제바자르(이슬람 말로 시장을 의미 함.) 야간 관광에 나섰다. 도로변의 빌딩들은 저마다 독특한 네온 불빛이 흘러내리고 고가도로도 다양한 색상의 빛을 쏟아내고 있어 밤거리가 한국과 달리 화려했다.

21시에 국제바자르에 도착했다. 비자르 입구에는 높은 전망대와 아름다운 대형 이슬람 사원이 밝은 빛을 내면서 맞이하고 있었다. 관광객을 위한 바자르라 그러한지 곳곳에 전광판과 도로 중심에 다양한 조형물이 현란한 빛을 뿌리고 가로등과 건물에서도 화려한 빛을 쏟아내고 있었다.

관광객들과 시민들이 너무 많아 밀려다닐 정도로 복잡했다. 위구르족의 민속악기, 장신구, 각종 공예품 그리고 다양한 먹거리들을 팔고

있었다.

21시 50분, 시장관광을 끝내고 조명이 화려한 우루무치 시내를 15분 정도 지나 지난밤 투숙했던 호텔로 돌아왔다.

2019년 10월 7일(월) 맑음

8시 30분, 200km 거리의 투루판으로 향했다. 예상 소요시간은 2시간이다. 해발 800m에 위치한 우루무치는 일출 전에는 희뿌연 미세먼지 속에 잠겨 있는 것 같았다. 많은 고층 아파트 사이로 멀리 130km 떨어져 있다는 최고봉 설산이 머리를 내밀고 있었다. 우루무치의 모든 식물은 파이프로 지하 급수를 하고 있다고 했다.

8시 40분, 왕복 10차선 고속도로에 들어섰다. 깨끗한 거리에 가로수를 비롯해 조경이 잘되어 있었다. 단풍이 들기 시작하는 활잡목(活雜木)이 수벽(樹壁)을 이루고 있어 시선이 즐거웠다. 승차감이 좋은 현재의 고속도로는 상해서 카자흐스탄으로 가는 312번 국도로 중국에서 제일 긴 5,740km나 되는 도로이다. 주위로는 빈약한 수림(樹林)이 있고 그 사이사이로 사막에서 자라는 말라붙은 풀들이 삭막 감을 불러일으키고 있었다. 과수원이나 농작물 재배지가 자주 보이긴 하지만 방치된 땅들이 많았다.

삭막한 들판 멀리 희미한 산맥이 우리 버스와 함께 달리고 있었다. 황량한 들판에 쭉 뻗어있는 도로와 거미줄처럼 엉켜있는 전기 철탑을 지나자 이번에는 끝없이 이어지는 풍력발전기 수만 개가 바람에 꿈틀거리고 있었다. 간혹 보이는 녹지대가 오아시스를 만나는 것처럼 반가웠다. 대부분 과수농장이라 했다.

9시 25분경, 호반 가장자리로 하얀 소금이 보이는 작은 염호(鹽湖)를 지났다. 연이어 얼음같이 축적된 많은 소금이 있는 대형 소금호수가 우리와 함께 달리고 있었다. 고속도로는 왕복 8차선 확·포장 공사를 하고 있었다. 소금호수 반대편에는 천산산맥에서 끌어온 물로 경작하는 과수농원이 많이 보여 사람 사는 향기, 생기가 돌고 있었다.

9시 43분, 소금호수를 벗어나자 1960년대 고속도로 개설 당시에 처음 발견되어 세상에 알려졌다는 달판(達坂) 마을이 나왔다. 이곳 마을은 고립된 지역이라 근친결혼 탓인지 성인 신장이 1m 30cm 정도 난장이었는데, 그 후 외부와 교류되면서부터 지금은 거의 정상 신장으로 되었다고 했다.

주변의 작은 사막 산들의 자갈은 전부 검은색을 띠고 있는 것이 특이했다. 풀 한 포기 없는 산악지대 터널을 지나는데 개통한 지 얼마 안 된 곳이라 그런지 터널 조명이 화려했다. 어떤 골짜기에는 대형트럭이 먼지를 일으키며 다니고 있었다. 이 지역도 고비사막 일부라 했다.

10시경 버스는 우측에 폭 15~30m 정도 되는 약간의 계곡물이 흐르는 곳을 지나고 있었다. 생기 넘치는 녹색식물을 가까이에서 보니 반갑기 그지없었다. 그리고 고속도로에는 비교적 차량이 많이 다니고 도로변 곳곳에 중장비들이 토석 작업을 하고 있었다. 이곳은 자갈층이 50~120m 깊이로 매장되어 있어 자갈이 풍부한 곳이라 한국의 건설업자가 상당히 부러워했다고 했다. 또한, 이곳은 강한 바람이 불면 자갈이 차량 유리를 파손할 정도로 강풍이 분다고 했다.

연간 강우량은 28mm밖에 안 되는 건조한 사막지대이다. 부근에 있는 휴게소에서 잠시 쉬었다가 출발하는데 얼마 안 가 검문소가 나왔다. 치안 때문에 검문을 자주해야 하지만 생활에는 상당히 불편할 것 같았다.

11시 10분경부터는 광활한 사막지대가 나타났다. 고속도로변에 가끔 과수 재배 농원이 보이는데, 수세(樹勢)는 좋지 않았다. 2차 차량 검문이 있을 때 잠시 내려서 농장의 나무를 보니 잎이 3갈래로 갈라진 작은 뽕잎이었다. 오디가 많이 달리기 때문에 재배를 많이 한다고 했다. 뽕나무 재배는 2,000년 전 실크로드를 개척한 장건(B.C. 164 ~ B.C. 114)이라는 사람이 오디 씨를 서역에서 가져와 재배하게 된 것이 오늘에 이르고 있단다.

11시 17분 멀리 투루판시가 보이기 시작했다. 시내가 가까워지자 도로변에는 많은 포도를 재배하고 있었는데 대부분 수확이 끝난 상태였다. 이곳 사막지대에 생활용수와 농업용수는 천산산맥에서 지하수로인 '카레즈(karez 지하수로)'라는 인공 수로(水路)로 끌어오는데, 카레즈 운하가 1,800개(1개 길이가 40~50km 정도) 되는데 그중 1,200개를 투루판 지역에서 사용하고 있다.

건조한 사막지대에 지하 인공수로는 위구르족의 위대한 유산으로 불리고, 이의 구조를 박물관으로 만들어 세상에 소개하고 있다. 투루판 시(위구르 토로번시(吐魯番市))는 신장위구르 자치구로 면적은 69,620㎢이고, 인구는 65만 명 정도이다.

시내 도로는 왕복 8차선으로 시원하게 뚫어놓고 도로 양측에 1차선은 가로수를 2줄로 심고 그 하층을 조경수와 꽃으로 정원처럼 조성을 해두고 있었다. 도로변의 포도를 비롯한 농경지는 시가 급속도로 발전하고 있어 얼마 안 가 아파트나 호텔이 들어설 것이라 했다.

특이하게도 이곳 투루판은 해저 70m로 바다 밑에 위치한 중국에서 가장 낮은 지대라 했다. 투루판은 실크로드의 중심지로서 이곳에서 천상북로와 천상남로로 갈라지는 곳이다. 원주민들의 주택은 지붕이 평면인 단층구조로 되어 있고 마치 빈민촌처럼 초라했다. 비가 오지 않는 지역이긴 하지만 옥상에서 침대를 놓고 생활하는 사람이 많다고 했다. 많은 파출소와 순찰차가 끊임없이 다니고 있어 마치 계엄령이 내린 것 같은 분위기였다.

11시 55분, 버스는 소공탑과 작은 왕궁 군왕부 주차장에 도착했다.

군왕부(Prefect)는 청나라 속국으로 있으면서 9명의 군왕이 152년 간 통치하면서 농업용수와 식수 해결을 위해 카레즈 운하를 확대 개발했다고 했다. 군왕부는 작은 규모에 있는 연회실. 접대실과 왕의 침실 등이 있고 왕의 자리에 앉아 사진 촬영을 해보기도 하면서 개방된 곳을 둘러 볼 수 있었다.

지하통로 벽에는 하밀회 왕 3세 에민호자(1694~1776)의 초상화가 걸려 있었다.

이어 인접한 소공탑으로 갔다. 소공탑(蘇公塔)은 위구르 모스크로서 1777년에 슬라이만이 아버지인 에민호자를 기리기 위해 높이 44m로 세운 탑이다. 소공탑 앞 광장에는 책을 들고 있는 에민호자의 동상이 있었다.

　군왕부나 소공탑의 예배실 등에는 모두 자연채광 시설을 이용하고
밤이면 촛불을 이용했단다. 12시 50분, 관람을 끝내고 시내로 향했다.
　투루판 시내는 신축 중인 건물이 많긴 하지만 고층건물은 간혹 보
일 정도였다. 시내서 점심을 하고 13시 50분 서쪽 10km 거리의 야
르나즈 계곡에 있는 교하고성(交河故城)으로 갔다. 도로변은 미루나
무가 수벽을 이루고 주변 경작지 주위로도 군락(群落)을 이루고 있어
사막지대의 싱그러운 풍광이 가슴을 시원하게 했다. 14시 7분 넓은
교하고성(交河故城) 주차장에 도착했다. 흙으로 도색한 대형 홍보관
의 특이한 형상이 돋보였다.

교하고성을 일목요연하게 설명해주는 전시관을 지나 전동차를 타고 5분 거리에 있는 교하고성 유적지에 도착했다. 전동차에서 내리니 강변에 거목(巨木)들이 있는 곳에는 매점과 편의시설이 있고 강물이 많지는 않았지만 흘러가고 있었다. 다리를 건너 교하고성으로 올라갔다. 날씨가 더워 가만히 있어도 땀이 흘러내렸다.

2006년 유네스코 세계문화유산에 지정된 교하고성(交河故城)은 자연적으로 형성된 강(무르투크 강)의 중간에 거대한 섬 위에 지어져 있었다. 규모는 길이 1,650m, 폭 300m이다. 옛날에는 강물이 많이 흘러서 강으로 둘러싸인 절벽과 함께 천연 요새였단다.

나무 한 그루 없는 유적지는 흙을 파고 다듬어서 만든 옛 주거지역 등이 광활한 면적에 펼쳐지고 있었다. 정중앙에 있는 왕이 거처했던 곳에는 경비실 우물 등 흔적이 남아 있었다. 제일 위치가 높은 전망대에서 지형을 둘러보니 동쪽과 서쪽 거주지가 있고 북쪽 지구는 불교 사원과 탑이 있었다.

넓은 광장이 있는 대불사 관광을 끝으로 돌아서 나왔다. 단단한 흙으로 이루어진 유적지라 훼손을 방지하기 위해 탐방로 이외는 한 발

자국도 벗어나지 못하게 곳곳에 팻말을 게시해 두고 있었다. 이곳에서 번영을 누렸던 사시 민족은 전쟁과 자연재해 등으로 현재 멸종되고 없다고 했다.

15시 50분, 버스는 포도농장으로 향했다.

포도 농가를 방문하여 생포도 시식도 하고 건포도를 일부 구입한 후 15분 거리에 있는 카레즈(Karez, 페르시아어로 '지하수'라는 뜻) 박물관으로 향했다. 2차선 미루나무 숲속을 달리는데 주위는 대부분 포도나무 농원이고 농가들도 많이 있었다. 카레즈의 넓은 주차장 정면에는 나무 모양의 대형 조형물로 만든 매포소가 이채로웠다.

검색대를 통과하여 안으로 들어가 토산품매장을 지나자 옛날 지하수로 카레즈 작업과정을 기구와 마네킹 등으로 재현해 두고 있었다. 지하로 내려가자 인공수로 모형도가 있었다. 2,000년 전부터 시작한 천산산맥의 물을 이곳까지 증발을 막기 위해 지하로 끌어오는 카레즈는 인부 3~5명이 한 조가 되어 1개 파는데 수개월에서 몇 년이 걸렸다고 했다.

지하수로(地下水路) 1개 길이가 40~50km인 1,200개의 인공수로는 깊이는 얕은 곳은 2m 깊은 곳은 150m나 되고, 또 50~80m 간격으로 작업 인부들의 숨구멍을 내었고, 이곳에 우물 기능이 있어 지금도 관리인을 지정하여 관리하고 있단다. 엄청난 규모의 대형공사를 삶을 위해서 만들어 온 것이 경이롭기만 했다. 푸른 조명을 받은 옥색 물이 발아래 투명유리를 통해 흘러가고 차가운 물을 손으로 떠 맛보기도 했다. 카레즈 박물관 관람을 끝내고 17시 화운계곡으로 갔다. 석양을 등지고 왕복 6차선을 시원하게 달렸다.

17시 13분부터는 2차선 도로다. 도로변은 일부 자갈 채취를 하는 곳 이외는 삭막한 사막지대이다. 얼마 후 대형트럭들이 고추를 싣고 와서 넓은 면적에 붉은 융단을 펼친 것처럼 말리고 있었다. 한국에서는 볼 수 없는 광경이고 3일이면 완전건조가 된다고 하니 그야말로 태양초이다.

집단 태양광 발전지대를 지나 17시 30분, 화운계곡 입구에 도착했다. 붉은 흙으로 덧칠한 대형 구조물에 검색대와 화운계곡의 상세한 설명이 있는 내부를 둘러보고 붉은 불꽃의 형상을 한 화운곡(火雲谷)을 버스를 타고 들어갔다. 불꽃처럼 피어오르는 지형에서 잠시 내려 멋진 풍광을 영상으로 담았다. 정말 독특한 지형이라 형상이 아름다운 곳마다 버스에서 내려 영상으로 담았다.

계곡 깊숙이 있는 꼬불꼬불한 협곡의 특이하고도 아름다운 계곡을 걸어 올라가면서 영상으로 담으면서 둘러본 후 다시 전망대로 올라가서 주위의 풍광을 돌아본 후 내려왔다. 같은 지역인데도 붉은 흙과 검은 흙이 선명하게 대비되는 것이 신기했다.

19시 15분, 관광을 끝내고 분홍빛 골짜기를 붉은 석양빛으로 물들이는 환상적인 분위기에 젖어서 내려왔다. 호텔까지는 30분 소요 예정이다. 20시에 호텔에 도착하여 야외에서 양고기 바비큐로 저녁을 하고 SUN Hotel 6003호실에 여장을 풀었다.

2019년 10월 8일 (화) 맑음

8시 30분, 화염산(火焰山) 천불동으로 향했다. 왕복 6차선 도로를 달리고 있었다. 투루판은 최근 5년 동안 급속적인 발전이 있었다고 했다. 시가지 전체가 시원한 광로로 뚫려있고 가로수 등 조경이 잘되어 있어 쾌적한 환경이었다.

8시 50분, 화염산(火焰山) 산맥이 시작되는 지점부터 도로 좌우에는 소형 원유 채취기가 수없이 늘어서서 돌아가고 있었다. 뽕나무 재배지가 가끔 보일 뿐 부근의 산들은 전부 사막화되어 있었다. 도로변에는 서유기를 테마로 한 재미있는 형상의 영화 세트장도 있었다. 화염산은 길이 98km, 폭 9km이고 평균 높이는 850m 정도이다. 여름에는 80℃까지 올라가 중국에서 가장 무덥고 건조한 지역이다. 연간 강우량은 18mm 정도이다. 화염산 입구에는 천산산맥에서 흘러내리는 계곡물이 주위를 풍성한 녹지공간을 만들고 있었다.

검문소를 통과하여 손오공이 파초선을 빌려 화염산 불을 진압했다는 불꽃 형상의 5개 봉우리가 있는 주차장에서 부근의 특이한 풍광을 동영상으로 담았다. 다시 버스에 올라 가까이에 있는 천불동으로 갔다.

무토우 계곡절벽 중턱에 있는 천불동은 계곡물을 이용 농작물을 경작하기 위해 농부가 작업을 하다가 발견했단다. 6세기 고창국 시대에 시작하여 8세기 당나라를 거쳐 14세기 원나라에 이르기까지 계속된 불교 유적지다.

전체 83개 석굴 중 57개가 내부에 벽화가 있다. 19세기 말부터 20세기 초에 걸쳐 많은 부분이 도굴되고 파손되었다. 그중 6개 석굴만 개방되고 있는데, 석굴 보존을 위해 내부 사진 촬영은 금하고 있었다.

황제들이 기도하는 장소로 큰 석굴마다 보석과 불화로 천장과 벽에 가득했는데 금 등 보석으로 장식한 벽화는 도둑맞아 흔적만 남아 있었다. 방문한 한 곳에는 당시 왕족들과 함께 화상으로 남아 있는 정

자관(程子冠)을 쓴 문익점 선생의 모습을 촬영금지라 영상에 담지 못해 아쉬웠다.

이곳에서 목화 종자를 한국에 가져가 우리 민족의 의류 해결을 하게 되었다고 한다. 참고로 이곳 신장지구에서는 목화재배를 제일 많이 하는데 정부에서 농민들에게 보조금을 많이 주면서 권장한다고 했다.

목화 수확 시기에는 20만 명 인력이 동원된다고 하니 놀랄 지경이다. 흙으로 된 절벽의 많은 종교 흔적을 외부만 영상으로 담고 10시 10분 가까운(15분 거리) 아스타나 고분군으로 갔다.

가는 도중의 2차선 도로는 대형 뽕나무 가로수가 터널을 이루고 있었다. 주위에는 산재된 농가들 사이로 방치된 땅이 없을 정도로 포도. 석류 등 농사를 짓고 있었다. 10시 30분, 아스타나 고분군(위구르어(語)로 '영원한 휴식'이라는 뜻)에 도착했다.

고창국과 당나라 때 무덤 군으로 약 456기의 무덤을 발굴할 때 2,700여 개의 문서가 출토되었단다. 입구에 들어서면 넓은 광장 뒤에는 12상 석상들이 있는 중앙에 사람 얼굴에 뱀 꼬리가 감고 있는 대형 여와복희상(이곳에서 출토된 인류의 시조인 복희와 여와를 입상으로 만든 것임)이 있고 그 뒤에 전망대인 2층 누각이 있다.

넓은 면적에 고분을 발굴하여 개방한 왕족 부부의 미이라가 있는 2곳을 둘러보았다. 2개 중 한 곳은 유교 가르침을 풀이한 6첩 병풍 그림이 있었는데 눈으로만 담았다. 이어 고창고성으로 향했다.

도로 주변의 농민들은 전부 위구르족인데 대부분 중국어를 모른다고 했다. 산이 없는 대평원에 풍성하게 자라는 농작물과 수목들은 카레즈 수로의 물을 이용한다고 하니 카레즈의 기능이 대단했다.

대규모 집단 하우스 지역을 지나는데 하우스 뒤와 양옆은 전부 토

담을 쌓아 놓았다. 이곳은 바람이 심해 남쪽만 개방하여 비닐을 씌운다고 했다. 처음 보는 광경이라 신기해서 동영상으로 담아 보았다. 하우스단지는 끝도 없이 이어지고 있었다.

11시 15분, 투루판에서 46km 떨어진 고창고성(高昌故城)에 도착했다. 고창고성은 고창왕국의 유적지로 후한이 멸망한 후 번성했던 투루판의 중심지였다. 출입구 앞 넓은 광장 중앙에 우리나라 고승 현장스님(玄奘, 602~664년) 또 다른 명칭은 삼장법사의 대형 동상이 우리를 맞이하고 있었다. 왕관 모양의 법장(法杖)을 집고 마치 바람에 옷자락을 휘날리는 형상이었다.

그리고 그 뒤편에 있는 대형 전시실에 들러 이곳저곳을 살펴본 후 전동차를 타고 고창고성 성내로 들어갔다. 둘레가 5.4km 면적이 200만㎢ 토성 내 거대한 유적이 펼쳐지는데 그 옛날 번성기에는 거주 인원이 10만 명이나 되고 승려도 3,000명이나 있었다고 했다. 남아 있는 토성과 유적들이 1,500년 전 옛 영화를 말해주고 있었다.

당나라 시대 고창왕국의 국문태(麴文泰)가 이웃 나라 아이콘에서 삼장법사 포교 이야기를 듣고 이곳에 삼장법사의 거처를 마련하고 왕이 직접 승려 3,000명을 거느리고 십 리 밖까지 마중 나가 맞아들였다고 했다.

먼저 삼장법사가 거처했다는 대불사(大佛寺)로 갔다. 이곳에서 불교 서적과 방석 등 유물이 나온 것으로 보아 삼장법사 거처로 확인되었단다. 그때 법회를 열었던 건물은 복원을 해두었는데 대불사(大佛寺) 벽체는 사각형, 천정은 원형으로 하여 음향 효과를 주기 위한 구조로 지었다고 했다.

삼장법사는 630년 2월경 이곳에 도착하여 1개월간 법회를 열어 한 달 동안 인왕반야경(仁王般若經)을 설법했다. 2박 3일을 잠을 자지 않고 포교를 한 것으로도 유명하다. 2개월 후 가려고 하는데 보내주지 않아 3일을 단식하여 승낙을 받았고, 인도로 떠날 때는 24개국 통행증과 충분한 노자와 손오공 같은 하인 20명을 수행토록 했다는 것이다. 고창고성은 실크로드의 최중심지로 교역이 활발한 곳이라 했다. 12시 10분, 버스는 선선시로 출발했다.

지나는 도로변에는 대형 하우스 단지와 구멍이 숭숭 뚫린 포도 집 단건조단지, 그리고 유전 채굴 지역들을 지났다. 곳곳에 원유 저장탱크들이 있었다. 때로는 황량한 대평원에 직선도로를 따라 달리기도 했다.

12시 50분, 물이 흐르는 산악지대 골짜기를 지나 올라서니 광활한 들판이 나오고 수리시설이 좋은지 포도를 비롯한 농작물과 미루나무들의 녹색 물결이 넘실거리고 있었다. 이곳에도 갈림길이 있는 곳마다 검문검색이 있었다. 또 주유소마다 쇠창살로 막아놓고 출입차량을 일일이 확인하여 들여보내 주유시키고 있어 이 지역의 분위기가 상당히 살벌했다. 13시 10분 선선(鄯善)시에 도착했다.

신장 위구르 자치구에 속하는 선선시는 면적 3.98만㎢이고 인구는

20만 정도 작은 도시다. 실크로드 일부로서 동서 문화 교류의 중요지역이고 세계에서 유일하게 도시 속의 사막이라고 불리는 쿠무타크 사막(규모: 동서 간 길이 120㎞, 남북 간 폭 약 60~70㎞임.) 때문에 많은 관광객들이 찾고 있단다.

시내에서 점심을 하고 14시 20분, 10분 거리에 있는 쿠무타크 사막으로 갔다. 선선시와 쿠무타크 사막 사이에 하천이 있어 사막의 모래 진입을 막고 있다. 대체로 선선 시내는 수원이 좋아 그런지 가로수 등 수목이 울창하고 공원도 많아 녹지공간이 풍부해 쾌적한 삶을 누리고 있었다. 아름답게 장식한 매표소 입구를 지나 미니 열차를 타고 모래 지프차 주차장으로 갔다.

멀리 모래 산에는 개미처럼 사람들이 들끓고 있었다. 무더위 속에 꿍음을 내는 지프차를 타고 비탈면을 달리는가 하면 오르막내리막을 바람을 가르며 질주하고 있어 무더위는커녕 스릴과 부딪치는 바람이 간까지 시원하게 지는 느낌이었다.

모래 산 정상 부근에서 황금빛 모래의 부드러운 촉감을 즐기면서 선선 시내를 내려다볼 때 감미로운 바람이 더위를 식혀 주고 있었다.

짜릿한 쾌감을 느끼고 16시 30분 호텔로 향했다. 서유호(西游酒店) 호텔 1212호실에 여장을 풀었다.

2019년 10월 9일 (수) 맑음

　　　　10시에 선선 기차역으로 향했다. 잘 조성된 가로수 화단과 꽃불 모양의 하얀 가로등이 어울리는 도로를 거쳐 10여 분 거리의 선선 역에 도착했다. 화사한 꽃들이 있는 광장을 지나 역사에 올라가니 검문검색을 까다롭게 하고 있었다.

　철도역은 규모도 크고 현대식으로 편리하게 지어진 것 같았다. 11시 30분 날렵한 D2704 고속열차의 6호차 17A에 앉아 미지의 세계로 설렘 속에 출발했다. 목적지 유원까지는 600km로 시속 200km 3시간 소요예정이다. 전기 철탑만 있는 황량한 평야 지대가 계속되는가 하면 가끔 석유 채굴기가 곳곳에 움직이는 곳도 있었다.

　대평원 멀리 끝이 보이지 않는 희끄무레한 지평선을 거느리고 열차는 달리고 있었다. 12시 10분경에는 희색 평원에 크고 작은 분홍빛 흙무덤이 뾰족뾰족 산재된 것이 파도처럼 물결을 이루며 멋진 풍광을 연출하고 있었다. 얼마 후 싱그러운 초록빛이 풍성한 포도밭과 포도 건조장들이 나타났다 사라지고 있었다. 바람에 흔들리는 미루나무 군락지도 아름다웠다.

　12시 55분, 하빈 역에 잠시 정차 후 달리는 차창 밖으로 대규모 목화밭의 새하얀 목화솜이 만발하여 마치 눈처럼 하얗게 데지를 덮고 있었다. 처음 보는 광경이 장관이었다. 목화밭을 지나자 풍력발전단지의 발전기들이 흐느적거리고 있었다.

14시 30분, 정확한 시간에 유원 역에 도착했다. 이곳에는 사금(砂金)이 많이 생산되고 있지만, 현재의 유원 마을은 1970년대 기찻길과 역이 생기면서 본격적으로 조성되었다고 했다. 유원(柳園)의 인구는 6,000명이다. 이곳 모래가 검은 것은 중국 내의 최대 석유산지이기 때문이란다. 석유 총 매장량은 500억 톤으로, 300년 이상 채굴할 수 있는 양이란다.

이곳은 해발 2,000m라 그런지 날씨가 쌀쌀했다. 대기하고 있던 버스에 올라 120km 떨어진 돈황으로 향했다. 소요 시간은 2시간이다. 2차선 도로변의 흙무덤과 야산들이 검은 물감으로 물들여 놓은 것처럼 온통 어두운 물결을 이루는 이색적인 풍경이라 동영상으로 담아냈다.

고속도로 확·포장 공사 구간을 지나자 15시 7분부터는 새로 포장된 고속도로를 시원하게 달렸다. 대평원인 이곳은 바람이 많은 곳인지 원근(遠近)에서 많은 풍력발전기가 돌고 있었다. 내몽골까지 가는 이 고속도로 주변도 고비사막이란다. 15시 45분경, 대지를 분홍빛으로 물들이는 땅버들 관목나무가 너무 아름다워 영상으로 담기도 했다.

16시 50분, 돈황시에 도착했다.

감숙성(甘肅省)에 속하는 돈황(燉煌)은 면적 32,000㎢, 인구 20만 명의 관광도시이다. 기원전 한무제가 건설한 돈황은 남북 실크로드가 만나는 곳이라 교역에서 매우 중요한 지역이고 지금은 그 유적을 찾아 많은 관광객이 몰려들고 있다.

시원하게 트인 넓은 도로에 이곳 고유의 미려한 가로등과 곱게 물들어가는 가로수들이 가슴을 설레게 했다. 시내에서 표를 구입한 후

17시 40분 명사산 입구에 도착했다. 많은 사람들이 북적이는 입구는 관광지다운 분위기로 넘쳐흘렀다.

명사산(鳴砂山, 길이 40km, 폭 17km)은 바람이 불기 시작하면 울음소리와 비슷한 소리(최대 82.5 decibel)를 내며, 가벼운 바람이 불어도 마치 관현악 연주를 하는 듯한 소리를 들을 수 있단다. 그래서 붙여진 이름이다.

경사가 급한 모래 산의 산줄기 능선이 칼날 같은 그림을 그리고 있었다. 명사산 입구에는 낙타 수백 마리(800마리)가 띠를 이어 관광객들을 태우고 다녔다. 다만 월아천 쪽으로는 낙타 출입을 금하고 있었다. 낙타 무리를 지나면 매점 등이 있는 작은 마을도 지나게 된다. 수많은 관광객이 명사산을 개미떼처럼 오르내리는 광경을 영상으로 담으면서 월아천(月牙泉)에 도착했다.

명사산에 솟아난 오아시스 월아천은 돈황 남쪽 곤륜산의 눈 녹은물이 지하로 흘러 생긴 것으로, 그 규모는 남북 길이가 150m, 폭이 50m이다. 지금은 자연수 공급이 잘 안 되어 인공급수로 유지하고 있다고 했다.

월아천(月牙泉)

그 이름도 아름다운
돈황(敦煌)의 명사산(鳴沙山)에
그림처럼 솟아난
오아시스 월아천
볼수록 신비로워라

수천 년 세월을 두고
초승달의 고운 자태는
구름처럼 밀려드는
세인들의 가슴을
감동으로 물들이고

모래 산 능선을
칼날로 일으켜 세우는
사나운 모래바람에도
눈썹 하나 까딱 않는
너의 기개가 눈부시구나.

체념으로 달래야 하는
만월의 꿈을 꾼 지가
그 얼마이든가
되돌리는 발길 위로
천근 같은 아쉬움이 고이네.

　수천 년 세월을 두고 초승달의 고운 자태로 구름처럼 몰려드는 세인들의 가슴을 탄성으로 물들이는 풍광이 볼수록 아름다웠다. 매년 광풍이 불어도 월아천으로는 모래가 날아오지 않는 기이한 곳이라 했다.
　월아천에 있는 도교 사원과 망루를 비롯해 이곳저곳을 둘러보고,

아쉬움을 안고 전동차를 타고 주차장으로 나왔다. 19시에 시내에서 저녁을 하고 인근의 사주 야시장으로 갔다.

　다양한 먹거리와 온갖 기념품 등을 팔고 있는 사주 야시장은 돈황 시의 중심지이다. 화려한 조명 아래 많은 사람들이 흥청거리고 있었다. 시장 구경을 끝내고 호텔로 돌아오니 22시가 지나고 있었다. 방주(方舟大酒店) 420호에 투숙했다.

2019년 10월 10일(목) 맑음

　　　　아침 8시에 호텔을 나와 명사산 동쪽 절벽에 있는 막고굴(莫高窟)로 향했다. 돈황 시가지는 관광지답게 깨끗하게 잘 조성되어 있었다. 돈황에는 호텔이 800개나 있다고 하니 관광객이 많이 오는 것 같았다.

　8시 10분, 유리로 된 돈황 공연장 옆에 있는 영화관에서 막고굴(莫高窟)에 대한 이해를 돕기 위한 2차례의 영화를 각 20분씩 상영했다. 첫 번째 영화관에는 막고굴의 조성 과정을 재현한 영화이고, 두 번째 영화관은 몇 개의 석굴을 입체적으로 찍어 각 부분을 설명한 것이다. 3D 영화를 관람하고 9시 11분 대형 셔틀버스(52인승)를 타고 15분 거리에 있는 막고굴 주차장에 도착했다.

　남북으로 1,600m에 걸쳐 조성된 막고굴(莫高窟)에는 기원전 전한 시대 불교 유물부터 당나라 후기까지 불교 유물이 시대별로 폭넓게 있다 중국 4대 석굴 중의 하나로 가장 뛰어난 석굴로 평가받고 있다.

　1987년 유네스코 세계문화유산으로 등재되어 있고 일명 돈황의 천불동으로 불린다. 막고굴은 동진(東晉) 때인 서기 366년, 낙존(樂僔) 스님이 이곳 암벽에 석굴을 파고 불상을 조각한 것을 시작으로 당·송·원·청나라를 거치면서 훼손 유적지를 보수 하면서 현재는 동굴 735개가 있고, 수많은 벽화와 수천 개의 불상이 있는 거대한 유적지이다.

막고굴은 세계에서 규모가 가장 크고 천여 년 전 유물을 가장 많이 보존해온 불교 미술 유적지이다. 관광객이 너무 많아 팀별로 한국말을 하는 중국 현지가이드의 안내를 받아 그중 몇 개의 동굴을 방문하여 설명을 들었다. 동굴마다 중앙에 석가모니 불상을 중심으로 양측에 제자들 입상부처가 있고, 천장과 벽면을 온통 벽화로 수놓아 옛 불교 영화를 엿볼 수 있었다.

참고로 17호 굴에서는 신라의 혜초 스님의 인도를 기행하고 쓴 『왕오천축국전(往五天竺國傳)』이 나왔다고 했다. 그 복사본을 홍보실에 전시해 두고 있었다. 막고굴에서 가장 유명한 건물은 9층루(九層樓)라고 부른다.

이곳에는 당나라 때에 만들어진 높이 34.5m인 미륵대불(弥勒大佛)이 있다. 건물 안에 있는 불상으로는 가장 큰 불상이라 실내 제1 대

불(室內第一大佛)이라고도 한다. 막고굴 관람을 끝내고 11시 23분, 다시 셔틀버스를 타고 영화공연장으로 갔다.

도중에 사막에 여객기 2대가 계류 중인 돈황 공항을 지나기도 했다. 셔틀버스에서 내려 대기하고 있는 버스에 올라 11시 50분, 돈황 박물관으로 향했다. 1979년 10월에 개관된 돈황 박물관은 돈황 주변, 즉 막고굴의 제17굴에서 출토된 것과 양관(陽關)이나 옥문관(玉門關) 등에서 출토 발견된 것들을 동기, 철기, 석기, 목기, 경권 등 2,000여 점에 달하는 문물들을 13종류로 분류 제1 제2 제3 전시실에 소장 전시하고 있다.

돈황이 실크로드의 중심지였던 만큼 당시의 유적들이 주를 이룬다고 했다. 전시관에 처음 들어서면 한글로 박물관에 대한 대형 설명문이 있었다. 박근혜 대통령 방문 시 시진핑의 배려로 이루어졌다고 했다. 정면 벽면에는 실크로드 7,000km를 2회나 왕래하면서 개척한 장건의 모습 등을 양각으로 대형벽면에 새겨 두었다. 장건이가 뽕나무, 밀, 도마도 등 종자를 서역에서 가져와 중국에 전파했다고 했다. 내부 이곳저곳의 유물들을 영상으로 담았다. 중식 후 13시 30분 가욕관(嘉峪關)으로 출발했다.

돈황 시내 중심지에 대형 저수지 주위로 다양한 관광 위락 시설이 풍광을 이루고 있었다. 야경은 더욱 아름답다고 했다. 월아천의 물 공급은 이 저수지에서 수위조절로 하고 있다고 했다.

왕복 8차선의 울창한 가로수가 있는 돈황 외곽지를 벗어나자 삭막한 고비사막이 나타났다. 가욕관까지는 4시간 30분 소요 예상이다. 고속도로는 차량 통행도 많지 않았고 풀 한포기 없는 죽음의 야산이 계속되고 있었다. 대형 철탑만 도로 따라 동행을 하고 있었다. 우측으로 계속되는 낮은 산은 불교의 성지 사미산이라 했다.

14시 45분 휴게소에 들렀다. 부근이 대규모 녹지공간이었다. 멀리 보이는 도시가 돈황보다 규모가 큰 안서 지방이라 했다. 고속도로에는 통행차량은 적었지만 야립간판은 자주 보였다.

15시 45분, 나란히 가는 고속철도에 고속열차가 지나가고 있었다. 그리고 얼마 후 고속도로변은 철탑들과 풍력단지의 대형발전기들이 대평원을 뒤덮고 있었다. 16시 10분경, 농작물 경작하는 곳이 나오고 하천에 물이 흘러가고 농가들이 보이면서 사람 사는 향기를 느낄 수 있었다. 경지정리가 되지 않은 경작지 주위로 미루나무와 활잡목들이 노랗게 단풍이 들고 있었다.

17시 36분, 부근의 큰 산들은 온통 먹물을 뿌려 놓은 것아 멀리 보이는 산은 마치 검은 숲같이 보였다. 경작할만한 평원에는 사막에서 자라는 풀들이 갈증으로 타고 있었다.

우측 멀리 만년설이 손짓하는데 기린 산맥이라 했다. 곧이어 가욕관 시내에 들어섰다. 꽃과 나무들 그리고 아름다운 조형물들로 조경을 잘해 두어 계속해서 영상으로 담아 보았다.

만리장성 때문에 많은 관광객이 찾아오기에 이렇게 정성을 다해 가꾸어 놓았다. 우리나라도 이런 것을 벤치마킹했으면 싶었다. 시내 중심 화려하게 단장한 중앙광장 옆에 있는 희력상무 호텔 819호실에 여장을 풀었다.

2019년 10월 11일 (금) 맑음

가욕관시는 면적 2,935㎢이고, 인구는 200만 명의 도시다. 8시에 가욕관성루(嘉峪關城樓)로 향했다. 주차장에는 대형버스도 만원이고 관광객이 인산인해를 이루고 있었다. 관광객이 대부분 중국인들이고 외국인 단체관광 입장은 별도로 하고 있어 불편 없이 입장할 수 있었다.

가욕관성루(嘉峪關城樓)는 가욕관시에서 남서쪽으로 6km 거리에 있고, 가욕산의 가장 협착한 산골짜기에 위치하는 만리장성 서쪽 끝에 있는 관문이다. 한 무제 때 쌓기 시작하여 명·청 시대를 거치면서 보수해왔다.

만리장성(토성)

성벽의 일부는 고비사막을 횡단하고 있어 험준한 지형의 요새이다. 황토를 반죽하여 굳힌 성벽으로 그 규모는 둘레는 733m, 성 높이 11m로 비교적 규모가 작았다.

성 밖으로 나가 고비사막을 등지고 가욕관에 대한 설명을 듣고 성루에 올라가 한 바퀴 둘러보았다. 서쪽으로는 끝없는 토성의 흔적이 이어지고 있었다.

명나라 홍무 5년(1372년)부터 지어지기 시작한 가욕관 관성은 동서로 각각 누각(문루)이 있는데 동쪽은 광화문(光化門), 서쪽은 유원문(柔遠門) 이다. 가욕관 내성 장벽 위에는 성루와 망루, 갑문루 등 모두 14채가 배치되어 있다.

군사 방어용으로 지은 까닭에 설계와 건축공사가 치밀하고 엄격하게 시공되어 현재까지 튼튼하게 유지되고 있다. 옛날에는 서역에서 중원으로, 중원에서 서역으로 가려면 반드시 이 관문을 통과해야 하는 교통과 군사의 요충지였다.

가욕관을 나와 내려오니 가욕관 내력을 비석에 새긴 비석들이 늘어서 있었다. 그리고 이어 만리장성(토성) 옆에 있는 장성박물관(長城博物館)에 들렀다. 1988년 세워진 장성박물관은 만리장성에 관련된 것들만 전문적으로 다룬 박물관으로는 중국에서 처음 만들어진 것이다. 전체면적은 12,312㎡이며, 전시 면적만 1,766㎡나 된다.

전시 내용은 실크로드 위치와 함께 만리장성을 크게 1. 춘추전국의 장성, 2. 진, 한의 장성, 3. 북위, 수, 당, 요, 금의 장성, 4. 명나라장성 등을 시대별 나라별로 보완·축성한 것을 색상별로 구분한 대형 전광판이 이해를 쉽게 도와주었다.

　각종 유물들을 둘러보고 11시 정각 장액으로 향했다. 소요시간은 2시간 30분이다. 가욕관 시내는 다양한 나무를 아름다운 수형으로 조경을 해두어 시선을 즐겁게 했다. 11시 18분, 4차선 고속도로에 들어서니 도로변 아파트 옥상에 태양광 설치를 전부 해둔 것이 햇빛에 빤짝이고 있고, 그 앞으로 흐르는 작은 하천의 맑은 물이 가슴을 시원하게 했다.

　도로 양측의 잡목들도 분홍빛 또는 노란색으로 물들이면서 가을 풍경을 그리고 있었다. 11시 22분, 좌측으로 멀리 보이는 도시는 인공위성 발사로 알려진 이름이 독특한 주천(酒泉)시로 인구는 120만 명이란다.

　주위로는 옥수수 등 다양한 농작물을 경작하고 있었다. 소규모 경작지라 농기계 사용은 불가능했다. 도로변 곳곳에 노란 옥수수 알갱이를 건조 시키고 있는 이색적인 장면을 영상으로 담았다. 말린 옥수수는 대부분 옥수수 처리공장으로 가져가 씨눈은 옥수수기름으로 짜고 나머지는 사료로 이용한단다. 멀리 흰 구름이 걸려 있는 기련산맥 만년설봉들이 계속하여 이어지고 있고 그 산록에는 나무도 많이 보이고 농사를 짓고 있었다.

고속도로 좌측으로는 고속열차가 눈 깜짝할 사이에 지나가고 우측 약간 멀리는 일반열차가 느릿느릿 지나가는 특이한 지역을 버스는 달리고 있었다. 12시 52분, 이정표는 장액까지 80km를 안내하고 있었다.

얼마 후 화려한 고속도로 요금소를 나오니 대형 간판에 '임택'이라 소개하고 있었다. 이곳은 장액시의 도시 마을로, 도로를 확장 정비하고 조경을 잘해 둔 마을로 알려져 있다. 아마도 칠색산을 찾는 관광객이 지나는 길이라 아름답게 조성한 것 같았다.

깨끗한 임택의 외곽지 왕복 4차선 도로는 차량이 별로 다니지 않았다. 13시 40분 장액지구 공원에 도착하여 중식을 한 후 14시 20분 칠색산 매표소로 갔다. 세계 10대 불가사의 경관의 하나인 칠색산의 중국의 명칭은 장예단하지질공원(張掖丹霞地質公園)이다. 미려하고 독특한 디자인의 대형 매표소는 사람이 너무 많아 일행을 놓칠까봐 상당히 조심할 정도였다. 간혹 일본 사람도 있지만 대부분 중국인들이었다. 수백 대의 대형셔틀버스(52인승)가 꼬리를 물고 관광객들을 실어 나르고 있었다.

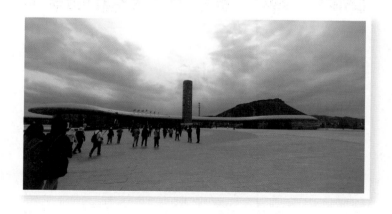

해발 2,000m 고원에 위치한 칠색산은 길이가 510km 이르는 방대

한 규모이다. 오랜 기간 지질운동으로 붉은색 사암이 풍화되어 퇴적운동으로 단층화된 특이한 모양의 계곡을 형성하고 있다. 이 계곡의 봉우리들과 산맥 따라 다채로운 7가지 색상을 띤다고 해서 찰색산(七色山) 또는 칠채산(七彩山)으로 불린다. 대형 셔틀버스가 쉴 새 없이 관광객을 전망대가 있는 곳마다 승하차시키고 있었다.

  가는 곳마다 자연이 그리는 대지예술의 경이로움과 신비로움에 탄성은 절로 쏟아지고 밀려드는 인파는 탐방로마다 능선마다 거대한 인간 띠를 이루는 전쟁터였다.

칠색산(칠채산)

중국 내륙 깊숙이
해발 이천 미터 고원(高原)에
장장 오백 킬로에 펼쳐지는
방대한 무지갯빛 향연(饗宴) 칠색산

탐방로마다 능선 따라
거대한 인간 띠를 이루며
밀려든 인파는 전쟁터였다.

살아있는 억겁 세월의 전설
대자연의 예술, 신비로운 풍광에
쏟아지는 현란한 색상은
탄성의 메아리로 흐르고

파노라마로 수놓으며
일렁이는 무지갯빛 파도는
경이로운 자연의 숨결이었다.

감미로운 유혹에 흔들리는
형언할 수 없는 감동
만고에 빛날 짜릿한 전율이
긴 여운으로 남았다.

※세계 10대 불가사의 경관임

현란한 색상의 무지갯빛 산들이 마치 파도를 일으키는 형상을 하여 형언할 수 없는 풍광에 넋을 잃을 정도였다. 미련이 남는 감동을 안고 16시 40분 버스는 다시 인접한 빙구단하(冰溝丹霞)로 향했다. 계곡 입구에는 폭 5~10m의 계곡에 맑은 물이 흐르고 주위의 잡목들이 곱게 물들고 있었다.

한참을 들어가 독특한 디자인의 아름다운 건물 매표소가 있는 대형 주차장에서 미니 셔틀버스 타고 주위에 산재된 기기묘묘한 다양한 형상의 아름다운 분홍빛 바위들을 부지런히 동영상으로 담으면서 들어갔다.

1차 전망대에서 다시 전동차로 갈아타고 2차 전망대까지 올라가 아름다운 풍광을 둘러보았다. 시간이 없어 전망대 끝까지 가 보지 못하는 아쉬움을 안고 18시 30분 호텔로 향했다. 소요시간은 1시간 30분이다. 장액시내 중심가에 있는 화려한 네온이 흐르는 Xin Cheng Diamondhotel에 21시 20분 307호실에 투숙했다.

장액시는 면적 39만㎢이고, 인구는 130만 명이다. 10시에 호텔을 나와 장액지구 상수원 호수를 지나 감주(甘州) 고성공원에 도착했다.

넓은 면적에 조성하고 있는 모형 고궁으로 아직도 일부 보완공사를 하고 있었다. 성곽과 성루가 있고 다양한 수목과 꽃으로 조경을 해두고 중심부로 맑은 물을 흘려보내고 백색의 옥돌로 돌다리와 난간을 만들어 멋진 풍광을 이루고 있었다. 작은 폭포에는 비말을 일으키는 물소리도 시원했다. 또한, 거리마다 다양한 고풍 형식의 집들도 많이 들어서 있고 거리도 아름답게 꾸며 놓았다. 입주된 상점에는 작은 박물관도 있고 공예품 민예품 등을 팔고 있었다.

1시간 정도 둘러보고 11시 5분경 15분 거리에 있는 대불사로 갔다. 장액시도 사방으로 시원하게 도로를 내고 도로변 조경을 잘해 두었다. 고층 아파트들도 계속 들어서고 있었다.

11시 20분, 넓은 공원을 끼고 있는 대불사 주차장에 도착했다. 대불사 앞 도로는 차량 통행을 금지하여 능수버들 가로수가 지면까지 드리워져 운치 있는 풍광을 연출하고 있었다. 대불사는 앞에 넓은 공원 광장을 끼고 있어 시민들의 좋은 휴식처를 제공하고 있었다. 대불사 정문과 중문을 지나니 오래된 대형 3층 목조건물(폭은 50m, 높이는 20m)이 눈앞을 가로막았다.

사찰 내부로 들어가니 화재 때문인지 전기가 없어 내부가 어두웠다. 와불이 조성된 시기는 1098년. 서하(西夏) 원년이다.

길게 누워있는 흙으로 만들어진 중국 최대(길이 35m, 어깨너비 8m)의 거대한 와불(臥佛)은 자연 채광을 받아 인자한 미소로 어둠을 밝히고 있었다. 그리고 부처의 제자들과 18나한들이 부처의 주위를 둘러싸고 있었다.

간단히 영상으로 담고 12시 10분 장액역으로 향했다. 장액 시내는 녹지 공간이 많아 살기 좋은 쾌적한 도시 같았다. 13시 30분 고속열차로 서안으로 출발했다. 소요시간은 6시간 30분이다.

시속 240km 내외로 달리는데 차창밖에는 작은 농경지들이 펼쳐지고 농가들도 산재되어 있었다. 태양광 시설이 보이는가 하면 노란 옥수수 알갱이를 말리는 곳도 있었다. 14시 20분 청해 지역을 지날 때는 하얀 눈이 산하를 뒤덮어 시원한 풍광을 그리고 있었다.

동영상으로 아름다운 설경을 담았다. 이 지역은 봄이면 유채꽃이 장관을 이룬다고 했다. 멀리 기련산맥의 백설과 넓은 들을 지나자 열차는 반복해서 어두운 터널을 들락거리고 있었다. 청해성 산악지대는 임목이 거의 없는 사막지대 같았다. 때때로 붉은 흙을 들어내는 훼손지도 많았다.

16시 50분, 폭 5~10m에 흙탕물이 흘러가고 있었다. 황하강의 상류라 했다. 17시 25분, 난주역에 도착했다. 감숙성의 성도인 난주시(蘭州市)는 면적 13,271㎢이고, 인구는 370만 명이다. 옛날부터 실크로드로 가는 길목에 있어 중요한 요새이자 교통의 중심지였다.

난주시는 원근을 막론하고 고층 아파트 숲으로 이루어진 거대한 도시 같았다. 열차는 수차례 작은 도시 역마다 정차하는데, 가는 곳마다 역 주변의 가로등과 건물들이 현란한 빛으로 시선을 즐겁게 했다.

정확하게 21시에 서안역에 도착했다. 넓은 서안역을 빠져나와 대기하고 있는 버스에 올라 호텔로 향했다. 건물마다 전체건물이 화려한 네온 불이 춤추고 다양한 가로등의 불빛도 아름다운 서안거리를 장식하는데, 한국에도 이런 야경을 외국인들에게 보여 주었으면 싶었다.

기분 좋은 마음으로 교통체증이 심한 시내를 지나 호텔에 도착하니 22시 20분을 지나고 있었다. 해선(High Sun) 호텔 1813호실에 투숙했다.

2019년 10월 13일(일) 맑음

　　　　　　　호텔 앞 능수버들 가로수가 멋진 풍광을 드리우고 있었
다. 아침 8시 호텔을 나와 농산품 판매장에 들른 후 10시에 서안 공
항에 도착했다. 12시 55분(현지 시간), 서안 공항을 출발 인천국제공
항 16시 30분(한국 시간)에 도착했다.

💬 COMMENT

성　을　주	우루무치의 상세한 여행기, 제가 여행한 기분이 드네요. 고운 가을 마음에 여유라는 에너지가 가득 충전되실 거예요. 늘 행복한 마음 간직하는 가을이 되세요.
연　　　지	여행 둘러보기도 바쁘고 정신없는데 언제 다 메모해서 장문의 글을 쓰시는지…. 타고나신 수필 시인이세요.
미　　　연	함 가보고 싶으네요. 넘 멋져요.
雲海 이 성 미	선생님, 구경하시면서 꼼꼼히도 체크하셨어요. 아마도 해외 가이드 하셔도 될 것 같습니다. 부러워요.
은　　　빛	여행기를 읽고 있으면 알지도 모르는 곳이지만 빠져들게 됩니다. 좋은 여행기 늘 감사드립니다.
석 촌 (石 村)	우루무치 여행기 잘 보았습니다. 심혈을 기울이셔서 쓰신 글 감사히 봤습니다.
매 일 기 쁨	알뜰히 올려주신 우루무치 여행기 감사히 보고 갑니다.
자스민 서명옥	우루무치 처음 보는 풍경인데요. 깨끗하고 멋진 곳 가 보셨으니 좋으셨겠어요. 멋진 여행담 즐겁게 보았어요.
협　　　원	오랜 시간 여행에 피곤하지 않으셨는지요? 앉아서 신강 여행 소산 님 덕분에 편하게 하였습니다. 여행기를 기행문으로 주셔서 내가 관광하는 느낌 강하게 받았습니다. 감사합니다.

수진(桃園) 강선균 여행을 잘 다니시네요. 부럽습니다. 신장지구 천불동에서의 문익점 선생의 발자취는 놀랍고 감동적입니다. 잘 읽었습니다.

미 량 국 인 석 칠색산과 월아천 여행기 덕분에 구경 한번 잘했습니다. 세계 곳곳을 여행하시는 소산 선생님이 부럽습니다.

오사카 교도 외
3개소

일본 농업견학(2001. 11. 6. ~ 11. 11.)

2001년 11월 6일 맑음

　　　　시설채소 및 과수농가 13명과 함께 일본 농업연수를 위해 7시 30분에 출발 김해 국제공항에 10시경에 도착하였다. 아침에는 기온이 내려가 제법 쌀쌀했으나 지금은 화창한 날씨다. 아시아나 중형 여객기로 11시 30분 오사카로 출발했다. 비행시간은 1시간 5분 소요예정이다.

　여객기가 도착 20분 전부터 하강을 시작했다. 일본의 산야가 눈에 들어왔다. 여객기에서 내려다본 일본의 농촌은 우리나라 농촌과 비슷해 보였다. 야산이지만 산 정상 부근에도 경작지가 보이고 부근의 임상은 울창해 보였다.

　기장의 안내 방송에 의하면 지금 밖에 바람이 많이 분다고 했다. 그래서인지 물보라가 일면서 파도가 심한 것 같았다. 오사카 간사이공항 착륙을 위해 여객기가 선회했다. 커다란 현수교가 보였다. 오사카만 안에 방파제가 있고 큰 배들이 일정하게 정박해 있었다. 방파제 안의 내륙바다는 파도가 거짓말처럼 잔잔했다. 여객기는 오사카만을 한 바퀴 선회함으로써 시내를 거의 조감할 수 있었다. 바닷가에는 정유시설도 많이 보이고 대형 하역장비도 많이 보였다.

　6차선의 거대한 다리가 연결된 간사이공항에 도착했다. 현지 도착 시각은 12시 35분경이다. 바다를 매립하여 만들었다는 간사이공항은 상당히 넓었고, 많은 여객기가 계류 중이었다. 탑승장에 여객기가 계류할 수 있는 것이 한쪽에 30대 가까이 되는 것 같았고, 가운데 있는 대합실은 거대한 콘센트 지붕으로 연결 동일 건물로 길이가 500m는 되어 보였다. 공항 대합실 내는 승객을 실어 나르는 미니 열차가 2층에 양쪽으로 미국의 애틀랜타처럼(열차 크기나 차량 수는 차이가 있지만) 운행하고 있었다. 관서(關西, 간 사이)공항은 1987년부터 7년간 바다를 매립하여 조성하였고 거대한 다리(높이는 수십m, 길이는 5km라 함.)와 함께 1994년에 완공 개통하였단다.

공항의 다리 건너 육지는 변두리라고 하지만, 교외 지역으로 도시형성이 잘되어 있었다. 차량이 모두 좌측통행을 하는데 우리에게는 신기하게 보였다. 도로변 공한지에는 칸나 꽃을 많이 재배하고 있었다.

간사이공항이 1년에 1cm씩 침하된다고 했다. 공항 뒤쪽은 고베시가 멀리 바라다보였다. 지난번 지진피해는 거의 복구가 완료되었다 했다. 공항의 큰 다리를 건너자 40층 규모의 아나 항공회사 소유의 '아나게이트' 호텔이 눈에 들어왔다.

일본의 화폐는 지폐로 만 엔, 5천 엔, 천 엔 등 3종류이나, 근래 2천 엔이 새로 나왔다 했다. 동전은 5백 엔부터 5종류가 있다.

오사카 시내는 지진 때문인지 3~4층 건물의 정도의 저층이 대부분이며 바다를 끼고 있어 그런지 육교도 많았다. '해야스지데이, 日根野' 식당에서 뷔페로 중식을 했다. 특이한 것은 각종 고기를 즉석에서 불고기로 구워 먹는 방법이었다. 버스는 오사카만을 따라 고속 고가도로를 1시간여를 시내로 달렸다.

일본의 인구는 1억 2천만 명 면적은 남북한의 1.8배라 했다. 일본열도의 모양은 여자 몸처럼 되어 있고, 한국은 남자 몸처럼 되어 있어 모든 것을 일본 쪽에 준다는 그럴듯한 이야기를 했다.

일본은 80%가 산으로 되어 있고 현무암 지대로 토심이 깊고 비옥

하다고 한다. 주택은 평균 평수가 4인 가족 기준으로 13평 정도라 했다. 해안선 고속도로가 오사카만을 따라 고가도로로 이루어진 곳을 계속하여 시내로 달렸다. 10분 이상 달려도 아파트는 별로 없고 고층 건물도 보이지 않았다.

일본의 행정구역은 都 道, 府, 縣, 町(마을, 부락)으로 되어 있다. 오사카 부근은 인구가 1,800만 명, 제2의 도시 오사카 시는 인구가 200만 명이다. 지진 때문에 아파트 등이 없어 그러한지 시 구역이 상당히 넓어 보였다. 해안에는 목재 하치장과 정유시설이 있고, 우측으로는 광활한 지역에 저층 집들이 간간이 숲 사이로 있었다. 외관상으로는 잘사는 나라로 보이지 않았다. 시내 중심지가 가까워질수록 15층 내외의 아파트가 보이기 시작했다.

남항 타워가 있는 곳에 무역회관이 있고 그 옆에 쓰레기 소각 탑(열 생산시설 20~30층 규모)이 있었다. 해안선을 따라있는 고가 고속도로를 차로 달려서 1시간 이상 걸리는 것 같았다. 시내로 들어오니 어둡고 불결했다. 건물도 우중충한 것이 매연도 청소하지 않은 것 같았다.

오사카 서부 성내라 하는 곳에 있는 학교역(鶴橋驛)에 도착하여 복잡하고 좁은 길에서 하차했다. 이곳 학다리 시장은 우리나라 부산 국제 시장과 같은 재래시장이다. 시장 상인 중에는 우리 교포가 많았다. 시장 내 풍경은 우리나라와 다를 바 없으나 모든 상품은 대부분 소규모로 포장되어 있었다. 청과물 소매상가에는 한국산 제품, 당면, 김, 무와 김치가 많이 보였다. 야채 시장은 오전 일찍 문을 닫아 소매상들만 둘러보았다.

거리는 대개 4차선이고 교통표지판과 신호등은 한국과 비슷했다. 차량은 밀리지 않고 소통이 비교적 잘되고 있었다. 시장 주위의 건물은 15층 내외의 단조로운 건물이었다.

다음은 신사이바의 최고 번화가에 있는 '다이마루' 백화점으로 갔다. 15~16층 건물에 sony 간판이 눈에 먼저 들어왔다. 백화점 골목 입구부터 사람이 많이 붐볐다. 화려한 큰 파친코가 있는 거리를 지나 백화점에 도착했다. 백화점 지하 1층에 있는 식품부와 지하 2층으로 청과물 판매장으로 둘러보았다. 깔끔한 소포장 상품들이 눈길을 끌고 있었다. 아가씨들의 호객행위는 우리나라보다 심한 것 같았다.

　간단히 둘러본 청과물 가격은 밀감 1개 80엔, 사과(홍옥) 1개 500엔, 추전(秋田, 골덴데리 사스) 1개 300엔, 나가노 홍옥 1개 250엔, 양광(陽光) 사과 1개 200엔, 딸기(도시락) 1개 200엔, 사과 세계일 1개 1,000엔, 포도 한 송이 800엔, 신흥 배 1개 300엔, 신고 배 1개 500~800엔, 네트메론(2개입) 7,300원, 네트 그린메론 8000~12,000엔, 배추. 무 반쪽 각각 150엔 시금치 1단 250엔, 가지 2개 280엔 주키니 1개 28엔, 파프리카 1개 250엔, 밤 호박 1/4개 58엔 등이었다.

　백화점은 상당히 넓었지만 화려하지는 않았다. 거리에는 사람이 많았는데 이곳은 비교적 한산했다. 백화점의 6층까지 둘러보았다. 같이 간 일행을 놓쳐버려 말도 통하지 않고 복잡한 거리에서 더구나 夜間이 되어 황당하기 그지없는 일로 일행을 찾느라 한바탕 소동을 벌이기도 했다.

　인접해 있는 서울 명동에 해당하는 '도돔버리(道頓堀)' 번화가를 둘러보았다. 화려한 네온과 사람들의 물결 속에 일행을 놓칠세라 신경을 쓰면서 오징어, 게 등 커다란 조형물이 마치 살아서 움직이는 이색적인 것을 둘러보았다. 싸게 파는 100엔 shop도 있었다. 거리에 다니는 차는 같은 차를 보기 힘들 정도로 종류가 다양했다.

　저녁 식사는 가까이에 있는 생선회 초밥 뷔페식당에서 했다. 컨베이어 벨트식으로 레일을 따라 계속 돌아가는데 여기에 생선회 종류별로 접시에 담아 올려놓으면 손님이 식성대로 골라 먹으면 되는 것이었다. 김밥과 과일도 있고 요구르트, 찹쌀 경단, 겨자, 등 다양했다.

녹차는 개인별 앞에 팩이 있고 끓는 물도 있어 코크만 누르면 되었다. 무엇이든 얼마든지 먹을 수 있는데 가격은 접시 1개에 250엔, 과일 등 후식은 400엔 나중에 접시 숫자를 헤아려 계산했다. 그렇지 않으면 생선회 초밥과 음료수 등 마음대로 먹고 여자는 2,480엔, 남자는 2,980엔이었다. 현재 시간은 6시 45분, 예약을 하지 않았으면 안 될 정도로 손님이 만원이었다. 저녁 식사 후 오사카 역에 있는 숙소로 향했다. 도로는 5차선이다. 양쪽 차선 2개는 주차장이고, 가운데 3개 차선은 일방통행이다. 좀 특이했다.

가는 길에 조일신문(朝日新聞) 사옥도 보였다. 저녁 7시 55분 오사카 역을 통과하는데, 역 주변의 건물은 20~30층 건물도 많이 보였고 거리도 밝았다. 오사카(大板) 역에서 2블록 지나 삼정(三井) 아방호텔에 도착했다.

객실이 여유가 있어 싱글로 방을 배정받았다. 필자는 1015호에 투숙했다. 방은 아주 작았고 TV랑 플래시 등 갖출 것은 다 갖춘 것 같고 화장실에는 바디비누와 샴푸 눌러서 사용하는 물비누가 있고 면도기 치약 등은 일회용품도 수건과 함께 기본으로 갖추고 있었다. 화장실이 특이한 것은 욕실의 곡각 부분까지 전부 아래위 대형타일로 주문제작 설치한 것이 신기했다. 출입문 문틀은 스테인리스로 깨끗이 마무리한 것은 일본인 장인정신을 보는 것 같았다. 호텔 방이 규모가 작을 뿐이지 사용하기에 편리하고 침구도 깨끗했다.

2001년 11월 7일 흐린 후 맑음

아방 호텔 17층에서 뷔페식으로 아침을 하고 8시 30분에 버스로 오사카 시내를 벗어나 (고속도로를 따라) 교토농업연구센터로 향했다. 지나는 길에 한국의 여의도 같은 나가노시마 공원도 지났다. 그리고 11월 8일 방문할 오사카 성도 지났다.

교통체증이 심한 오사카 시내는 간판도 많고 전주와 전선이 많아 지저분하고 불결한 곳이 많았다. 일본의 화장 문화는 정착된 것 같았다. 납골당이 어떤 기준이 있는지는 모르지만, 곳곳에 많이 볼 수 있었다.

납골당에는 꽃이 많았다. 전부 생화를 갖다 놓는다고 했다. 그리고 3대가 지나면 폐기한다고 했다. 따라서 산에는 매장한 흔적을 찾아보기 힘들 정도다. 외곽 고속도로를 신설하고는 있지만 고속도로도 교통체증이 심했다.

드디어 산이 있는 외곽지대로 나왔다. 산은 야산이고 산 능선을 따라 철탑이 흉물스럽게 많았다. 나무는 삼나무와 편백나무가 간혹 보이고 대부분 활잡목(活雜木)이다. 임상(林相)은 보통이었다. 또 대나무와 칡덩굴이 많았다. 외곽지대 도로는 조금 협소하고 도로변에는 간판도 많았다. 농촌에도 공원이 자주 보이는데 많이 만든다고 했다. 주택을 짓는 곳도 많은데 조립식이다. 집을 1주일 정도면 다 짓는다고 한다. 기와집이고 거의 2층이었다.

논은 100평 내외의 작은 필지였다. 모두 벼를 심었던 흔적이 있었다. 철도 변에는 딸기 홍보 탑이 있고, 딸기 재배 하우스도 간혹 보였다. 재래종 감나무도 보이는데 감이 많이 달려 가지가 아래로 처진 것이 특징이었다.

경도부(京都府) 농업 연구 센터에 도착했다. 현지 시간 10시 30분, 예정보다 30분 늦었다. 현지 직원의 안내를 받아 회의실에서 1시간 정도 video로 회사의 현황을 설명을 듣고 아다지 연구소장으로부터 구체적인 설명과 함께 질의 응답 시간을 가졌다.

이 연구소는 태양광 발전으로 150kW 전력생산으로 농업발전 시험 연구를 한다고 했다. 교토가 농가 수(數), 농업인구 등은 전국의 1% 정도이나, 농가소득은 열심히 한 덕분에 전국 평균보다 높은 675만 8천 엔(전국 6,272천 엔)이다. 쌀 생산이 전국 1위였으나, 현재는 야채 연구로 전환되었다. 소금에 절이는 식품이 많았다. 사람이 잘 안 먹는 품종은 보존하고 일부는 먹는 식품으로 개발하고 있었다. 10년 전에는 7개 품목으로 시작하였으나, 지금은 27개 품목을 연구한다고 했다. 모양도 바꾸고 맛도 개선하는 연구를 하고 있었다. 교토대학 4학년 농학과 20명이 실습차 와서 일하고 있었다. 과수실습 포지 규모도 크고 채소작물 포지와 강의실과 연구시설이 잘 갖추어져 있었다. 실습 포지와 강의실 등도 없이 형식적인 산학협동사업을 하는 우리나라는 이를 본받아야 하겠다.

연구 실적의 일례(一豫)로 도마도 오이 등 virus를 자연에서 채취한 왁친으로 치료 효과가 있는 화면을 보니 놀랍기도 하지만 믿어지지 않았다. 주미(酒米)를 개발하여 술 전용으로 사용토록 보편화되었는데, 술맛이 상당히 좋다고 했다. 일본의 농사 분야 연구결과를 우리나라에서 많이 도입·활용하기는 하지만 실제로 거리감을 떨쳐버릴 수 없었다.

단백질 함량을 줄이는 쌀 유전자 변이는 아직 성공을 못 했단다. (유전자 변이 식품은 사람이 먹는 것으로는 이용 않는다고 함.) 옛날 야채도 현재 없는 것은 살리고, 요리도 개발하고 홍보도 활발히 하고 있었다. 이러한 노력으로 국내 쌀 생산 1위가, 현재는 야채 생산 1위로 바뀌었단다.

농장의 전체 규모는 3.3ha이고, 시설은 유전자 변종시설 온실 등 하우스가 있었다. 조직은 연구부, 실험부가 있고 인원은 총 21명 중 연구원이 14명이다. 4명의 선생과 학생들이 같이 연구하고 있었다. 관찰 연구부는 다른 기술연구소와 기술을 교류하고 있었다.

바이오테크놀로지 등을 도입 농업단체농가와 합동으로 노력하여 특산물 품종개량하고 이것을 농가에 시험재배를 하는 등 새로운 품종개발 목표를 세워 추진하고 있었다. 이에 천적이나 미생물 이용한 식물재배도 연구한다고 했다.

video 내용은 조금 오래되었지만 내용은 충실한 편이고, 현재는 이보다 조금 더 발전되었다고 했다. 단백질 첨가 식물생장 등도 연구하고 있었다. 유전자 변형개발은 반응이 안 좋지만, 연구는 하고 있었다. 특히 유전자 변이연구는 꽃 등 사람이 안 먹는 것을 위주로 연구하고 있었다.

농업도 환경을 살리는 방향으로(미생물, 천적) 연구하고 농가가 쉽게 생산과 소득을 올릴 수 있는 방향으로 연구에 중점을 두고 있었다. 이곳의 딸기는 손이 많이 가기 때문에 소규모로 하고 있는데 딸기 재배 면적은 점점 줄고 있다고 했다.

유전자 변이 온실은 폐쇄하여 화분 등 외부로부터 격리재배 함으로써 유전자 변형식물재배와 특성을 조사연구하고 있었다. 교토로부터 국화 '사가구'라는 높이는 2m까지 자라고 색깔이 다양한 품종을 이곳에서 이름을 정해 보급하였다고 했다. 교토 '에비(대우)'이라는 토란을 육성하였는데 맛은 어떠한지 모르지만, 뿌리는 상당히 많이 달리어 수확량이 많을 것 같았다. 콩도 키가 작고 많이 달리면서 조기수확이 가능하고 피닉스 병에 강한 품종명 '담바구로'를 개발하였는데 우리나라에 보급했으면 하는 생각을 가져보았다.

시금치도 년 4~6회 수확이 가능하고 병에 잘 걸리지 않는 것을 연구 개발하여 농가에 보급하였다고 했다. 시금치 파종은 기계로 종자를 실에다 붙여서 실만 펴서 피복하면 되도록 하여 인력을 줄이고 있

었다. 하우스의 파이프 간격을 보니 이곳은 따뜻한 지역이라 눈이 많지 않을 텐데도 불구하고 50cm로 한 것을 보면 한국의 하우스 간격 80~100cm 하는 것은 반드시 시정되어야 하겠다. 오이 왁친 접종 연구도 이곳에서 개발하여 교토대학의 실습농장에도 제공함으로써 실질적으로 산학 협동이 잘되고 있는 것 같았다.

방문 기념으로 준비해간 둥글레차를 전달하고 소장과 안내 직원들과 본 건물을 배경으로 기념 촬영을 한 후 다음 방문지인 나라 국립공원 동대사(東大寺)로 출발했다.

점심은 나라 국립공원 내에 있는 삼이관광회관(三李觀光會館)에서 일본 정식으로 했다. 가는 길에 박물관 옆을 지났는데 수학여행 철이라 학생들을 비롯하여 관광객이 많았다. 점심을 먹는 식당 앞에도 사슴이 많이 놀고 있었고 이곳까지 학생들이 밀려들고 있었다.

식당 부근에는 관광 상품을 우리나라처럼 많이 팔고 있었다. 다시 버스에 올라 이동하여 동대사 주차장에 도착했다. 743년 건축된 동대사는 세계 최대의 비로자나불이 모셔진 사찰이고, 세계 최대의 목조건물로 헤이안 시대 최고의 건축물로 평가받고 있다. 일본에서 가장 오래된 목조건물로 유명하다.

본당인 대불전(大仏殿)에 들어가면 앉은키 15m의 청동 불상이 있는데, 원래 있던 청동 불상이 소실되어 기존 규모의 3분의 1로 축소하여 재건한 것이라 했다. 동대사 입구 부근에는 기념품 상점이 많이 있고 또 많은 사슴을 볼 수 있었다.

동대사 본당 가까이 나라 시의 나라 박물관은 동대사와 연접하여 있고 주위가 전부 나라 국립공원이다. 일본 고옥식(古屋式) 나라 호텔이 연못을 끼고 있었다. 주차장에 주차된 차량을 보니 대부분 소형 차량이었다.

다음은 교토 외곽지에 있는 금각사 등 사찰을 보기 위해 교토 시로 향했다. 도로변의 산들은 해발 100m 내외의 야산이다. 고사된 소나무가 많았다. 임상과 식생은 우리나라와 비슷했다. 30분 정도 고속도로를 지나니 넓은 들판이 나오고, 야산은 멀리 보였다. 우치시(宇治市)로 가는 안내판이 크게 보였다. 도시 중간중간에 농경지가 소규모지만 경지정리가 잘되어 있었다. 수로 및 논두렁도 토공이고 농로 포장도 안 된 곳이 있었다.

도로변에 전시된 농기계를 보니 콤바인 트랙터 등이 대부분 소형이었다. 들판과 시가지를 지나는 가운데 고속도로 공사 중인 곳도 있었다. 어디를 가나 전주와 철탑이 많았다. 고속도로를 벗어난 교토 부의 우치시(宇治市)도 광활한 평지가 상당히 넓었다. 건물은 대부분 3~4층 건물이다. 모처럼 우치시(宇治市) 내의 10~15층 규모의 아파트 단지를 만났다. 여전히 도로는 좁고 차는 소형차다. 교통체증도 심했다. 다시 교통표지판은 오환오조(烏丸五條) 국도 24호선을 따라가고 있었다.

드디어 교토 시내를 통과하고 있었다. 인구는 150만 명 정도이다. 교토는 8세기부터 1,000년간 19세기까지 천왕이 살았던 우리나라 경주와 같은 고도(古都)이다. 교토 시내는 도로가 바둑판 모양으로 동서가 확 뚫려있었다. 중앙에는 '사모가와'라는 y형 강이 흐르는데, 물이 깨끗하기로 유명하다. 교토 주변에는 절이 1,000개가 넘는다고 했다. 세계문화유산으로 지정된 금각사를 먼저 보고 청각사를 보기로 했다.

교토 역을 통과하고 있었다. 구(舊)역과 1995년 완공한 신역(新驛)이 있는데, 신역은 화려함과 편리함이 관광코스로 유명할 정도라 했다. 신역은 호텔 1통과 백화점 1동이 있고 백화점과 호텔은 현수교를 연결하여 이용하고 있었다. 높이는 15층 정도로 그렇게 높지는 않았다. 그렇지만 교토에 오면 역을 구경할 필요가 있단다.

교토는 전체 지형이 분지로서 주민들이 자존심이 강하다고 한다. 또 일본 행정의 중심이라 했다. 현재의 동경도 교토의 동쪽에 위치하여 동경이라 명명하였다 했다. 교토 시내 큰 도로는 4차선이고 주위 건물은 6~7층 정도로 우리나라 중소도시 분위기였다.

금각사로 가는 도중 고찰인 서(西) 본원사(세계 문화유산지정)를 지나고 있었다. 반대편에는 동(東) 본원사를 만들었다는데, 이것 또한 세계문화제로 등록된 것이라 했다. 도로는 다시 왕복 8차선이다. 부근의 건물들은 비교적 깨끗한 10층 내외 정도였다.

이곳이 교토에서는 전통 있는 거리 같아 보였다. 상하무 굴천환대로(上賀茂 堀川丸大路)를 계속 가고 있었다. 서 본사는 덕천가강(德川家康, 도구가와 이에야스) 이 1866년에 천왕을 만나기 위해 머무른 장소로 유명하다. 역시 세계문화유산으로 지정되었다. 다시 차는 경도부(京都府)와 경도 경찰청(京都 警察廳) 옆을 지나고 있었다.

다시 6차선이다. 기모노 수작업하는 전통 있는 '버시진오리'라는 곳을 지났다. 지금도 이곳은 기모노를 주문 제작하는데 일반인들은 가격이 비싸 신청(주문)을 못 한다고 했다. 외관상으로 보아도 오래된 건물로 보였다. 이정표에 금각사까지는 3km 남았다.

금각사의 아름다움과 정원을 영상으로 담고 식당으로 향했다. 식사 후 오늘 강행군으로 피곤하여 호텔(삼정(三井) 아방)에 여장을 풀고 일찍 잠자리에 들었다.

2001년 11월 8일 흐림

아침 8시 30분 오사카 도매시장 견학을 위해 출발했다. 중앙도매 시장은 '도사보루강' 옆에 위치해 있었다. 도매시장 입구에

서 안내를 받아 (다른 과일은 경매가 끝남) 사과 경매장으로 두 사람의
안내를 받아갔다. 경매장에는 사과 밀감 등이 수량은 많지 않았다.
경매사와 농민 등 50~60명 정도 모여 경매를 진행하고 있었다.

사과 '호노'라는 새 품종이 출하되었다. 우리나라 사과는 일본 품종
을 주로 수입하는데 언제쯤 우리나라에 들어올까? 맛은 모르지만,
외관은 후지와 비슷해 보였다. 구주의 사과 집산지에서 출하되었다는
데 300평에 900만 엔(우리 돈으로 9천8백만 원) 수익을 올린다고 했다.
대단히 높은 소득이었다.

1층에는 경매하는 곳이 여러 곳에 있었다. 처음에는 사이렌 소리와
함께 시작되었다. 사과, 밀감, 감을 동시에 보는 것이 특이했다. 사과
1상자(10kg) 1,300~3,500엔이다. 승강기를 타고 3층으로 올라갔다.
3층에는 건물이 분리되어 있고 차량이 많이 다녔다.

반대편 30층 중앙도매시장으로 갔다. 뒤를 돌아보니 경매장의 4~5
층은 주차장으로 되어 있었다. 물건 이동(移動)은 '다래토'라는 지게

차 비슷한 것으로 운반하는데, 수백 대가 신속하게 움직이고 있었다. 버섯을 비롯한 모든 과일이 다 있는 것 같았다.

중개인 재(再)판매 가격을 보면 단호박(10kg) 578~1,365엔, 감자 (10kg) 700~950엔, 당근 850~1,250엔, 고구마 800~1,300엔, 양파 1,500엔, 가지 700엔, 도마도 350~1,350엔, 오이 1,200~1,400엔, 주키니 2kg 1,000엔, 파프리카(홀랜드 산) 5kg 3,300엔 등이다.

여러 곳을 둘러보고 야채 쓰레기 처리하는 곳도 둘러보았다. 야채 쓰레기는 쓰레기 투입구에 넣어 압축하여 트럭으로 운반 폐기한다고 했다. 화물 승강기는 5층까지 운행하는데 한 번에 3,750kg를 운반하는 대용량이다. 크기가 소형차나 '다래토'에 물건을 실은 체로도 승강기(엘레베트) 운행이 가능했다. 아래쪽 1층으로 내려오니 수산시장이다. 생선의 내장이나 머리 처리가 완전자동이었다.

시장 크기가 경매장 포함하여 1층에 2만 평, 5층까지 10만 평은 되어 보였다. 나중에 안 사실인데, 전체 규모가 18,100평방미터이고, 끝까지 직선거리가 1km라 했다. 일본도 금년은 배가 풍년이라 가격이 작년 대비 30% 이상 폭락했단다. 도매시장은 오사카 중심 정도에 위치하고 나가시마 섬의 끝부분이다. 부근은 고층건물이 즐비했다.

딸기는 주로 후쿠오카 옆 사기현에서 생산된다고 했다. 버스는 나가시마 섬 중간쯤에 있는 오사카 시청 앞을 지나 은행과 증권회사가 많은 거리를 통과하고 있었다. 4차선 도로변의 전선은 지중화했고 건물도 15~20층 내외의 간판도 별로 보이지 않았고 깨끗했다.

다음은 오사카 성 옆을 통과했다. 오사카 성은 사방이 수로로 둘러싸여(核子) 있고 성 높이 15m 내외 16세기 말경 축조하였다. 풍신수길이가 1년 반 만에 완성 하였다 함. 성내 천수사는 지붕 꼭지만 보고 통과했다. 성내 넓이는 100만 평 정도라 했다. 오사카 성은 전국에서 수로를 통하여 돌을 운반 축조하였다고 했다.

이어 고속도로에 진입 만안선(滿岸線)을 따라 다시 달렸다. 세계에서 지방자치 행정이 가장 잘된 곳이 일본이라 한다. 오사카만을 옆으로 고속도로는 뻗어 있었다. 조금 가니 10층 규모의 전체가 수족관 건물이 있었고, 좌측으로는 강 따라 하역장과 컨테이너 야적장 시설이 있었다. 우측으로는 대형 여객선 5천~만 톤 정도 되어 보이는 것이 여러 척 정박해 있었다.

오사카 공항 부근에서 육류 뷔페로 중식을 한 후 와카야마 고속도로(28호)선을 한 시간 정도 달렸다. 일본은 우리나라와는 달리 조금 큰 오토바이는 통행료를 내고 다닐 수 있는 것이 특이했다.

현재 동남향으로 고속도로를 따라가는데 주변의 산 임상은 활잡목이고 삼나무와 편백나무 대나무 등이 있는 야산이다. 임목 축적량은 외관상으로는 우리나라 일반 야산과 다를 바 없었다. 골짜기마다 소류지를 많이 조성해 놓았다. 이런 것은 다용도로 쓸 수 있을 것이므로 우리나라도 많이 해둘 필요가 있을 것 같았다.

산길을 지나는 고속도로가 끝나자 넓은 평야가 나타났다. 지명은 모르겠으나 와카야마가 얼마 남지 않은 것 같았다. 취락 구성이 우리나라와 달리 전 들판에 산재되어 있고, 그 중간중간에 경지 정리된 전 답이 있었다. 옛날부터 모여 살지 않고, 떨어져 살아온 것 같았다.

들판이 1,000여ha는 되어 보이지만 집단 농경지가 없을 정도다. 주거지 등이 거의 전부가 2층이고, 단층은 별로 없었다. 고속도로를 벗어났다. 통행료 징수인은 대부분 남자 노인들이다. 우리나라는 주간에는 여자들이 근무하는데 이곳은 아마 퇴직한 분들 같아 보였다.

와카야마는 인구 38만 명이고, 온천이 많다. 바닷가는 어묵이 많이 생산되는 곳으로 유명하다. 또 등 푸른 생선으로 발효시켜 먹는 음식으로도 유명한 곳이란다. 들판 가운데를 흐르는 강(폭 150m 내외) 양안(兩岸)으로는 잡초가 많지만 강물은 아주 깨끗했다.

다시 이정표는 도산(桃山)이라는 곳으로 향했다. 농로와 수로 논두렁 80% 정도는 시멘트로 해두었다. 이어 국도 424호 해남(海南)으로 향하는 도로에 들어섰다. 일본의 농촌은 사는 정도가 우리와 비슷한 것 같았다. 전주와 전선이 많아 조금은 지저분한 느낌이었다.

단감과 밀감 재배하는 것이 보였다. 지금 가고 있는 길은 2동진 물청원 국도 25호선이다. 도로는 역시 협소해 보였다. 작은 하천(폭 40~50m 정도)을 지나는데 강물이 생활오수 관리를 어떻게 하는지 몰라도 아주 깨끗했다.

우리가 방문할 농업시험장이 2km 남았다는 안내판이 보였다. 농지는 아주 소규모로 우리가 알고 있는 60년대 경지정리 끝났다는 그 시절 시설 그대로인 것 같았다. 화가산현 농작물 병해 방조소(和歌山縣 農作物 病害 防潮所) 소장으로부터 유인물을 배부받고 시설현황 설명을 들은 후 농장 견학에 나섰다.

벼 직파 논은 수확을 일찍 해서 새순이 많이 자랐다. 미니 도마도와 일반 도마도와의 중간 크기 도마도를 육성 재배하고 있었다. 고추도 매운 것이 아닌 단 고추를 시험재배하고 있는데 일본인들의 시험연구가 시설은 좋지 않지만 연구 실적은 본받을 만했다.

딸기묘도 '사치노카'를 비롯한 여러 가지 품종을 비종별 시험구, 토양별 시험구 등 다양하게 대비시험도 하고 있었다. 유리온실 등은 태양열을 이용하여 난방을 하고 있었다. 가지도 일본인의 저호도(著好度)를 조사해 정구공 크기의 둥근 가지를 개발 시험재배를 하고 있었다.

딸기품종은 사가호노가, 사지노가, 야(夜)1홍(紅), 야(夜)2홍(紅), 몽감향(夢甘香), 장희(章姬), 홍(紅)호헤. 사 지―고, 도요노가(L12) 등등이 있었다. 다음은 자주색 피망 및 파프리카 견학과 딸기 양액 재배와 토양 재배 등 다양하게 적응시험을 하고 있었다.

품종별 양액 재배 시험

연구소 견학을 끝내고 시간이 약간 있어 오사카 성을 견학키로 했다. 만안선(灣岸線) 고속도로를 지나다 보니 하천이나 바다 위를 지나는 곳에 다리를 지지하기 위한 현수(懸垂) 형식이 5~6종으로 다양하게 시설을 하여 볼거리로 만들었다.

마감 시간 전에 방문하기 위해 서둘렀다. 오후 5시 거의 정각 마감 시간에 천수각에 입장할 수 있었다(천수각 입장료는 600엔임.). 천수각 들어가기 전에 급하게 국화 전시장의 축구공만 한 큰 꽃을 영상으로 담았다.

천수각 6층까지 승강기로 올라갔다. 천수각 6층에서 내려다본 오사카 역 쪽의 현대식 박물관과 입구 우측에 있는 숲속 미술관을 사진에 담았다. 오사카 시청 방향에는 풍신수길의 첩이 사는 별채가 있

고, 그 우측으로는 2차 대전 후 가장 많이 파괴된 자리에 미려(美麗)
한 고층 은행가 빌딩이 돋보였다.

　6층 난간에 권세의 상징인 황금으로 만든 머리는 사자상 몸통과 꼬
리는 물고기상의 조형물도 영상으로 담았다. 오사카 성 들어오는 입
구 반대편에는 풍신수길의 신사가 있었다. 오사카 성은 1차성, 2차
성, 일반강 등 3차례의 강과 다리를 지나야 천수각에 올 수 있는데
다리는 들어 올리고 내리도록 설계를 하였다고 한다.
　천수각은 6층까지 풍신수길에 대한 일대기와 각종 전쟁 상황, 성의
구조 유물 등을 전시해두었는데 시간이 없어 아쉬움 속에 급하게 둘
러보았다. 성의 큰 돌은 전국에서 수집하였는데 제일 큰 돌의 무게는
130톤이나 된다고 했다.
　오사카성은 벚꽃으로도 유명하다고 했다. 정원과 수목이 울창하게
잘 조성되어 있었다. 풍신수길은 5척 단구(투구와 갑옷을 보면 짐작할 수

있음.)였다. 천수각을 6층부터 역으로 1층까지 둘러본 후, 밖에 국화 장식물을 배경으로 어둡지만 다시 영상으로 담았다. 그리고 천수각의 야간 조명을 배경으로 어둠 속 단체 촬영을 기념으로 남겼다. 천수각 후문으로 나와 다음 방문지를 가기 위해 남항 선착장으로 향했다. 선착장 가까이에 있는 대형 할인마트에 농산물 소매상을 견학한 후 부두로 향했다.

할인마트 부근은 매립지로서 전철과 고속 고가도로가 있고 대형 고급 APT를 유치하여 많은 사람이 활동하도록 공원과 함께 조성해 두었다. 7시경 매표 절차를 마치고 사가오오에리후 호에 승선했다. 배는 8시에 출항을 했다.

그전에 배 구내식당에서 일본 정식으로 저녁을 하고 방을 배정받았다. 방 하나에 8인씩 2층 침대를 사용토록 되어 있었다. 그리고 갑판으로 나가 진도 7의 강진으로 폐허가 된 도시(**현재는 복구가 거의 완료되었다 함**)로 유명한 고배시의 아름다운 야경을 감상했다.

항해 안내 TV에서는 비행기처럼 배의 움직임을 일본열도 도면 위에 계속하여 안내하고 있었다. 필자는 만 톤 규모의 거대한 여객선의 7층에 누워서 항해를 즐기고 있었다. 벌써 항해한 지 한 시간이 지났다. 멀리 육지의 마을이 있는 곳의 불빛이랑 간간히 소형 배들이 시야에서 사라지고 있었다. 현재의 배 시속은 자막에 41km로 운행되는 것으로 나타나고 있었다. 배는 엔진의 진동과 소음이 있었지만, 일정하게 반복되다 보니 오히려 호텔보다 충분한 잠을 잘 수 있었다.

새벽에 잠이 깨어 창밖의 먼동이 트는 바다 위를 바라보았다. 지나가는 화물선이나 어선들이 아주 깨끗하게 도장된 것이 '잘사는 나라구나.' 실감할 수 있었다.

아침 7시 배에서 뷔페로 아침을 한 후 후쿠오카 현 신모지 항구에 8시에 도착하여 하선했다. 우리가 내린 항구 산 넘어 뒤쪽은 시모노세키라 했다. 먼저 1촌 1명품 가는 도중에 단감 등 재배독농가를 둘러보기 위해 출발했다.

신모지 항구를 지나가는 도로변의 사는 모습은 다른 곳과 별 차이가 없이 4~5층 아파트가 몇 동 보이고 나머지는 일반 가옥인데 비교적 깨끗했다. 부근의 산들은 야산으로 단풍나무가 간혹 보이고 삼나무와 편백나무도 있었다. 산에 철탑이 여기도 많았다. 도로변에는 중고자동차 매매상(차량 70~100대 정도)에는 많은 깃발이 펄럭이고 있었다. 시골길은 대체로 길이 좁고 전선줄은 엉키고 간판이 많은 것이 특징이었다. 농경지가 주택사이로 반듯하게 정리가 되어 있었지만 200~300평 규모로 적다보니 각종 농기계도 소형이었다.

구주지역(九州地域) 산록변은 거의 삼나무와 편백나무로 조성하여 울창한 산림을 이루고 있었다. 어디를 가나 도로변에 200~300평 규모의 자동차 중고매매장이 자주 보였다. 그리고 많은 깃발을 세워 위치를 알리고 있었다.

보이는 하천도 모두 정리가 잘 되어 있었고 도로변 절개지는 토사유출이 잦아(화산 현무암 지대로 응집력이 약함 때문인 것 같음.) 이의 방지를 위해 격자판이나 우리나라와 같은 진흙 코팅을 하는 등 복구를 철저히 하는 것 같았다.

농가 방문을 할 '가(嘉)'라는 곳에 도착했다. 후쿠오카 가수압내지소(嘉穗壓內支所, 우리 나라 농협과 같음) 직원(3 사람)의 안내를 받아 단감농장으로 향했다. 농경지가 많은 들판을 지나고 있었다. 벼를 일찍 수확한 필지는 벼가 다시 1자 내외로 자라 수확할 수 있을 정도로 벼가 익었다. 농경지의 수로는 일부 시멘트로 되어 있지만 다른 것은 한국과 같았다.

　마을 단감나무 농장에 도착했다. 전형적인 시골길 그대로다. 마침 단감이 수확하기 전이라 견학이 적당한 시기에 온 것 같았다. 단감 면적은 14ha, 17 농가가 농협의 지도를 받아 농장을 경영하고 있었다.

　1967년부터 식재를 하였고 근래에 와서 후쿠오카 단아식 (배상형) 수형을 5년 전부터 실시하는데 현재 87%가 이 수형으로 전환되었단다. 단감이 아주 많이 달리고 크기도 균일하고 굵었다. 품종은 부유가 대부분이고 이즈라는 품종도 있었다. 단감나무의 아래 제초작업은 카트기로 하고 제초제 사용은 안 한다고 했다.

　잡초는 10cm 미만으로 잘 정리되어 있었다. 우리나라 같으면 까치가 많아 방조망(放鳥網)을 설치하는데 이곳은 까치는 없고 까마귀 때문에 방조망 대신에 농장 곳곳에 설치한 폭음기로 30초 간격으로 폭음(처음 들으면 **깜짝 놀랄 정도 소리임**)을 내서 물리치고 있단다.

또 까마귀의 위험 경고 소리를 연구 녹음하여 한 번씩 방송(소리를 크게)하고 있단다. 단감의 당도가 보통 18도(**낮을 때는 16도**)라 아주 높은 것 같았다. 단감 수확은 이곳은 온난한 기온 때문인지 빠른 것은 지금부터 시작하고 늦은 것은 11월 말부터 12월 중순까지 수확한다고 했다(**서리는 이 시기에 내린다.**).

약제 살포는 1년에 10~15회 정도(**한국보다 많은 것 같았음**) 살포한다. 가격은 1kg에 205~300엔으로 3년 전부터 가격이 폭락하여 어려움을 겪고 있단다. 내려오는 길에 딸기농장도 둘러보았다. 품종명은 '도요노'라는데 재배 방법은 우리와 비슷하고 하우스 파이프 간격은 50cm 정도이나 하우스 가운데 지주가 없었다.

우리나라 하우스는 파이프 간격이 80~100cm로 해두고 하우스 가운데 지주를 많이 세워 놓아 농기계 작업이 아주 불편한데, 지주 없이 편리한 영농을 할 수 있는 이점도 우리도 배워야 하겠다. 하우스 내에 있는 바퀴가 4개 달린 소형 운반 기구는 폭과 높이를 마음대로 조절하도록 되어 있었다.

다음은 배나무 농가를 방문하기 위해 다시 차에 올랐다. 역시 농협 직원들이 친절하게 안내를 했다. (**한 분은 우리 차에 동승함**) 조금 넓은 들판의 경지정리지구 논에 콩을 많이 재배하고 있었다. 이는 정부에서 논에 콩을 심으면 벼농사 차액만큼 보조를 주면서 권장하고 있단다.

일본의 농업은 계속되는 이농과 고령화 때문에 앞날이 어둡다 했다. 일본 농촌의 농산물은 도로변(**방면별로**)에 300평 정도의 부지에 농협에서 직판장 시설을 하여 주고 운영은 농민조합에서 판매하고 있었다. 농민직판장 시설은 농협+행정+마을에서 하고, 운영은 작목반 농민이 직접 한다. 도로변에 부지가 500평은 되어 보이고 조립식 건물도 150평 정도 될 것 같았다. 주차장도 넓고 농산물 사러 온 사람도 많았다.

매장 내를 둘러보니 과채류, 화훼, 계란, 수예품, 김치 등 가공품, 육류, 수산물, 건강보조식품도 있었다. 쌀은 즉석에서 도정해주는 방법으로 팔고 있었다. 옥내는 사무실 화장실 등이 있었다.

배나무 재배는 '가초마치'라는 부락에 도착하여 길에서 200여m 걸어 들어갔다. 가는 길에 재래종 감나무에 우리와 같이 장대와 감 바구니를 줄에 매달아 감을 한 개씩 따는 방법이 같아 사진으로 담았다. 이곳의 배나무는 수형이 평면 덕 식으로 해두었는데 관리가 아주 불편할 것 같았다.

물론 배 수확이 끝나서 배는 볼 수 없었다. 재배는 50여 ha이고, 주 품종은 '고스이, 호스이' 품종은 8월 중순에 수확하고, 9~10월에 수확하는 20세기, 니이가다 등이 있고 신고 배도 일부 재배한단다.

배나무 주위는 야생 멧돼지 사슴 등의 피해를 방지하기 위해 전기 울타리 시설을 해두었다. 배 농장 견학을 마치고 가까이 있는 식당 (일본식 집)에서 일본식 정식으로 점심을 했다. 다음은 말로만 들었던 1촌 1품 부락을 찾아 나섰다.

깊은 산악지대에 위치해서인지 산길을 계속하여 가고 있었다. 경사가 심한 산길인데도 포장은 잘 되어 있었다. 주위의 모든 산에는 삼나무 편백나무가 울창했다. 임상(林相)이 부러울 정도로 좋았다. 일부 남아있는 정상 부근의 잡목나무는 단풍이 곱게 물들어 있었다. 전 산림이 인공 조림지였다. 삼나무와 편백나무는 수고 20~30m 정도, 수령 20~30년생은 되어 보였다.

지형이 급경사(急傾斜)지만 토심이 깊고 비옥한 현무암 지대라서인지 잘 자란 나무들이 끝없이 이어지고 있었다. 벌채(伐採) 지역에는 다시 조림을 해두었다. 좁은 계곡(溪谷)에 깨끗한 물이 시원하게 흘러가고 우거진 숲은 한 폭의 그림같이 아름다웠다.

도로는 길이 좁아 곡각 지점에는 큰 차는 한 번에 회전이 어려울 정도였다. 신호등도 많이 설치해 두었다. 가끔 보이는 집들은 별장처럼 경관이 좋은 곳에 있었다. 도로변에는 한국과 달리 약방이 상당히 많이 보였다. 이곳은 남부라서인지 열대식물이 보였다. 나무가 많다 보니 벌채목(伐採木) 집하장도 자주 보였다.

드디어 1촌 1품 운동이 처음 시작된 오야마(大山) 산촌에 도착했다. 1촌 1품 운동이 현에서 그 지역의 특성을 이용하여 주도한 것으로 알았는데 알고 보니 이곳 농협 조합장의 아이디어였다.

농협 2층 회의실(홍보관을 만들어둠)에서 한국말로 된 비디오로 현황을 보고, 다음은 농협의 조합장으로부터 설명을 들었다. 산골이라 밤과 매실을 식재하여 홍보 판매도 하고 도시민을 초청 실제 체험도 시키는 등 다양하게 부락이 잘살 방법을 찾아 노력한 것 같았다. 모든 것은 농협이 주도했다. 3대 운동(1. 생산의 바람, 2. 배움의 바람, 3. 사랑의 바람)을 실천했다.

농협 슈퍼는 깨끗이 정리 정돈하여 손님을 맞고 있었고, 우리가 도착할 때 배, 팽이버섯 등을 10여 명의 인부가 선별작업을 하고 있었다. 자두와 포도, 매실 등 농작물은 꽃과 과일을 연중생산기능으로 계획을 세워 추진하고 딸기 같은 것은 좋은 것은 선별하여 공판장으로 가고, 나머지는 잼 등 가공품으로 처리 판매를 한다고 했다.

여러 가지 꽃(미니장미, 복숭아, 매화, 벚꽃 등) 포장을 세트로 하여 한꺼번에 출하하는 등 아이디어로 승부하는 마을이었다. 또, 지역에서 나는 재료로 음식물을 개발하여 공동으로 생산·홍보·판매하고 전국의 내방객을 따뜻이 민박으로 환대한다고 했다(야마가다 등 젊은이의 방문객이 많음.).

오야마 농협은 시청각 교육시설도 갖추었고 모던댄스 등을 교육하는 등 교양 시설도 있었다. 또 젊은이들은 이스라엘(키부츠 농장) 등지에 해외연수를 시켜서 이 고장의 기둥으로 삼았다. 현재는 중국(수지마을)과 자매결연을 맺어 6개월 정도 체재 연수하는 상호 교류를 하고 있단다.

한 번 더 정리하면, 봄부터 가을까지 과일(복숭아, 매실, 자두, 거봉포도 등)을 수확할 수 있는 작부 체계와 미나리 등 청정 채소도 년 중 생산될 수 있도록 연구하고, 심지어 여름철에는 아이들이 잡은 물고기로 요리하여 어른들과 먹는 것도 관광 테마로 이용하고 있었다. 농가에 팽이버섯 종균을 생산 공급하여 연중 생산케 하고 포고버섯 등도 재배하여 판매한단다. 선과장(選果場)은 계절별로 생산물이 출하되면 선별을 엄격히 하여 수량은 적지만 고유 브랜드로 명성을 얻고 있었다. 팽이버섯 톱밥은 퇴비로 사용했다.

허브홍보를 위해 기존에 있는 요리연수 시설을 이용하여 허브사용 요리강습회를 개최하는 등 오야마 농협은 한 사람도 낙오자가 있어서는 안 된다는 신념으로 독자적인 연구를 계속해 나가는데, 조합장을 중심으로 잘되고 있는 것 같았다.

한국농협도 여기와 마찬가지로 조합결성이나 금융, 농산물 생산지도 판매, 가공품 생산판매 등을 농민을 위해 진력할 필요가 있다고 생각해 보았다. 일본 농업이 기업화로 가고 있지만 수입품이 많아 어렵고 농협도 지역합병을 계속하고 있단다.

오야마 농협은 적은 마을이지만 아직 합병도 안 하고 조합과 농민이 함께 열심히 하고 있었다. 이곳의 현황을 간단히 살펴보면 농민이 1,000세대, 경지 320ha, 인구 4,000여 명이고 농협조직은 순수 농업인은 700호 농업 관련 종사자 200명이 조합원으로 구성되어 있었다.

호당 경지 면적이 적기 때문에 특용작물로 전환하고 가공품까지 개발 권장하고 있는데, 농산물이 너무 싸 생산비도 안 되는 형편이라 외국으로부터 값싼 농산물이 많이 들어오는 것에 대비하여 농협에서 가공품을 만들어 부가가치를 높이면서 대처하고 있었다. 농산물 중간 마진을 줄여 농가소득 높이도록 하되 1차는 농업, 2차는 가공, 3차는 소비와 유통업인데 이 모두를 전부 농업인이 참여하여 농업소득을 높이려고 애쓰고 있었다.

식당도 조합원이 운영하고 있었다. 할머니들은 지역에서 생산되는 산물로 나이 많은 사람이 옛날 향수를 느낄 수 있는 음식을 만들어 즐겁게 먹도록 하고 젊은이에게도 이 전통을 잇게 하고 있었다. 따라서 한 가족이 농업도 하고 조합원도 하고 가공업에도 종사함으로써 실질적으로는 농가에 모든 이익이 돌아간다. 이렇게 하기 위해 모든 시설은 다 되어 있었다. 야채 등 농산물은 물류 비용이 크므로 매일 선별하여 가까운 시장으로 출하하고 있었다.

1촌 1품 운동은 전국적으로 알려져 있고 필요하다고 인정 곳곳에서 본받아 실천하고 있단다. 젊은이는 경제적인 문제만으로는 촌에 살지 않는다. 해외여행 등 새로운 문화와 접하게 하고 지역 정착 동기를 계속 제공하고 있단다. 이곳 사람들도 서울의 농협 하나로 마트, 야채 시장, 대전의 장미, 대구의 딸기 등 농장 견학을 했는데 대구 부근의 비닐하우스가 잘 지어져 인상적이라 했다. 농협은 식량 때문에 농민을 안정시켜야 하고 소득이 있어야 미래가 있다. 이곳의 호당소득은 평균 600~700엔 정도, 농협 판매액 기준으로는 1,000~2,000엔 정도라 하는데 조금 줄었다고 했다. 농가마다 젊은이가 없는 가정이 없다고 한다.

오야마 마을에서 약 2km 내려와서 길가에 농 특산물 판매장을 둘러보았다. 늦은 시간이라 어둠이 내려앉고 있었다. 1촌 1품 운동 마을을 뒤로하고 앞으로 1시간 30분 소요될 온천의 도시 벳부로 향했다. 고속도로에 접어들었다. 고속도로 부근 가시권에는 역시 삼나무와 편백나무가 많이 있고 임상(林相)이 좋았다. 고속도로는 해발 800m 고지대를 통과하고 있었다.

온천 수증기가 많이 나는 수분(水分)이라는 지역을 통과했다. 목장(초지 지대) 용지에 검은 소가 한가로이 풀을 뜯고 있었다. 이곳도 해발 75m이다. 편백나무가 없는 곳에는 초지 조성 지역을 해두었다.

북구주(北九州) 바닷가로 나왔다. 해발 300~400m에서 내려다본 벳부만(別府灣)은 상당히 아름다웠다. 고속도로 옆에(높은 위치) 영어로만 수업한다는 벳부 대학이 있었다. 경관이 좋은 데 자리 잡고 있었다. 주5일 근무 시작되는 날이고 연속 휴일이라 관광객으로 생각되는 차량이 많았다. 민둥산이 일부 보이는데 봄이 되면 지력 증진을 위해 산에 불을 놓는다고 했다.

불태우는 광경도 관광거리가 되어 이때 산불 구경하려 사람이 몰려 온단다. 현재도 방화선(防火線)이 보이지만 방화선을 철저히 손보고 방화하는 날의 풍속 등 기상을 정밀 관찰한 후 방화를 하기 때문에 아직 인근 산에 확산된 일은 없었단다.

이 부근은 전부 화산으로 이루어졌고 벳부도 화산으로 이루어진 작은 도시라 했다. 벳부에 들어서니 온천수 김이 분출되는 곳이 많이 보이고 화려한 네온은 환락의 관광지로 보였다. 아직은 거리 100m 위치에 있는 사람은 식별할 수 있을 정도의 어둠이다. 먼저 면세점부터 들렀다. 한국 사람이 경영하는지 점원이 대부분 한국말을 사용했다.

벳부 시내 전경

좋은 물건도 없었지만 값이 비싸서 선물 고르기가 쉽지 않았다. 50% 할인한다는 부엌칼을 선물용으로 32개를 1,000엔(우리 돈으로

10,850원)씩 주고 사고, 면도기 몇 개를 산 후 매장을 나와 호텔로 향했다. 가는 길에 김영삼 대통령이 머물렀다는 호텔을 지나 우리가 숙박할 호텔에 도착했다. 호텔 1층에 있는 식당에서 일식으로 예쁜 일본 아가씨들의 서빙을 받으며 저녁을 했다. 저녁에는 쇼를 본 후 가요방(한국인을 위해 영상 자막과 가요 제목이 영어로 되었지만 책이 있었음)에서 술 한잔한 후 12시 넘어 잠자리에 들었다.

2001년 11월 10일 맑음(구름 약간)

아침에 일어나 온천 목욕을 했다. 이곳의 물은 유황성분이 많아서인지 상당히 피부가 미끄러웠다. 아침은 중국식으로 뷔페를 한 후 8시 5분경 해안가 산에서 야생생활을 한다는 원숭이 관광에 나섰다.

석축으로 축조를 잘하여 만든 해안은 도로를 따라 5~6km 정도 가니 원숭이가 있는 대분시(大分市)에 속하는 대분시 국립공원 고기산(高崎山) 자연동물원이 있었다. 고기산(高崎山)은 해안가에 있는 해발 620m 급경사 잡목림 숲이었다. 산록변에 있는 삼나무는 수고 30m 내외이고 아름드리의 울창한 산림이었다.

주차장은 바다를 매립하여 조성하였다. 원숭이동물원에 가려면 육교를 건너야 했다. 도로변에서 경사진 곳을 300여m 올라가니 원숭이를 먹이를 주려고 불러 모으고 있었다. 잠시 후 산에서 요란한 소리와 함께 작은 개 정도의 원숭이들이 수백 마리가 모여들었다.

원숭이동물원을 돌아본 후 왔던 길을 다시나와 벳부시의 3부 능선에 위치한 온천수가 분출되는 속칭 '바다 지옥'과 '피의 지옥' 견학에 나섰다. 바다 지옥은 1,200년 전 학견산(鶴見山, 벳부시를 둘러싸고 있는 제일 높은 산) 폭발로 생겼다 했다. 화씨 200°F 온천수가 하루에 3,600kL 뿜어져 나오는데, 물이 바닷물처럼 푸르기 때문에 바다 지옥이라 한단다. 연접한 피의 지옥도 둘러보았다. 온천수가 뿜어내는 열기와 유황 냄새 수증기가 가득한 곳이다. 관광객을 상대로 하는 상점이 많았다. 입장료는 600엔이다.

다음은 살아있는 아소산 화산(阿蘇山 火山)을 견학하기 위해 출발했다. 차는 험산 좁은 길을 계속 달리고 있었다. 광활한 산에 60~90% 정도가 삼나무 편백나무들로 인공조림이 되어 있어 부러운 임상이었다. 현재시간 11월 10일 10시 25분(차내 시계를 보고) 산의 8~9부(해발 1,000m 정도) 능선 좁은 길을 계속 가고 있었다.

기후가 우리나라 10월 하순처럼 따뜻하여 인공조림이 없는 활잡목지대는 단풍이 그대로 남아 있었다. 어디를 통하는 길인지 몰라도 화산을 견학 가는 것을 포함하더라도 차량들이 많이 다니고 있었다. 이런 산 정상 부근까지 도로포장을 하고 조림을 한 것을 보니 일본 사람들의 나무에 대한 애착을 짐작할 수 있었다. 인공 조림나무가 너무 밀생되어 숲 내는 햇빛이 들지 않아 어두울 정도였다. 일부 임내 정리와 간벌을 하였지만 나무를 키우기 위해서는 간벌이 필요했다. 아직도 해발 1,000m 정도를 계속 가고 있었다.

인공조림은 원근을 불문하고 끝없이 펼쳐져 있는데 일본의 소중한 자산이 될 것 같았다. 가는 길에 보니 이런 높은 곳에 큰 저수지도 있었다. 차량이 꼬리를 물고 삼나무 편백나무가 수벽(樹壁)처럼 되어 있는 도로를 따라 다니고 있었다.

이런 고지대의 도로변에 농가가 직판한다는 팻말과 함께 무, 배추, 호박, 당근 등 채소를 팔고 있었다. 이어 아소 도립공원(阿蘇 図立公園) 구역에 들어섰다. 아직도 아소산(阿蘇山) 화산까지 1시간 30분 남았다. 휴게실에서 내려다보니 경지 정리된 농지가 100여ha가 보였다.

화산과 온천이 많은 나라라 산 정상 급경사지에도 유황 김이 많이 분출되고 곳곳에 길을 내어 온천 숙박 시설들이 있었다. 온천 발전소도 있다고 했다. 유황 냄새에 코가 아플 정도다. 산의 급경사지 높은 곳은 산불이 났던 것처럼 검게 보였다. 현재 해발은 1,330m이다.

멀리 아소산을 배경으로 수백 ha의 구릉지가 펼쳐져 있고 목장과 농경지(대부분 밭임)로 이용되고 있었다. 흙은 검은 빛을 띄는데 비옥해 보였다 구릉지를 지나 끝나는 지점에 해발 수직 100여m 아래쪽 연접된 곳을 바라보니 구역이 1,500ha나 족히 되어 보이는(지금까지 본 농경지 중 가장 넓음) 경지정리가 잘된 아소(阿蘇0 마을이 나타났다.

아소 마을도 해발 800~900m 정도나 된다. 반대편에도 아소산 화산 폭발로 갈라놓은 농경지가 있다고 했다. 앞으로 1,592m의 나까다게 산을 보러 올라갈 것이라 한다. 눈에 보이는 아소 부락은 주택들이 산재되어 있었다. 들판 중간 정도에 위치한 조금 큰 부락에 있는 얀마 농기계대리점을 견학했다.

쇼윈도에 진열된 관리기는 우리나라 관리기보다 1/3~1/4 정도 극히 작은 것이 앙증스러웠다. 콤바인과 트랙터는 중형 대형 등 다양했다. 대형 트랙터는 다이아 높이가 176cm 400마력 가격이 6천만 엔 우리 돈으로 6억 5천만 원 하는 우리나라에서는 볼 수 없는 것도 있었다. 이 트랙터는 목장의 예취 작업용이다. 시운전 시 그 소리는 탱크와 같은 굉음을 내었다. 콤바인도 우리나라에는 없는 6조식인데 가격은 900만 엔이란다. 일행 중 몇 사람은 상당히 관심을 가졌다. 농기구의 가격 성능을 확인할 수 있는 유인물을 구한 후 다시 차에 올랐다.

아소산 화산으로 지그재그로 올라가기 시작했다. 가이드의 계속되는 설명을 들으며 삼나무 편백나무 숲 사이로 계속 올라갔다. 많은 관광 차량이 하산을 하고 있었다. 목장 조성지에는 검은 소(와우)를 풀어

놓은 곳도 있었다. 이곳부터는 길 좌우로 목책을 전부 해두고 소와 말을 방사하고 있었다. 억새풀 수천ha가 끝없이 이어지고 있었다. 산을 돌아 8부 능선까지 삼나무 일부 있는 곳까지 목책이 있었다.

드디어 아소산(阿蘇山)이 바라보이는 곳까지 왔다. 아소산까지 약 2km 떨어진 지점에 대형식당 매점 등 건물이 대형 주차장과 함께 자리 잡고 있었다. 관광 차량이 많이 주차되어 있고, 사람도 많았다. 현재시간 12시 조금 안 됐다. 바람이 아소산 유황 가스를 몰아내어야 하는데 역풍이 불어 뿌옇게 많이 뿜어내는 유황 가스 연기 때문에 접근 못 하고 있다. 점심을 한 후 한참 기다렸으나 허사였다.

연기가 반대로 가야 구경이 가능한데

불행하게도 케이블카 타는 곳까지만 차로 가서 둘러보고 아쉬움을 않고 구마모도로 향했다. 그래도 화산을 보기 위해 관광버스와 승용차들이 계속 밀려들고 있었다. 구마모도로 향하는 길 도중 대협곡에 철 구조물로 큰 다리를 놓고 부락 간 연결을 하는 풍광이 아름다운 곳을 지나기도 했다. 딸기 재배 하우스가 간혹 보였다. 차(茶) 재배지도 자주 보였다.

경작지의 흙은 검은빛이고 표토가 깊고 비옥해 보였다. 논에 콩 재배를 많이 하고 있었다. 당근 재배도 상당히 많았다. 도로 4차선 중앙 분리대에 이름 모를 상록수를 전정하여 새순이 돋아난 것이 선홍빛 꽃처럼 보기 좋았다. 양측 도로변에는 연산홍을 군식(群植) 하였는데 꽃이 피면 장관일 것 같았다. 도로운행 중인 2인승 소형 차량을 보았다. 뒤 트렁크 부위는 거의 없고 앞 엔진 부분은 일반 차와 같은데 길이는 상당히 짧은 것 같았다. 주차 시에는 아주 편리할 것 같았다. 또 도로변에는 새 다이아를 진열해두고 가격도 멀리서 볼 수 있도록 크게 붙여 파는 곳이 많이 보였다. 구마모도 시내를 들어섰다. 일반 중소도시와 다를 바 없었다. 구마모도 중앙의 시라가와(白川) 강(폭 100m 내외 정도)애는 아주 깨끗한 물이 흐르고 있었다.

전차도 운행되고 있었다. 드디어 구마모도 성과 연접한 구마모도에서 가장 번화한 거리 성하마을에 도착했다. 구마모도 성은 1705년에 가등청정(加藤淸正, 가도우 기요마사). 이 성을 대대적으로 보수하였다 한다. 가등청정은 축성의 귀재라 했다. 그래서 1877년 반란군에 의거 구마모도 성이 50일 이상 버티어 반란군을 진압할 정도로 튼튼하고 미로가 많기로 유명한 성이다.

구마모도 성 입구는 성벽과 출입 누각을 보수하고 있었다. 기중기 등 최신 장비로도 축조공사가 쉽지 않아 보였다. 돌의 붙인 모양 사람이 접근이 어렵도록 하는 등 출입구 진격 시 직진으로는 대포를 쏘면서 와도 보이는 성벽만 파손되지(포탄 맞은 흔적 많음) 다시 곡각 지점을 돌아야 하기 때문에 침입이 어렵단다.

또 성내에 들어와도 미로가 많기 때문에 살아남는 자가 없다고 했다. 누각을 배경으로 기념 촬영을 하고 내부를 둘러보았다. 5층에서 구마모도 시내를 조망할 수 있었다. 멀리 아소산 화산의 매연이 솟아 오르고 있었다. 성(城) 주위는 사방 수로를 파놓았는데 현재는 물을 빼놓았다. 해자의 깊이가 5m 이상 되어 보였다.

누각 한옆에는 닌자 복장의 무사가 관광객 상대로 사진 포즈를 취해주고 있었다. 광장의 곳곳에는 국화 전시를 하는데 누각에 들어가기 전에 사진에 담아두었다. 구마모도 현 인구는 200만 명, 구마모도 시 인구는 90만 정도라 했다.

출발 전 주차장 옆 공원에서 팽이와 공놀이하는 것을 잠시 관람했

다. 어디를 가나 한국에서 온 다른 관광객을 자주 만날 정도로 많았다. 구마모도 시내에서 후구오카로 향했다. 후구오카로 가는 고속도로변에는 비닐하우스가 상당히 많았다. 녹차 재배농장도 많았다. 하우스 중에는 겨울 작물 준비 중인 것이 50%는 되었다. 고속도로를 지나서 시골길을 약 20분 달려 구마모도현에 위치한 미슈 그린랜드(mitsui greenland) 호텔에 5시 20분경에 도착했다. 호텔 외형은 특이하게도 완전히 대형 원형 집이다. 밖이 약간 어둡지만 호텔 전경을 영상으로 담았다.

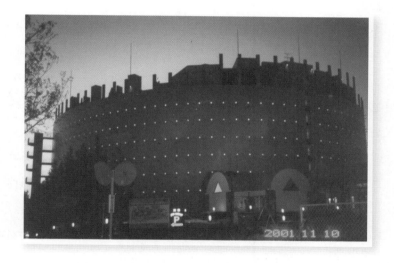

저녁은 호텔 식당에서 뷔페식으로 하고 온천 목욕 후 일찍 잠자리에 들었다. 온천물은 탕 안에 앉아만 있어도 미끌미끌하지만 벳부 온천물과는 조금 다른 것 같았다.

2001년 11월 11일 맑음

　　　아침에 일어나 호텔 밖 어린이 놀이시설을 영상으로 담아보았다. 뷔페로 아침 식사를 한 후 8시 30분 후구오카로 출발했다. 소요 시간은 1시간 정도 예상이다. 이곳의 시골은 무, 가지, 콩, 토란, 고추, 마, 양배추 등을 자가 소비용으로 소량씩 재배하고 있단다. 농지도 산골이 되어 경작지가 부족한지 휴경지는 좀처럼 발견할 수가 없었다.

　산에는 대나무가 곳곳에 20~30% 있고 주로 삼나무 임상(林相)이다. 또 밀감재배는 산 5부 능선까지 식재를 많이 해두었다. 논에 콩을 재배하는 곳이 이곳에도 많았다. 고속도로를 달리는 좌우에 차 밭이 많았는데 팔녀(八女)라는 지방으로 일본에서도 유명하다고 했다.

　후구오카 현에 들어섰다. 현은 인구가 400만 명, 후구오카 시는 인구가 120만 명이다. 고속도로 방음벽에는 담쟁이도 있지만, 상록수로 나무를 붙여 수벽처럼 하였다. 고속도로는 4차선 시속 80km 안내하는 전광판이 곳곳에 있었다.

　온난 지대라서인지 제방의 풀이 아직 파랗다. 앞으로 후구오카까지 30분 남았다. 쿠루메 부근은 산이 보이지 않을 정도로 광활한 면적이고 도시 구조가 어디를 가나 마찬가지로 전 평야지에 산재되어 있었다. 그 중간중간에 농로를 포함 경지정리가 되어 있었다. 현재 후구오카까지 17km 남았다.

　고속도로 통행료를 보니 보통차 550엔, 대형차1,100엔이다. 후구오카시 고속도로 입구는 우리나라 어느 중소도시와 다를 바 없고 통행료는 역시 나이 많은 남자들이 받고 있었다. 우측으로 후구오카 신공항 옆을 통과했다. 공항은 개설된 지 1년밖에 되지 않은 국제공항이라 한다.

후구오카시는 라면으로 유명한 도시라 했다. 이곳의 나카강은 하폭 50~60m 정도였다. 처음으로 물이 아주 탁한 것을 보았다. 후구오카 외곽 고가도로를 따라 가는데 이어 해안 쪽이다. 그냥 둘러본 후구오카 시는 별로 중심가가 없어 보이고 도시 전체가 고루 분포되어 있었다.

해안은 항구기능 시설이 있긴 하지만 비교적 깨끗해 보인다. 도심 내에도 채소 등을 작은 면적이지만 곳곳에 재배하고 있었다. 나카강이 동쪽으로 흐르고 있다. 원래 후구오카는 하까다 지역인데 명치 시대에 후구오카로 하고 역(驛) 이름은 하까다 역으로 명명했다 했다. 부산서 오면 하선하는 카페리호 선착장이 갈매기 모양의 지붕 대합실이 고가 고속도로에서 내려다보니 상당히 이색적이었다.

계속 바다 오른쪽으로 도시 고가도로를 달리고 있었다. 멀리(4~5km 거리) 방파제처럼 보이는 섬은 세계 5대 공원의 하나인 나가노 공원으로 해상에 떠 있는 것처럼 아름다웠다. 이어 후구오카 경기장과 방이 천 개나 된다는 시요크 호텔 옆에 붙어 있는 반원형 온실 유리로 된 식물원 등 미려한 건물들이 줄지어 서 있는 곳에 도착했다. 이곳은 매립지로 신규 조성되었는데 하늘에서 내려다보면 배 모양이라 했다. 그리고 방송국 등 매스컴센터 역할을 하는 곳이고, 고급 APT가 조성되어 후구오카의 살기 좋은 신흥 지역으로 떠오르는 곳이란다.

후구오카에서 제일 높은 후구오카 타워(유리가 8,000여 장 붙였다는 전망대 높이 123m, 탑 꼭지는 234m)가 관광객을 부르고 있었다.

이곳에는 전주를 전부 지하화하여 거리는 깨끗했다. 후구오카만의 바닷물은 외항에 자연 방파제 때문에 물이 정체되어 탁하고 불결할 텐데 아주 깨끗했다.

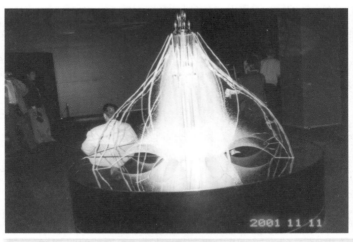

오묘한 가스 빛의 형상

가스 박물관을 견학하러 갔다. 10시에 문을 열기에 그동안 잠시 기다릴 동안 주위 탑이랑 가스관 외부 전경 등을 사진에 담았다. 가스 박물관 내에 가스의 여러 가지 기능과 편리성 등을 둘러보았다.

다시 비고도리 영감 혼이 모셔져 있는 테제부천만궁 신사로 가기 위해 고가 고속도로에 올랐다. 바닷가에는 저유 저곡(貯油 貯穀) 창고 물류창고와 하치장이 많았다. 도시고속도로가 어떤 곳은 3층으로 된 곳도 있었다. 가이드의 안내에 따라 시내 면세점에서 간단한 쇼핑을 한 후 다시 고가 고속도로에 진입했다. 후구오카 공항을 다시 왼쪽으로 하고 지나갔다.

필자가 찾아가는 테제부 천만궁신사는 학문의 신을 모시는 곳이다. 이곳 후쿠오카에서는 학문의 신, 풍년의 신으로 통한다. 태상부 정청(太常府 政廳) 앞을 지났다. 이 부근 산은 그 옛날 백제군이 와서 일본인과 성을 쌓고 신라인과 싸웠다 했다. 그리고 쫓기어 산골짜기로 가서 부락을 이룬 곳이 지금 남아 있는 백제 마을이란다.

신사를 들어가는 입구에 각종 기념품 파는 상회가 줄지어 있고 관광객이 많았다. 돌로 된 신사의 상징 대문이 3개 정도 적당한 거리를 두고 수호신처럼 세워 두었다. 신사를 들어가는 입구에 이를 만지면 만지는 부위의 병이 낫는다는 미신의 소(牛)의 조형물이랑 오래된 나무들 고색창연한 고(古)건물들이 많은 관광객을 맞고 있었다. 학생 상인 또는 건강을 바라는 사람에게 그에 해당하는 부적을 주며 장사하는 곳이 회랑처럼 길게 늘어져 있고, 학생을 비롯한 엄청나게 많은 사람들이 붐비고 있었다.

태재부천만궁은 학문의 신인 스가와라노 미치자네(菅原道眞, 845~903)를 모신 신사로 901년 우대신이라는 관직에서 갑자기 태재부(다자이후) 관리로 좌천된 스가와라노 미치자네가 2년 후 사망하여 시신을 옮기던 중 우마차가 갑자기 꼼짝을 안 하므로 이곳에 시신을 매장했단다. 태재 905년에 그의 묘 위에 세워진 것이 천만궁 신사이다.

그가 죽은 날, 매화 가지가 교토에서 큐슈로 날아와 하루 밤새 6천 그루의 꽃을 피웠다는 전설이 있다. 현재 본전 앞에 비매(飛梅)라는 이름의 매화나무 한 그루가 보호수로 있었다. 이곳의 매화는 해마다 다른 지역보다 먼저 꽃봉오리를 터트린다고 했다. 현재의 본전은 1591년에 건축한 것으로 중요문화재로 지정되어 있다. 넓은 경내에는 매화, 녹나무, 꽃창포 등 계절마다 아름다운 꽃이 피고 수백 년 거목들이 경내를 뒤덮고 있었다.

오늘은 휴일이라 여자 고교생 수학 여행단과 일반 참배객 관광객이 몰려와 잘못하면 사람을 놓칠 정도였다. 또 오늘은 기모노를 입은 어른과 아이들이 상당히 많았다. 본당 뒤로 가서 고교생들과 함께 일본식 우동이 있는 도시락으로 점심 식사를 했다.

다음은 다시 서둘러 후구오카 비행장으로 향했다. 소요 시간은 20

분 정도 기사에게 팁을 주고 공항 청사에 들어서서 출국 수속을 밟았다. 14시 가까이 되었다. 모든 수속을 마치고 탑승 40분 전에 대합실로 갔다. 15시 15분 탑승하였다. 소요 시간은 35분이다. 부산 해운대가 보이는가 싶더니 이어 다대포 상공(上空)이고 하강하기 시작했다. 16시 25분, 부산에 도착했다. 비행장에 입국 수속을 마치고 나오니 우리가 타고 갈 버스가 기다리고 있었다.

후쿠오카, 벳푸
여행기

2018. 5. 23. ~ 5. 25. (3일)

2018년 5월 23일 (수) 맑음

경남 임우회(퇴직 공무원 모임)의 모처럼 해외 여행길이다. 무더위를 식히는 비가 밤새 내리더니 오전에 청명한 날씨로 바뀌었다. 살랑거리는 훈풍 속에 싱그러운 오월의 푸르름을 거느리고 김해공항에 도착했다.

12시 정각에 인원을 점검하고 14시 20분 부산항공 146편으로 후쿠오카로 향했다. 일행들과 담소하는 사이 40여 분만인 15시경에 후쿠오카 국제공항에 도착했다. 까다로운 입국절차(얼굴 사진과 양손 검지의 지문채취)를 거쳐 대기하고 있던 버스에 올랐다.

후쿠오카는 규수의 관문이자 규수 최대의 도시로 1889년 상업 항구도시 하카다와 통합하여 면적은 340평방킬로미터이고, 인구는 약 160만 명으로, 일본의 7번째 도시이다. 도시는 비교적 조용하고 아담해 보였다.

버스는 하카다 최대 복합쇼핑몰(170여 개의 점포가 입주)에 도착하여 자유 관광을 하였다. 일행들은 대부분 지하 1층에 있는 약방에 들러 붙이는 코인파스(500원 동전 크기의 파스)를 모두들 사는데 동이 날 정도로 인기가 많았다. 5곳 계산대에서 쉴 틈이 없을 정도로 손님이 많았다. 대부분 한국 사람 같았다. 필자도 어머니의 사전 부탁이 있어 몇 개를 샀다. 외기 온도가 몇도 인지는 몰라도 관광하기에는 최적의 날씨였다.

17시에 버스에 올라 40여 분을 달려 연안여객선 터미널 부근에 있는 식당에서 저녁 식사를 했다. 반주를 곁들인 식사라 모두들 상기된 얼굴들로 기분이 좋아 보였다. 여객선터미널 외형은 갈매기 날개형상을 하고 있었다. 중대형 여객선 2대가 정박하여 항구의 정취를 뿌리고 있었다.

어둠이 내려앉으면서 거리에 가로등이 하나둘씩 불을 밝히고 건물마다 불이 들어오기 시작했다. 저녁 풍경이 상당히 낭만적이었다. 이어 버스는 아름다운 저녁노을이 후쿠오카를 물들이는 해안가 고가도로를 달리고 있었다. 시내는 대체로 어두웠다.

가이드 이야기로는 철저한 에너지 정책 때문이라고 했다. 19시가 조금 지나 아메이즈 호텔 420호실에 짐을 풀었다. 역시 일본답게 모든 시설이 깨끗했다. 그러나 방 규모 등 모든 것이 작았다.

아침 8시에 호텔을 나와 규수 북부 쪽 모지(門司)로 향했다. 규슈(九州)는 일본의 3번째 큰 섬으로 7개의 현(후쿠오카현, 사가현, 나가사키현, 구마모토현, 오이타현, 미야자키현, 가고시마현)이 있다.

면적은 36,753평방킬로미터 이고 인구는 1,300만 명으로 면적과 인구가 일본 전체의 1/10을 차지한다고 했다. 모지(門司)까지는 1시간 예정이다.

8시 19분, 모지로 가는 톨게이트를 통과 고속도로에 들어서니 왕복 4차선 도로변은 우거진 수목들이 5월의 부드러운 햇살 아래 풍성한 자태를 뽐내고 있었다. 그리고 곳곳에 죽림(竹林)이 상당히 많이 보였다.

탐스러운 삼나무와 편백나무도 수세(樹勢)를 자랑하고 있었다. 지금은 삼나무와 편백나무 등 고급수종이 수요가 적어 방치상태로 키우고 있지만, 오랫동안 일본 사람의 사랑을 받아온 향기로운 나무였다. 일본 전체 산림의 41%가 인공조림인데, 그 대부분이 삼나무와 편백나무 고급수종이다. 한국도 일부 남부 지역에는 자라고 있지만, 북쪽으로는 추위에 약해 심을 수 없는 것이 아쉬웠다.

잘 조성된 울창한 숲들이 계속해서 나타났다. 도로에는 소형차가 유럽 일부 나라처럼 상당히 많이 다니는데, 600cc 미만 차는 주차증명이 필요치 않아 많이 구입한다는데 검소한 일본인들에게는 당연한 것 같았다. 소형차는 전체 차량의 40%를 차지한다고 했다.

8시 56분, 고속도로를 벗어나 모지에 도착했다. 모지 항은 메이지시대(明治時代)에 열린 항구로, 큐슈 지방에서 캔 석탄을 수출하기 위해 이용된 항구이다. 이곳은 규슈의 북단이고 혼슈와 맞닿는 곳이다. 모지 항구는 면적 73.67평방킬로미터이고 인구는 9만8천 명이다. 바닷물이 너무 깨끗하여 바다 밑바닥이 훤히 보일 정도였다.

항구에는 고층건물이 몇 동 이외는 전형적인 일본식 건축물 등으로 이루어져 있었다. 한산한 항구도시에는 대형 여객선 등 선박들이 보이고, 바다(간몬 해협: 關門海峽) 건너편에는 시모노세끼(下關) 도시가 손짓하고 있었다. 모지와 시모노세끼 도시를 잇는 대형 간몬 현수교는 1973년도에 준공한 다리로, 길이 712m, 폭 25m, 높이 61m로 멀리서도 그 규모가 시선을 압도할 정도였다.

그리고 간몬 터널은 1944년에 복선으로 개통된 세계 최초의 해저 터널이라 했다. 터널 길이는 3,600m, 그중 해저 부분은 1,140m이다. 2층으로 구성된 해저터널은 위층은 차가 다니고 아래층은 보행자 전용도로라 했다. 한번 둘러보지 못해 아쉬웠다.

조그마한 다리를 지나 있는 벽돌로 세워진 깨끗한 건물은 구 모지

세관(旧門司稅關)이다. 그 앞에는 해적선 같은 낡은 배가 정박해 있었다. 그리고 해적선(?) 바로 뒤편에 있는 약간 검은 색의 고풍스런 아담한 3층 목조건물을 찾았다. 1921년에 준공한 이 목조건물은 옛날 미쓰이 재벌(三井財閥)의 사교클럽으로 사용했는데, 미쓰이 물산의 접객 숙박시설이다. 1922년 아인슈타인 부부가 방문했을 때 머물다 간 집으로 유명하다.

내부관람은 입장료를 받기도 했지만 시간이 여의치 않아 외관만 영상으로 담고 주차장으로 돌아와 9시 46분 사무라이 무사 마을로 향했다. 400년 전 애도 시대 때의 무사마을이 잘 보존되어 있다고 했다. 도로변의 수목들이 연노랑. 연분홍 등으로 고운 물감을 들인 것같이 아름다운 풍광을 이루고 있어 시선이 즐거웠다.

울창한 숲이 있는 골짜기마다 작은 저수지가 있어 한층 풍요로운 풍광을 이루고 있는데 이것으로 농업용수나 생활용수로 사용하는 일본인들이 지혜가 돋보였다. 용수가 부족한 우리나라도 이런 시설을 적극적으로 많이 설치하였으면 좋겠다. 곳곳에 일본 전통가옥의 마을이 숲속에 포근히 잠겨있는 광경이 참으로 아늑하고 보기 좋았다. 어디를 가나 계곡물은 이끼가 끼지 않고 맑은 물이 흐르도록 관리를 잘하고 있었다.

평야를 지날 때는 산재된 주택들 사이로 경지정리가 소규모로 그림같이 조성되어 있고 일부 지역은 모내기가 끝나가고 있었다. 완숙된 수확 직전의 밀밭은 밝은 태양 아래 눈부신 황금빛으로 결실을 알리고 있었다.

10시 40분부터는 끊임없이 터널이 계속되는 산악지대가 나왔다. 역시 산골짜기마다 저수지와 잘 정리된 경작지들이 있고 때로는 농가들도 보였다. 산에는 우리가 부러워하는 몽실몽실한 자태의 삼나무와 짙은 녹색의 윤기를 흘리는 아름다운 편백나무가 곳곳에서 수세(樹勢)를 자랑하고 있었다. 세계에서 독일 다음으로 임목축적(林木蓄積)이 많은 일본답게 나무들이 울창했다.

버스는 4차선 고속도의 제한속도 70km를 유지하며 조용히 달리고 있었다. 11시 11분, 고속도로를 벗어나 원형 길을 돌아 톨게이트를 통과했다. 그리고 11시 31분에 무사마을 주차장에 도착했다. 아직 널리 알려지지 않아서인지 주차된 차량과 관광객이 많지 않았다.

이곳의 오이타 현의 작은 마을 키츠기는 1603년도 쿠가와 이에야스가 에도에서 막부를 연 때로부터 1867년 도쿠가와 요시노부가 정권을 천황에게 돌려줄 때까지의 시기인 에도 시대는 쇼군(將軍)이 권력을 장악, 전국을 통일 지배하던 때 무사들이 살았던 마을이다.

마을 형태는 도로를 중심으로 양측으로 높은 언덕의 긴 계단을 오르면 남북의 높은 언덕 건물에서 무사가 살고 있고 그 아래 도로변에는 상인이 살고 있었다. 이런 독특한 형태의 마을을 샌드위치형 죠카마치라고 불렀다.

언덕 위 길게 나 있는 일본 고유의 정취가 풍기는 골목길 따라 우거진 나무들 사이로 무사의 집들이 늘어서 있었고 그중 몇 개소가 개방되어 있었다. 입장료 200엔(한화로 2,000원) 받는 곳도 있었다. 무료 개방하는 무사 집에는 옛날 무사들의 생활용품 등을 전시해두고 기모노 차림의 젊은 아가씨들이 곳곳에서 움직이고 있었다. 집안 깊숙한 곳에서는 지역의 토산품도 팔고 있었다.

몇 곳의 잘 정돈된 정원 등을 둘러보고 다시 언덕을 내려가 차들이 다니는 도로를 횡단하여 맞은편 언덕을 올라가니 작은 주차장 옆으로 두꺼운 갈대 지붕의 옛집들이 고풍스런 풍광을 풍기고 있었다.

여기저기 무사마을의 필요장면을 부지런히 동영상으로 담으면서 둘러보고 주차장으로 복귀하여 인근 식당에서 중식을 한 후 12시 55분, 유황재배지 유노하나(湯の花)로 향했다. 13시 16분, 고속도로를 벗어나 13시 30분, 벳푸 시내가 내려다보이는 산골짜기 중간 지점에 있는 명반온천(明礬温泉) 유황재배지에 도착했다. 관광객이 많이 찾아들고 있었다. 다양한 상품 매장들을 지나자 약간 흐린 물 뜨거운 온천수로 손을 씻도록 해두었다. 모두들 뜨거운 물로 손을 씻어 보았다.

유노하나는 벳푸 온천중에서도 널리 알려진 명반온천이다. 300여 년 전 에도시대부터 전해져 내려오는 전통적인 채취 방법에 의해 생산되는 순수 온천 유황성분이다. 땅속에서 솟아나는 유황기가 많은 온천가스를 삼각형 초가집에서 2·3개월간(1일 1mm 자람)에 걸쳐 지푸라기에 결정체로 만든 후, 그것을 가루로 만든 것으로 이 가루를 물에 넣으면 온천수와 같은 효능을 볼 수 있다.

초가집은 실내의 온도와 습도를 일정하게 보존하는 데 중요한 역할을 한다고 한다. 유노하나를 뜨거운 물에 넣으면 벳푸 온천물과 똑같이 된다고 하며 유노하나의 채취가 2006년에 일본의 무형 문화재로 지정되었다.

　이 제품은 약용효과가 뛰어난 천연의 입욕제로서, 각종 피부병과 기저귀 발진, 무좀, 근육통, 신경통에 효과가 있다고 했다. 주요 성분으로는 산화칼슘, 산화나트륨, 산화마그네슘, 산화철, 산화알류미늄, 산화망간, 등이 함유되어 있다.

　삼각형 초가집(시설)을 둘러보는데, 생산된 유황은 손을 대지 못하도록 한글 경고판이 곳곳에 있었다. 13시 50분, 5분 거리에 있는 지옥온천으로 출발했다.

　오이타 현은 면적이 6,339평방킬로미터이고, 인구는 120만 명이다. 그리고 벳푸시는 인구 13만 명의 작은 도시이다. 벳푸는 일본 최대의 온천수 용출량(1일 13만6천kg)을 자랑하는 곳으로 2,800여 개의 온천수가 있다. 그리고 용출량 70%를 바다로 흘려보낸다고 했다. 13시 55분 가마도 지옥온천 주차장에 도착했다.

　벳푸 지옥온천은 화산활동으로 인해서 약 1천2백 년 전부터 뜨거운 증기와 흙탕물이 지하 300m에서 분출된다고 했다. 지하에서 분

출되고 있는 모습들이 우리가 상상하는 지옥을 연상하게 해서 지옥
온천이라고 불리는데, 총 9개의 지옥온천으로 이루어져 있다고 했다.
그중 하나인 오늘 관람하는 가마도 지옥온천은 필자가 20여 년(1996
년) 전에 다녀갔는데 주차장 일부를 제외하고는 별로 변한 것이 없어
보였다.

　입장권을 받아 들어가다가 이색적인 꽃이 있어 영상으로 담고 도깨
비 상이 있는 곳을 지나 1초메부터 ~6초메까지의 지옥의 다양한 모
습을 즐길 수 있었다.

　제일 먼저 온천수를 마시면 10년 젊어진다는 80도의 온천수를 맛
보고, 점토가 녹아 부글거리는 열니지옥(熱泥地獄)에서 한국말을 잘
하는 사람이 담뱃불로 수증기를 불러일으키며 익살스런 말을 하는데
폭소 속에서 그 광경을 영상으로 담았다. 그리고 인접한 곳의 바위
사이에서 102도의 물이 쏟아지는 곳에서 예의 담뱃불 입김으로 수증

기를 대량 발생시키는 쇼도 부지런히 동영상으로 담았다.

또 그 옆에 있는 땅속에 포함된 철이 녹아내린 적갈색 75도의 온천(깊이 2m)수에도 담뱃불 입김으로 수증기를 발생시키는 묘기를 부렸다. 다음은 인접한 곳에 위치한 시원한 그늘 아래 있는 족욕탕에 발을 담가 피로를 풀었다. 이곳 온천물로 삶은 계란이 맛이 있다는데 필자는 맛을 보지 못했다.

14시 40분 유후인(由布院) 마을로 향했다. 울창한 숲길을 지나자 오이타 현 중부에 있는 유후인 마을 뒤편에 해발 1584m의 아름다운 유후다케(由布岳)산이 나타났다. 유후인 마을은 이 산의 남서쪽 산자락에 터 잡은 인구 3만 명 정도의 작은 마을이다. 산 정상 부분에는 흙인지 바위인지 붉은 땅이 노출되어 이색적인 풍광을 더하고 있었다. 주위는 수목이 울창하여 나지(裸地)가 없는 유후산 봉우리의 자태는 정말 아름다웠다.

이곳은 주민들의 90%가 관광업에 종사할 정도로 해마다 500만 명의 관광객이 찾아든다고 했다. 미술관과 아기자기한 가게들이 많이 있고 특히 고로케와 벌꿀 아이스크림이 인기가 높다. 날씨가 비지땀이 날 정도로 무더운데도 관광객들이 밀려들고 있었다. 즐비한 가게들을 지나 상점 내 비단잉어들의 군무(群舞)가 있는 곳에서 잠시 머물다 숲속 길을 걸어서 긴린호(金鱗湖)를 찾았다.

호수에는 커다란 붕어와 잉어들이 유영하고 호수 주변(넓이 100m*70m, 수심 2m)으로는 일본의 전통가옥들이 호수 수면에 아름다운 수채화를 그리고 있었다. 호수 바닥에서 온천과 냉천이 같이 솟아나 안개의 원천이 된다는 호수이다.

석양이 비친 호수면(湖水面)을 뛰어오르는 붕어의 비늘이 금색으로 보인다고 해서 긴린호(금빛 비늘호수)로 불리었다. 호수를 한 바퀴 둘러보았다. 하늘을 찌를 듯한 수백 년 수령의 아름드리 삼나무 편백나무 등을 동영상으로 담아보았다.

이곳저곳을 기웃거리다가 17시 40분 아사쿠라시(朝倉市)로 출발했다. 산악지대 꼬부랑길과 기나긴 터널을 지났다. 멀리 산 능선에는 뉘엿뉘엿 넘어가는 석양을 안고 가는데 한편에서는 풍력발전기가 긴 팔을 흐느적거리고 있었다.

도중에 편의점에 들렸다. 다양한 물건들을 비교적 저렴하게 팔고 있었다. 18시 5분, 하라즈루(原鶴) 그랜드스카이호텔에 도착, 512호실에 투숙했다. 복강현조창시파목구희궁(福岡縣朝倉市杷木久喜宮)에 위치한 조용한 시골 마을의 10층 호텔이었다.

호텔에서 저녁 식사 후, 20시부터 실시하는 예상치 못한 불꽃놀이가 시작되었다. 호텔 5층 눈앞에서 현란한 색상의 거대하고도 다양한 형태로 얼굴 위로 그 빛이 쏟아지는데 정말 장관이었다. 호텔 안팎에서 이구동성으로 탄성의 소리가 저절로 터졌다. 밤하늘을 아름답게 수놓는 불꽃쇼를 처음에는 하찮게 생각했는데 아주 가까이에서 보아 그러한지 필자가 지금까지 보아온 것 중에 최고로 멋진 쇼였다.

한 시간이나 진행되는 동안 흥분을 감추지 못하고 동영상으로 담아내느라 바빴다. 정말 하루의 피로를 풀어주는 즐거운 저녁 시간이었다.

2018년 5월 25일(금) 맑음

9시에 호텔을 나와 후쿠오카에 있는 태재부 천만궁(太宰府 天滿宮)으로 향했다. 1시간 소요 예정이다. 9시 17분 왕복 4차선 고속도로에 진입했다. 후쿠오카까지는 54km이다. 고속도로변 산록지 경작지에는 복숭아와 포도 등의 소규모 과수원이 수세(樹勢)를 자랑하며 자라고 있는데 한국 농촌과 다르지 않았다. 평야 지대에 들어서자 황금빛 밀밭이 많이 보이고 그 사이로 산재된 주택들이 있었다.

9시 38분 후쿠오카(현)행 진입도로 중앙분리대에는 유도화(油桃花)가 고운 꽃망울들을 터트리고 있었다. 이윽고 학문의 신을 모시고 있는 태재부 천만궁(太宰府 天滿宮)으로 가는 2차선 좁은 길에 들어섰다. 태재부 시청을 지나 얼마 안 가서 주차장에 도착하니 대형버스들로 초만원이었다.

우리 일행은 버스에서 내려 뜨거운 햇살 아래 땀을 흘리며 상가가 즐비한 길을 따라 10여 분을 걸었다. 도중에 하늘 천(天) 형상의 도리이(鳥居)를 지났는데 신의 메신저라는 이 도리이가 있는 곳은 신사이고, 없는 곳은 사찰(寺刹)이라 했다.

태재부 천만궁 입구에 도착했다. 관광객이 너무 많아 지칠 정도였

다. 천만궁으로 들어가는 곡각 지점에 있는 커다란 황소상은 히로히토 천왕이 하사한 것으로 태재부 천만궁을 대표하는 마스코트라 했다. 이 황소 뿔과 머리를 만지면 머리가 좋아진다는 속설 때문에 지나는 사람마다 만지다 보니 황소 머리는 황금빛으로 반들거렸다.

이어 천만궁 입구서부터 연못 좌우로 수백 년 수령을 자랑하는 거목들이 짙은 그늘을 드리우고 3개의 반원형 붉은 다리는 과거, 현재, 미래를 상징한다고 했다. 따라서 미래의 다리에서는 뒤를 돌아보지 말고 가야 한다고 했다. 대체로 일본 사람들은 미신을 많이 믿는 것 같았다. 곳곳에 석탑들도 많이 보였다.

밀려드는 관광객들과 함께 신사로 들어가기 직전 물이 있는 곳에서 입과 손을 씻었다. 태재부천만궁은 학문의 신인 스가와라노 미치자네(菅原道眞, 845~903)를 모신 신사로 901년 우대신이라는 관직에서 갑자기 태재부(다자이후) 관리로 좌천된 스가와라노 미치자네가 2년 후 사망하여 시신을 옮기던 중 우마차가 갑자기 꼼짝을 안 하므로 이곳에 시신을 매장했단다.

태재 905년에 그의 묘 위에 세워진 것이 천만궁 신사이다. 그가 죽는 날 매화 가지가 교토에서 큐슈로 날아와 하루 밤새 6천 그루의 꽃을 피웠다는 전설이 있다. 현재 본전 앞에 비매(飛梅)라는 이름의 매화나무 한 그루가 보호수로 있다.

이곳의 매화는 해마다 다른 지역보다 먼저 꽃봉오리를 터트린다고 했다. 현재의 본전은 1591년에 건축한 것으로, 중요문화재로 지정되어 있다. 넓은 경내에는 매화, 녹나무, 꽃창포 등 계절마다 아름다운 꽃이 피고 수백 년 거목들이 경내를 뒤덮고 있었다.

본전 가까이 접근 못 하도록 목책을 해두어 멀리서 굳게 닫힌 문만 바라보았다. 가이드 이야기로는 신의 영역은 일반인들이 볼 수 없도록 했다는데, 이십 년 전 필자가 왔을 때는 본전 내부를 마음대로 관람할 수 있었다.

태재부 천만궁(太宰府 天滿宮)

    학문의 신사 태재부 천만궁
    시인이자 철학자인
    스가와라노 미치자네의 얼을 모시고
    천년세월을 면학의 열기를 달구고 있었다.

    뿔을 만지면 머리가 좋아진다는

속설에 살아있는 황소상은
오월의 햇살 아래
황금빛으로 반들거렸다.

경내에는 매화를 애호하는 일본인들의
육천 그루의 매화가 전설로 자라는데.
수백 년 거목들의 그림자가 드리운 연못 중앙을
과거, 현재, 미래를 상징하는
반원형 홍교 위로 얼마나 많은 이들이 찾았을까

고풍스런 본전 신사 뒤에는
천오백 년 수령의 녹나무가
이끼로 묻어나는 긴긴 세월을 두고
민초들의 간절한 소망을 굽어보고 있었다.

※ 태재부 천만궁은 일본 후쿠오카에 있는 학문의 신사로 해마다 700만 명이나 찾는다
고 했다.

   신전 내부 중앙에 태양처럼 둥근 대형 거울이 아름다운 조형물 좌
대 위에 놓여 있었다. 눈부신 거울을 보면 경건한 마음으로 두 손을
모으게 하는 신비로움이 감돌았던 것 같았다. 시험합격이나 사업번창
등을 기원하는 신사이지만 그 당시는 시험합격을 기원하는 수많은 학
생들의 부적을 엄청나게 많이 달아 놓았던 것 같았다.
   지금도 밀려드는 방문객 중 50%는 단체로 오는 교복 차림의 학생

들이다. 본전 바로 뒤에 있는 1,500년 수령을 자랑하는 녹나무를 둘러보고 영상으로 담았다.

그리고 후원에는 수많은 매화나무의 탐스런 열매가 시선을 끌고 있었다. 관람을 끝내고 주차장으로 나왔다. 버스가 너무 많아 우리가 타고 온 버스를 찾을 수가 없을 정도였다.

11시 10분, 버스는 면세점으로 향했다. 후쿠오카 국제공항 옆 고가 도로를 지나 11시 36분에 면세점에 도착 일본에서 생산된 각종 제품을 둘러보았다. 그리고 가까이에 있는 식당에서 유부초밥과 우동으로 중식을 하고 13시 15분 후쿠오카 공항으로 이동했다.

16시 10분, 부산항공 145편으로 김해공항으로 향했다. 하늘에서 내려다본 후쿠오카시는 지형 따라 다소 산재되어 있고 또 무질서해 보였다. 도시 주변의 산은 울창한 숲으로 덮여있고 외곽지대 들판은 수확 직전의 밀밭이 많이 보였다. 산을 허물고 조성한 골프장도 곳곳에 보이고, 만수위(滿水位)로 빤짝이는 대형저수지도 보였다. 무척 포근하고 삶이 풍요로워 보였다.

16시 20분경, 해안선이 아름다운 후쿠오카 바다 상공을 날고 있었다.

17시 10분, 김해국제공항에 도착했다.

💬 **COMMENT** ─────────────────────

은　　　빛 멋진 여행기 갔다 온 곳처럼 상세하네요.

....

정　약　국 가슴에 와 닿는 멋진 여행기 잘 보았습니다.

....

崔　喇　叭 후꾸오까, 뱃푸 여행기를 잘 올려주시어 가지 않고도 후꾸오까 잘 구경했습니다. 감사합니다.

....

강　나　루 일본의 후쿠오카 벳푸 규수 최대의 도시를 저가 직접 여행하는 기분입니다. 글 잘 읽었습니다.

....

자스민 서명옥 일본 후쿠오카 탐방기 정말 좋아요. 자세한 설명도 일품이고요. 역시 문재학 시인님은 세계적 여행가십니다.

....

김　종　귀 후쿠오카 여행기 찬찬히 잘 읽습니다. 딸은 작년 여름에 교토에 갔다 왔는데 딸도 작가님처럼 동전 파스를 사 와서 나를 주더군요. 자세하게 잘 기술하신, 후쿠오카 여행기 잘 읽습니다.

....

정　미　화 일본 벳푸를 여행하고 오셨네요. 눈에 선합니다. 멋지네요.

....

어시스트 안종원 비단잉어를 수출하는 나라 산간에 가면 우리나라의 산 다랭이논처럼 비단잉어 키우는 곳, 일본의 아름다운 여행길에 담으신 사진들 주옥같은 여행기 감사히 봅니다.

....

북해도 여행

2007. 11. 17. ~ 2007. 11. 20.

2007년 11월 17일 (토)

친구들과 부부동반으로 6시 50분 김해공항 국제선 청사에 도착했다. 8시 20분, 대한항공(KE771)편으로 북해도로 향했다. 소요 시간은 1시간 55분이다.

10시 50분, 북해도 상공을 지나 여객기가 하강하기 시작했다. 지토세공항 부근은 대부분 산이고 눈은 보이지 않았고 늦은 단풍이 있었다. 시가지가 제법 크고 꽤 넓은 평야 지대에 위치한 지토세공항에는 12시 20분경 도착했다. 현재 이곳의 외기 온도는 영상 2도였다. 입국 수속을 마치고 밖을 나오니 공항 부근은 구릉지가 많은 대평원이었다.

대기하고 있는 미니버스(운전수 야마구찌 씨)에 올랐다. 공항을 벗어나니 인가는 간혹 보이고 주위 야산에는 울창한 낙엽송 수림(樹林)이 펼쳐지고 있었다. 먼저 '아이뉴 민속박물관'을 보고 이어 '지옥의 계곡'으로 갈 예정이다.

북해도는 면적: 78,416㎢이고, 인구는 567만 명이다. 달리는 길 좌우의 주택들은 대부분 2층 건물이다. 이곳의 역사는 120년 정도로 역사가 짧다. 해안가라 해산물이 풍부한 토마코마시시에서 해산물 뷔페로 중식을 하고 버스는 태평양 해안을 따라 평야지를 달리고 있었다. 해안가로는 간혹 공장도 보였다. 그리고 안쪽 주택지가 가끔 있는 곳은 대부분 황량한 황무지였다. 추워서 그런지 농사도 짓지 않았다.

이어 시라오이에 있는 AINU MUSEUM 민속박물관에 도착했다.

날씨가 흐리고 상당히 쌀쌀했다. 이곳은 아이누(AINU) 부족이 주인이라 그들의 생활상을 엿볼 수 있는 민속박물관이다. 1976년 아이누 문화의 전승과 보존, 조사연구를 위해 재단이 설립되었고, 박물관은 1990년에 아이누 민속박물관으로 개칭되었다.

곰이 많은 지역인지 입구에 10m나 되어 보이는 곰 동상이 관광객을 맞이하고 있었다. 아이누 민속박물관에서 원주민들의 민속품과 생활상을 둘러보고, 넓은 정원의 한편에 있는 연어 훈제 제품 파는 곳에서 시식을 했다. 비린내가 엄청나게 많이 나서 먹기가 거북할 정도였다. 그리고 가까이에 연어 훈제를 겸한 공연장(천정에 연어를 많이 매달아 놓았음)에서 원주민들의 전통복장으로 추는 춤과 노래공연을 관람했다. 일본의 남부 지방 사람들과 대만인 등 관광객들과 함께 보면서 공연장면을 비디오로 담았다.

버스는 다시 지옥의 계곡으로 출발했다. 날씨는 여전히 구름이 많고 금방이라도 눈이 내릴 것 같았다. 가는 도중의 도로변 해안가로는 여전히 공장이 가끔 있었고 내측으로는 인가도 없이 잡목만 무성했다. 부근의 산에는 낙엽송과 잣나무도 보이지만 수고가 높은 나무들로 우거져 임상(林相)이 좋았다.

15시 16분경, 지옥의 계곡 입구를 알리는 대형도깨비 동상이 서 있는 곳을 지나 굴곡도로를 따라 점점 심산계곡으로 들어가고 있었다. 이곳은 일본 사람도 경제적 여유가 없으면 오기 힘든 곳이란다. 얼마 후 심산협곡에 있는 지옥의 계곡이라 불리는 노보리베츠(登別) 마을에 도착했다.

시코츠토야국립공원(支笏洞爺國立公園)에 있는 노보리베츠는 면적 212.21㎢이고, 인구는 약 5만 명이다. 지옥의 계곡은 90년 전에 발견 개발되었단다. 날씨가 궂어도 관광객으로 북적이었다. 노보리베츠 마을은 해발 200m에 위치한다. 그리고 4~15층의 현대식 호텔과 상가들이 도심지같이 남북으로 들어서 있고, 건물도 화려했고, 관광객도 많았다. 지옥의 계곡은 상가가 끝나는 제일 위쪽에 있었다. 뜨거운 김이 계속 솟는 활화산이다.

버스에서 내려 지옥의 계곡이 분리되는 작은 언덕 오유누마(大湯沼)에 오르니 1만 년 전에 형성되었다는 풀 한 포기 없는 황토와 회색 흙 사이로 폭 450m, 면적 11ha의 지옥의 계곡에 분당 3천 리터의 온천수와 뜨거운 김이 곳곳에서 솟으면서 유황 냄새가 코를 찌를 정도로 많이 났다.

일행들은 주위 풍광을 영상으로 담으면서 산허리 산책로(150m 정도)를 따라 지옥의 계곡 깊숙이 들어가고 있었다. 북해도는 해가 짧아 16시가 되니 어둠이 내리기 시작했다. 관광을 마치고 간간이 빗방울이 떨어져 추위를 느끼면서 상가로 내려왔다.

이런 깊은 계곡에 많은 상점과 호텔 등 숙박시설이 있는 것은 정말 이색적인 풍경이었다. 상가의 중간지점에 있는 노보리베츠 그랜드호텔(9층) 435호에 여장을 풀고 호텔 2층에 있는 대욕장(大浴場)으로 갔다. 호텔에 비치된 '유가다(浴衣)'를 입지 않으면 별도 요금을 내야 하기에 모두 일본 사람처럼 '유가다'를 입고 대형 목욕탕에 들어갔다. 염탕(鹽湯), 유황탕(硫黃湯), 철탕(鐵湯) 등 유형별로 들어가 보았다. 입욕객(入浴客)이 상당히 많았다. 수도꼭지는 30초 단위로 절수 시설을 해두어 다소 불편했다.

18시에 3층 그랜드홀로 가서 다양한 해산물 뷔페로 포식했다. 이곳도 '유가다'를 입지 않으면 입장이 안 되었다. 저녁 식사 후, 화려한 밤거리를 둘러보면서 친절한 점원들의 권유로 선물을 사기도 했다. 호텔 앞을 흐르는 계곡에 물소리가 요란했다. 어두워서 물은 보이지 않았지만 유황 냄새는 지독했다. 호텔로 돌아와 지난밤 설친 잠을 보충하기 위해 일찍 잠자리에 들었다.

11월 18일 (일)

아침 5시에 일어나 대욕장(大浴場)으로 갔다. 어제 남탕이 여탕이 되고 남탕이 여탕으로 되어 있었다. 욕객(浴客)이 적어 한산했다. 목욕탕 가운데 실물 크기의 흰색 젊은 여인의 나신 3개가 각기 다른 포즈로 있는데 그 섬세함이 비너스보다 아름다웠다. 목욕하고 나오면서 입구에 비치된 안마의자에서 피로를 풀었다.

호텔 밖을 나오니 날씨가 흐렸다. 맞은 편 높은 산으로는 콘도라 3대가 움직이면서 아름다운 풍광을 연출하고 있었다. 시간이 있으면 한번 정상에 올라 주위의 풍광을 보고 싶었다. 아쉬움을 안고 9시 30분, 도야 호수로 향했다.

도중에 보이는 산들은 가파르고 높았다. 수종(樹種)은 대부분 활잡목이라 가을 단풍이 좋을 것 같았다. 하층에는 1m 내외의 잎이 넓은 세죽(細竹)이 지피물(地被物)처럼 온산을 뒤덮고 있었다. 원래 대나무는 난대성 식물인데 이런 추운 곳에 군생(群生)하는 것이 신기했다.

간간이 눈이 휘날리고 있어 날씨가 을씨년스러웠다. 경관이 아름다운 해안가를 지나가는 도중에 처음으로 도로에서 약 20m의 거리의 바다에서 여러 마리 고래들이 수면 위로 떠오르면서 물보라를 일으키며 지나갔다. 고래들의 유영(遊泳)하는 모습을 보았다. 일행들 모두 감격의 박수를 치기도 했다. 도로변에는 나목의 가로수가 쓸쓸히 바

람에 흔들리고 빨간 열매를 자랑하는 많은 '피라칸사스'가 고운 빛을
뿌리고 있었다.

한참을 달린 후 경관이 좋은 '지구곶'이라는 곳에서 내려 등대가 있
는 곳으로 올라갔다. 산은 그리 높지 않았다. 주차장이 상당히 넓은
것을 보니 관광객들이 많이 오는 곳 같았다. 바람이 심하게 불고 추
웠다. 주차장 주위에는 매점과 좌판기가 많았다. 주차장 뒤편을 돌아
30m의 높이에 있는 지구갑 등대(地球岬 燈臺)가 있는 정상에서 종각
에 설치된 행복(幸福)의 종(鐘)을 일행 모두 부부의 행복을 비는 마음
을 담아 추운 날씨를 아랑곳하지 않고 열심히 쳤다.

종각 아래에 태평양을 지켜보고 있는 커다란 흰색의 등대가 있었다.
파도가 철썩이는 부근의 경관은 울릉도처럼 독특한 지형으로 아름다
웠다. 내륙으로도 멀리 보이는 큰 마을들이 그림처럼 들어서 있었다.

소화신산(昭和新山しょうわしんざん))을 가는 도중에 있는 대규모 공
동묘지에는 高價로 보이는 미려한 비석으로 조성된 것을 보니 후손들

은 경제적 여유가 있는 집안 같았다. 버스는 고불고불 산길을 한참 내려가는가 하면 부락 내를 통과하기도 했다.

일본에는 화산 활동을 하는 활화산이 28곳이나 있단다. 소화신산도 그중 하나이다. 소화신산까지는 40분 소요 예정이다. 가끔씩 풍력발전기(風力發電機)가 몇 개 보이는 것을 보니 이곳이 바람이 심하게 부는 곳인 것 같았다. 그리고 우리나라 서해대교보다 우람한 온통 하얀색인 '백조대교'의 반원형 로타리를 버스가 돌아 올라갔다. 처음 보는 특이한 구조이고 다리는 전체가 온통 흰색이었다. 전부 원통형 파이프와 와이어로 구성된 4차선 다리였다. 다리 아래 해안가에는 풍력발전기 2개가 돌아가고 있었다.

다시 버스는 경사가 완만한 산을 지나고 있었다. 도로변에는 일정 간격으로 높이 2m 내외의 설봉(雪棒, 적설량 측정 막대)들을 꽂아놓았다. 북해도는 눈이 많은 지역이라 우리나라서는 볼 수 없는 이색적인 광경이었다.

야산에는 키가 작은 활잡목으로 이루어 있고 그 사이로 초지 조성이 많이 되어 있었다. 일반경작지는 거의 보이지 않았다. 도로변에 있는 제한속도 전광판에는 직선도로는 70km, 곡선도로는 50km로 안내하고 있었다.

소화신산(昭和新山)이 가까워오니 구불구불한 도로 따라 농가들이 가끔 있고 무, 배추 등 채소를 수확하고 있었다. 터널을 지나고 산길을 따라 한참 가니 소화신산(해발 825m)의 5부~8부 산허리에서 연기처럼 김을 뿜어내고 있었다. 뜨거운 열기 때문에 산에는 풀하나 없는 붉은 바위와 흙이 활화산임을 알려 주었다.

산 아래 산록 변에 있는 넓은 주차장 주위로는 식당과 상가 등이 많이 있었다. 그리고 주차장 인근에 있는 곰 사육장으로 가서 입장료를 주고 둘러보았다. 관광객이 던져주는 사과를 받아먹기 위해 몇 마리는 두 발로 서서 받는 포즈가 우스꽝스러웠다.

곰은 3개의 우리에 새끼 포함 70~80마리 정도 사육하고 있었다. 눈발이 날리는 싸늘한 날씨 속에도 화산 반대편 산에는 콘도라가 운행되고 있었다. 콘도라 출발하는 2층에 있는 식당에서 중식을 하고 바로 옆에 있는 화려한 유리 공예품 전시장을 둘러보고 도야호(일본어: 洞爺湖とうやこ)로 향했다.

도야호는 화산의 분화로 생겨난 곳에 물이 고여서 생긴 담수호(淡水湖)다. 둘레가 43km의 도야 호수 가운데는 대도(大島), 중도(中島) 등 화산 융기(隆起)로 생긴 제법 높은 산(높이 100m 정도)이 호수 정중앙에 있어 신비롭기 그지없었다. 그리고 호수 주변으로는 우람한 전나무 방풍림(防風林)이 시선을 끌고 있었다.

아름다운 호반 따라 곳곳에 호텔들이 그림처럼 들어서 있었다. 호반에 6개 마을이 있다고 했다. 조금 더 가니 큰 시가지를 이루는 2

마을이 있었다. 이곳이 우리가 유람선을 탈 선착장이 있는 곳이다. 12시 51분, 선착장에 도착했다.

바람 때문에 호수에 약간의 파도가 일고 있었는데 검푸른 물결로 보아 수심이 깊어 보였다. 유람선은 유치원 건물 같은 형상에 채색하여 배가 아니고 마치 건물 같았다. 3층으로 된 유람선은 규모가 상당히 컸다. 그래서인지 파도가 다소 거칠어도 운행에는 지장이 없단다.

도야호에서 북쪽으로 산 정상에 보이는 반원형의 이색적인 건물이 2008년에 G8 정상회담이 열리는 원저 호텔이란다. 호텔 주위로는 새하얗게 눈이 쌓여 있었다. 도야호는 추운 북해도 지방이지만 겨울에도 얼지 않는다고 했다. 아마도 화산 온천수 때문인 것 같았다.

도야호 자체는 해발 83m이고, 동서 11km, 남북 9km, 둘레 43km, 면적 79ha, 제일 깊은 수심은 179m이다. 선상에서 아름다운 음악과 함께 술 한 잔으로 운치 있는 풍광을 즐겼다. 40여 분의 선상 유람을 하고 10분 거리에 있는 도야호 전경이 보이는 전망대로 갔다.

'사이로' 전망대 가는 도중에 함박눈이 내렸다. 현재시간 13시 52분이다. 전망대에서 잠시 내려 쌓인 눈을 밟고 건너편의 아름다운 풍광을 호수와 함께 영상으로 담았다. 주차장에는 3층 건물의 토산품 매장이 있어 잠시 둘러보면서 추위를 녹이고 니시야마(西山) 화산으로 향했다.

니시야마 화산 내 목책으로 된 관광로가 있었지만, 날씨가 좋지 않아 도로변의 대형광고 안내판이 있는 곳에서 화산을 바라보는 것으로 만족해야 했다. 화산은 눈발이 날리는 속에 여러 곳에서 김을 뿜어내고 있었고, 마치 산불이 끝난 뒤의 광경 같았다. 산이 검게 그을린 것이 영락없는 산불 후의 모습이었다. 현재 시간 오후 14시 39분, 다시 도야호로 향했다.

호반에 위치한 SUN PLACE HOTEL의 앞은 산을 사이에 두고 도로가 있고, 뒤편은 푸른 물이 넘실대는 도야호다. 호텔 로비는 큰 매장이 있고 호수 쪽은 천장까지 5m나 되어 보이는 높이 전체를 1.5cm 두께 통유리로 설치하여 주위의 풍광을 마음껏 즐길 수 있게 해두었다.

관광객이 붐비는 호텔 로비는 화려하게 장식을 해두었다. 필자의 방 (1803호)은 호수가 한눈에 내려다보이는 깨끗한 다다미방이었다. 다다미방은 처음이라 잠자리가 어떠할지 궁금했다. 오후 17시가 되니 완전 어두워졌다. 잠자리는 이부자리를 종업원이 준비를 해주었다. 침대처럼 아주 푹신한 요를 깔아주어 한국의 온돌방과 비슷한 느낌이었다. 호텔 식당에서 해물 뷔페로 저녁 식사를 하는 동안 민속공연이 있었다.

이어 노천탕으로 갔다. 목욕탕은 어디를 가나 대형이다. 이곳은 야외 목욕탕 이외 물론 실내 풀장도 있었다. 탕마다 온도계로 수온을 확인하면서 이용객의 편의를 도모하고 있었다. 노천탕에서 휘날리는 눈을 맞으며 온천욕을 해 보는 이색적인 경험도 해보았다.

2007년 11월 19일 (월)

아침에 일어나니 지난밤에 눈이 많이 내려있었다. 호수 가운데 섬도 모두 하얀 눈으로 덮어 있었다. 목욕탕에는 아침 6시 정각에 문을 열어주는데 시간을 철저히 지켰다. 지난밤 여탕이 남자 탕으로 바뀌어 있었다. 온천수를 호수에 그대로 많이 흘려보내고 있었다.

자연 용출수가 아니고는 우리나라처럼 물을 데워서 이용한다면 상상도 하지 못할 광경이었다. 잦은 지진이나 화산 폭발만 없다면 정말 살기 좋은 나라일 것이다.

아침 8시 얼음도 얼고 눈이 많이 쌓여(20cm 정도) 오늘 일정이 걱정되었다. 눈이 쌓인 차창 밖 설경은 정말 아름다웠다. 어제는 보이지 않던 눈높이(적설량)를 측정하는 시설들이 많이 보였다. 그리고 통행하는 차들은 경사지에 관계없이 눈길을 평지처럼 다녔다. 우리나라 같으면 경사진 곳은 모래를 뿌리는 등 제설작업을 열심히 할 것인데 이곳은 아무도 눈을 치우는 제설차도 사람도 없었다.

타이어도 우리가 보아서는 그냥 타이어인 것 같은데 스노우타이어라 운행에 지장이 없단다. 버스는 눈 속을 계속 달렸다. 지적을 분간 못 할 정도로 많이 내려 주위 풍광은 오직 내리는 폭설(暴雪)뿐이었다. 지루한 시간을 달래기 위해 가이드가 개인별 주특기나 노래, 연애담(戀愛談) 결혼 이야기 등을 시켜 유쾌한 분위기 속에 눈길을 달렸다. 차내는 웃음이 끊이지 않았다. 차창 밖으로 간간이 보이는 주택과 도로 시설물들이 잘 사는 나라답게 잘 정리되어 있었다.

얼마 후 '후키다시(ふきだし) 공원(公園)'에 도착했다. 공원 내에 있는 명수(名水)를 찾아 눈길의 출렁다리를 건너가서 맛보았다. 눈이 많이 내려도 관광객은 계속 밀려들고 있었다. 이 명수(名水)는 양재산(洋宰山)에서 내려오는 자연수란다. 현재시간 9시 37분이다. 한국에서는 보기 힘들 정도로 눈이 많이 내렸다. 그래도 관광버스가 많이 왔다. 모처럼 여행 와서 100m 가시거리 밖은 볼 수 없을 정도로 눈이 많이 내려 아쉬웠지만, 설경은 만끽할 수 있었다.

활잡목이 우거진 야산에는 낙엽송과 잣나무 등 인공조림이 잘 조성되어 있었다. 역시 이곳도 하층에는 예의 그 산죽(山竹)이 있었다. 산이 점점 험준해 지면서 사면(斜面)의 도로에는 시멘트 및 목책으로 터널식 눈사태 방지 시설을 해두고 있었다. 캐나다처럼 곳곳에 설해 방지 터널이 있었다. 산악지대를 빠져나올 무렵, 눈은 그치고 시야가 확보되어 기분이 좋았다.

현재시간 10시 30분 도로 주위는 평야 지대로, 포도, 체리, 사과, 배 등을 많이 재배하고 있었다. 이것도 관광용으로 활용한단다. 즉, 농가에서는 민박하는 것이 농가 주 수입원이란다. 이곳 지명은 '여씨'라는 곳으로 '닛가(위스키 이름)' 술이 생산되는 곳이다.

운하가 있다는 '오타루'로 가는 길에는 터널이 많았다. 얼마 후 인구 14만의 조그마한 항구 도시 '오타루(小樽市, おたるし)'시의 운하 옆에 버스가 도착했다. 바다를 매립하여 육지와의 사이에 만들어진 운하(길이 1,140m, 폭 40m)로 1914년 착공하여 1923년 완공 후 북해도의 물류의 거점으로서 창고를 비롯해 은행, 숙박 시설 등의 시설이 있었단다.

1950년대 이후 항구 시설의 발달로 운하 이용이 줄어든 이후 일부 구간은 산책로로 조성되고, 가스 가로등을 설치하고 창고 시설 등은 상점이나 식당 등으로 활용하면서 관광객을 유치하고 있단다. 운하는 폭의 절반을 매립하여 현재는 폭은 10m 내외 정도였다. 운하 옆으로 옛날 번창하였던 시절 사용하였다는 건물들이 그 당시를 짐작케 할 정도로 많이 늘어서 있었다.

창고들을 철거하지 않고 다양한 용도로 이용하는데, 우리는 그중 하나로 내부 수리를 하여 식당으로 개조한 '북해(北海) 아부라야끼' 식당에서 중식을 했다. 식당 내부는 조명을 어둡게 한 것이 낮에는 식당, 밤에는 카페로 이용하는 것 같았다.

12시 20분, 점심 식사 후, 먼저 도로변에 있는 증기시계가 있는 곳으로 갔다. 규모는 캐나다 밴쿠버의 것보다 훨씬 작았지만, 시간마다 증기를 뿜으면서 시간을 알린단다. 그리고 그 옆에 있는 유리공예 전시관으로 들어갔다. 다양한 모양의 현란한 제품이 많았다. 관광객이 많이 북적이고 있었다. 여유 시간이 있어 3층까지 둘러보고 나왔다.

밖을 나오니 반대편 3층 건물 높이의 시계탑(時計塔)의 대형 시계가 깜짝 놀랄 정도로 확성기처럼 큰 소리로 13시를 알렸다. 이 시계는 1881년에 세웠는데 그동안 정확하게 시간을 알리고 있단다. 다시 5층 건물의 다른 유리 공예품 전시관에 들렀다. 기발한 아이디어로 만든 화려한 제품들이 많았지만, 가격이 비싸 눈요기로 끝냈다.

북해도 수도 삿포로(원주민 아이누어족 언어로 '건조하고 광대한 땅'이라는 뜻)로 향했다. 삿포로는 일본에서 5번째 큰 도시로, 면적은 1,121 평방킬로미터, 인구 180만 명(북해도 전 인구의 1/3)이 거주한다.

현재시간 오후 14시 47분, 멀리 해안가로 삿포로시가 보였다. 앞으로 소요 시간은 30분 예상이다. 고속도로 눈은 대부분 녹아 있었다.

샷포로 시내로 들어가는 길이 도심 한가운데로 통과하면서 4차선 중앙 분리대와 방음벽이 시야를 가렸다. 간간이 보이는 4~5층 아파트가 눈에 들어온다. 꽤 먼 거리를 고속도로로 진입하고 있었다. 드디어 시내진입이다. 신호를 기다리면서 바라본 고속도로 교각은 다리 형태가 내진 설계로 하였는지 정말 두텁고 튼튼했다.

먼저 교민이 운영하는 매장에 들러 둘러보면서 선물들을 구입했다. 주위 분위기는 우리나라 중소도시 변두리 같았다. 다음은 샷포로 맥주 박물관으로 향했다. 15시 50분, 맥주 박물관 앞 대형 주차장에 도착했다. 박물관 내 들어가서 안내원 아가씨의 체계적인 설명을 들었다. 일본의 샷포로 맥주는 일본 내에서도 명성이 있는 맥주란다. 현재는 음료수도 동시에 생산하고 있단다. 지하로 내려가 생맥주와 흑맥주, 그리고 오렌지 주스 등을 시음(試飮)했다. 제품들이 아주 잘 나오는 것 같았다.

버스는 다시 샷포로 최중심지 대통거리(大通距離)로 향했다. TV에 자주 나오는 오오도오리(大通距離)는 시내 중심지 공원(길이 1,500m, 폭 65~105m, 동서로 펼쳐져 있음)이다. 17시 가까이 되어 대통거리(大通距離)에 도착하니 어둠이 내려앉고 있었다.

거리의 중앙에 위치한 시계탑(1878년 건설)의 시계가 17시를 가리키고 있었다. 동쪽 끝에는 90m 높이의 전망대가 있는 TV타워가 있었다. 오오도오리에서 매년 2월 5~15일에 눈꽃 축제가 있다고 했다. 시내 중심지는 20~30층의 빌딩이 즐비하고 4~6차선 도로 주변으로 야간 조명이 들어오면서 화려한 네온 불빛을 뿌리고 있었다. 대통(大通)거리는 폭이 105m라 하지만 차도까지 포함된 것이라 녹지대는 생각(生覺)보다 좁았다. 나무도 그렇게 많지 않았다. 도로변에 있는 백화점 두 곳을 둘러보았다. 시설이 화려하고 종업원도 친절하였지만,

물건값이 너무 비싸 그냥 둘러만 보았다.

백화점을 뒤로하고 가이드가 재래시장으로 안내했다. 도로변 노점 상들도 반원형 햇빛과 비 가림 시설을 해두었고, 눈부신 조명시설 때문에 화려했다. 이곳에서 물건의 질이 좋고 값이 싸(개당 1,050엔씩) 휴대용 가방, 혁대 등 몇 가지를 구입했다. 우리나라 시장보다도 가격이 저렴했다.

종종걸음으로 어두운 밤거리를 한참 걸어서 버스에 올랐다. 그리고 19시 약간 지나 '르네상스 삿포로 호텔'의 719호실에 여장을 풀었다. 호텔 시설도 좋고 로비도 화려하게 꾸며 놓아 기분이 좋았다. 유니폼을 입은 종업원들의 친절이 여행객을 더욱 즐겁게 해주었다.

19시 30분에 저녁 만찬 시간이라 그동안 호텔 내 매점에 들렀다. 종업원 중 일본 반신욕 소개 때 나왔던 프리랜서 아가씨와 똑 닮은 여인이 상냥한 미소로 손님을 맞고 있었다. 만화경(萬華鏡) 제품도 가격대별로 있었고, 눈길 가는 다양한 품목이 유혹하고 있었다. 그리고 가까이에 있는 교포가 운영하는 식당에서 대게와 일본 정종으로 만취가 되도록 술을 하면서 모두 기분 좋은 하루를 마감했다.

2007년 11월 20일 (화)

아침에 일어나 반신욕을 하고 뷔페로 아침 식사를 했다. 레스토랑의 대형 유리가 있는 창가에 앉아 화사한 단풍 사이로 함박눈이 흩날리는 것을 바라보면서 아침을 했다. 정말 아름답고 기분이 좋은 풍경이라 식사가 끝나도 잠시 앉아 있었다.

9시에 호텔 출발 예정이다. 비행장까지 무사히 갈 수 있을지, 여객기 이륙에는 지장이 없을는지 약간은 걱정이 되었다. 호텔 매점에서 손자를 주기 위해 장난감 만화경(萬華鏡)을 3,100엔을 주고 샀다. 서툰 일본말이지만 몇 마디 주고받은 어제저녁 그 아가씨가 보기 드문 미인이라 양해를 구하고 동영상으로 담아보았다.

날씨 때문에 모이와산 야경을 못 본 것이 아쉬웠다. 9시가 되니 다행히 진눈깨비로 바뀌었다. 치토세 공항으로 출발했다. 1시간 정도는 달리는 것 같았다. 주위는 야산이고 활 잡목이 대부분이었다. 도중에 인가도 산재되어 있었다.

공항에서 몇 가지 선물을 산 추가로 구입한 후 11시 50분, 출발하는 여객기로 이륙하여 15시경 김해공항에 무사히 도착했다.

알펜루트
여행기

2011년 10월 11일

　　　　눈부신 햇살이 풍요로운 황금 들판에 쏟아지는 맑은 가을 날씨 속에 인천공항을 이륙했다. 하늘에서 내려다본 우리나라는 바둑판같이 경지정리가 된 농경지. 구획정리가 잘된 산업단지. 날로 번창하는 발전상을 보니 가을 날씨처럼 기분이 상쾌했다.

　2시간의 짧은 비행에 일본의 나고야 공항 상공이다. 해안가에 있는 나고야 공항, 잔물결도 없는 조용한 바다, 간혹 선박들이 지나고 있었다. 공항주위 야산은 숲이 우거져 있었지만, 산재된 주택들은 무질서했다.

　한적한 인상을 주는 나고야 공항에 오전 11시에 착륙했다. 21도의 쾌적한 날씨. 간단한 입국 수속을 마치고 소형버스에 올라 첫 방문지인 다가야마(高山)로 향했다. 소규모로 경지정리가 된 들판은 벼 수확이 거의 끝나가고 양배추 등 전작물만 남아있었다. 애지현(愛知縣)에 속(屬)하는 나고야시의 약간 외곽지대를 지나고 있다. 대체로 본 나고야시는 오사카처럼 고층빌딩은 거의 없고, 무질서한 목조 이층집 옛 건물들이다.

　한 시간 정도를 달려 고속도로변에 있는 위락시설 내 식당에서 도시락으로 중식을 했다. 식당은 약간 어두운 조명에 천장에는 별빛이 반짝이고, 벽면에는 대형 수족관(스크린)이 있어 이색적인 분위기 속에서 식사를 했다.

자연 박물관 위락 시설

　일행들 모두 즐거워했다. 부근에 연못 등 조경시설과 식물들을 둘러보고 다가야마시의 작은 교토로 불리는 옛 거리를 찾아 나섰다. 얼마 지나지 않아 산길에 접어들었는데 갑자기 산세가 험악했다. 수많은 터널과 고가도로로 연결된 고속도로였다. 물들어가는 단풍 숲을 휘감아 도는 깊은 계곡의 옥수(玉水) 물 등 풍광은 여행객 가슴을 한층 설레게 했다.

　고급수종인 삼나무 편백나무가 급경사지까지 인공조림을 하여 울창한 임상(林相)을 이루고 있고 천연잡목림(天然雜木林)의 가을 단풍은 수확이 끝난 들판과 함께 만추를 재촉하고 있었다. 도로변에는 억새꽃이 계속 이어지는 동안 고속도로는 까마득한 8~9부 능선을 달리는데, 마치 고운 단풍 속, 억새풀이 춤추는 하늘길을 달리는 기분이었다. 청명한 가을 하늘 따라 시원한 마음도 함께 달렸다. 수십 킬로를 끊임없이 이어지는 터널과 고가도로는 인간의 무궁무진한 토목

기술의 진수를 보는 것 같았다.

한 시간 반 정도 달려 비교적 조용한 다가야마시에 들어섰다. 그리고 시내를 조금 지나 애도 시대 문물의 흔적이 살아있는 후루이마찌(옛날 마을)에 도착했다. 옛 정취 물씬 풍기는 풍경 따라 이곳저곳 거리를 한 시간에 걸쳐 둘러보았다. 대체로 건물들이 어두웠지만 200년 이상 된 과거의 집으로는 상당히 편리하게 이용한 건물로 생각되었다.

차가 다니지 않는 거리에는 시장거리와 같이 관광객들로 붐비었고, 거리의 집들로 모두 관광객을 상대로 토산품(土産品) 등 선물을 팔고 있었다. 가계 안은 깨끗했고, 점원들도 친절했다.

후루이마찌 거리

늦은 오후 따뜻한 햇살을 안고 다시 버스에 올랐다. 수확이 끝난 시골길엔 단풍으로 물들어가는 가로수만 가을빛을 뿌리고 있었다. 다시 산악지대로 접어들었다. 험준한 산 급경사 골짜기를 따라가는 도로변에는 산뜻한 서구적인 풍경 주택들이 간간이 있었다.

차는 짙어가는 가을, 울창한 숲속 산길을 따라 올라갔다. 한참을 달려 다시 하산길, 어둠이 내려앉을 무렵 히라유(平湯) 온천마을에 도착했다. 첩첩산중의 울창한 숲속에 있는 히라유 마을의 히라유간 (Hira Yu kan Hotel = 대정 12년의 건축물) 호텔에 도착했다. 기모노를 입은 여인의 구십도 각도 허리를 굽히며 "이랏샤이마세(어서오세요.)"를 연발하며 한 사람, 한사람 손님을 맞이했다. 승강기를 타고 3층으로 올라가니 사방으로 길게 뻗은 복도에 기모노를 입은 종업원이 방마다 친절히 안내했다. 필자가 묵는 방은 일본식 넓은 다다미방이었다. 하도 친절하기에 사진을 부탁하니 흔쾌히 응해 주었다.

종업원과 함께

그리고 손님의 체격에 맞는 유가다(목욕용 옷)를 골라 주었고 1층의 남탕(여탕은 2층)에서 온천욕을 즐기고 지하 식당으로 가니 대형 다다미방에 개인별로 일본식 음식이 준비되어있었다. 소량이긴 하지만, 반찬이 다양하다. 소고기 샤브샤브, 참치회, 생선구이 등이 있고 버섯요리 등 이름 모를 산채 나물들이었다. 후식으로 3종류의 과일까지 빈틈없이 준비했다.

기모노를 입은 종업원의 친절한 서비스에 모두 귀빈 대접을 받은 기분이었다. 이렇게 친절한 서비스에도 팁이 없었다. 미국은 끼니마다 심지어는 뷔페식에도 1불씩, 숙소 방에도 1분씩 팁을 내도록 강요하는데 여행객의 기분을 고려하지 않은 악습이 이곳 일본에는 없었다. 필자는 수차례에 걸쳐 북해도부터 오키나와까지 일본 곳곳을 다녀보았지만, 일본을 찾을 때마다 친절함을 느꼈다.

(※ 호텔에 비치된 친절도 측정 앙케트는 7개 분야 18개 항목을 체크하도록 해두고 이를 시정하고 있었다.)

2011년 10월 12일

아침에 일어나 지난밤 어두워서 자세히 보지 못한 마을 풍경을 둘러보았다. 험준한 산 울창한 숲속 마을이다. 부근에 산들이 단풍이 울긋불긋 곱게 물들어가고 있었다. 작은 마을 곳곳에 하얀 김들이 솟아나고 있어 이곳이 온천지대임을 실감케 했다. 마을 아래쪽에는 흘러내리는 온천물이 모여 개울을 이루고, 하얀 김을 내뿜는 온천 폭포수가 색다른 풍경으로 다가왔다. 아름다운 단풍과 함께 모두 영상으로 담았다.

다시 호텔을 출발 다테야마(立山)로 향했다. 호텔의 주인 등 두 사람이 허리를 깊게 굽혀 작별인사를 한 후 차가 보이지 않을 때까지 손을 흔들고 있었다. 몸에 익숙지 않은 과잉친절(?)이 부담스러울 정도였다.

온천 폭포 앞

역시 험준한 급경사지 협곡을 따라가고 있었다. 삼나무 숲의 임내(林內)는 나무가 울창하여 어두울 정도이고, 활잡목(活雜木) 단풍은 가을 하늘을 수(繡)놓고 있었다. 옥수(玉水)로 흐르는 풍부한 계곡물을 곳곳에 작은 댐을 만들어 새로운 경관을 조성하고 있었다. 산마루로 시선을 돌리면 우거진 삼나무가 뾰족한 스카이라인을 형성하여 끝없이 이어지는데 우리나라에는 없는 임상(林相)이라 부럽기 한이 없었다.

얼마를 달렸을까, 평야 지대로 나왔다. 들판의 승차감이 좋지 않은 좁은 길을 지나자 다시 산길로 접어들었다. 화창한 날씨에 바람도 잠이 들었다. 포장이 잘되어 있어 기분 좋게 달렸다.

역시 이곳도 급경사지 험준한 산이지만 인력이 미치는 곳까지는 인공조림을 하여 울창한 숲을 이루었고, 나머지엔 있는 천연 잡목림(雜

木林)은 오색 단풍으로 물들어가는 것을 감상하다 보니 목적지인 다테야마 역(驛)에 도착했다.

다테야마 역은 해발 475m에 위치하고 알펜루트의 86km 코스 출발 지점이다. 견인 케이블카로 급경사지를 와이어로 견인하는데, 중간 지점에서 상·하행 교대지점이 있었다. 1.3km 7분간을 올라가는데 대부분 터널이었다. 미녀평(美女平, 해발 977m)의 버스 주차장까지 올라갔다. 전기로 가는 무공해 대형 다테야마 고원(高原)버스가 여러 대 대기하고 있었다. 대합실 옆에는 수호신인 거대한 삼나무 두 그루가 관광객 카메라의 집중 세례를 받았다.

승차 수속을 마치고 2차선 급경사 길을 구불구불 올라가기 시작했다. 큰 삼나무와 곁들인 단풍나무들이 쏟아지는 가을 햇살을 받아 현란(絢爛)하기 그지없었다. 굽이굽이 돌아 올라가는 단풍 길은 환상의 드라이브 길이었다.

달리는 차 중에서

알펜루트의 가을

삼천 미터 해발로 선. 다테야마(立山)
태산준령 험산에
인류가 뿌려 놓은 경이로운 문명의 꽃
다양한 루트. 팔십육킬로
호기심의 발길. 세계인이 모여들었다.

굽이굽이 다가오는
현란한 오색 단풍길
숨 막히는 환상의 드라이브
연속되는 탄성의 소리 끝이 없고.

구로베 댐으로 하산길
케이블카로 섭렵(涉獵)하는
눈부신 단풍의 광대한 향연
짜릿한 전율이었다.

넋을 앗아가는
기나긴 구로베 깊은 계곡에
옥수 물소리
미려(美麗)한 수직 암산(巖山)에
억겁의 세월로 부서져 내렸다.

모두가

뇌리를 떠나지 않는
진한 감동의 장면 장면들
알펜루트에 살아나는
추억의 꽃이었다.

　모두 신선한 가을 정취에 취한 흥분의 도가니였다. 천년 수령을 자랑하는 거대한 삼나무들도 평소 접해보지 못한 것이라 시선을 자극했다. 해발 1,280m의 용견대라는 전망대 부근에서 멀리 단풍 숲속을 흐르는 일본 제일의 큰 폭포인 쇼모다키 폭포(낙차가 350m)를 차 안에서 카메라에 담고 아쉬움을 남긴 체 다시 굽이굽이 드라이브가 시작됐다.

　간간이 삼나무 주목나무가 섞이긴 했지만 지구 상에서 가장 아름다운 단풍 길로 느껴졌다. 아름다운 단풍의 군락지가 보일 때 차의 속도를 줄이면 숨 막히는 단풍의 아름다움에 모두와 탄성이 절로 터졌다. 논스톱으로 달리는 버스를 원망하며 환상의 드라이브는 한 시간 가까이 진행되었다. 상부로 높이 오를수록 교목은 사라지고 모진 추위와 비바람을 이겨낸 관목들이 앙증스런 모습이 반갑게 맞아주었다.

7번을 들어간다는 표지판을 지나면서부터는 10m 되어 보이는 적설량 표시판이 도로 양측에 5m 내외 간격으로 이어지고 있었다. 북해도처럼 많은 눈이 내리면 어디가 도로인지 알 수 없기에 표지판이 도로를 지키고 있었다. 눈이 없는 지금은 다소 흉물스럽게 보였다. 오늘날은 내비게이션 시대라 이런 눈(雪) 표시 봉이 없어도 도로를 찾아갈 수 있다고 하지만, 역시 인력으로 표시한 것이 안심될 것 같았다.

다테야마 정상 부근으로는 한여름을 이겨낸 잔설(殘雪)이 남아있었다. 고원(高原)버스는 해발 2,450m의 다테야마 호텔(일본에서 가장 높은 산악호텔) 주차장에 도착했다. 1시간에 걸쳐 23km를 올라왔다. 주차장에는 수십 대의 버스가 있었다. 외기 온도는 3도로 쌀쌀하나 바람이 불지 않아 상쾌한 느낌이다. 일행은 중식을 위해 호텔 3층으로 올라갔다. 이곳에서는 이 호텔이 식사할 수 있는 유일한 건물로, 수백 평이나 되어 보이는 대형 건물이다. 관광객이 너무 많아 일행을 놓쳐버릴 뻔했다.

산뜻한 어묵 국물과 반찬을 곁들인 중식을 끝내고 호텔의 전망대에서 부근을 둘러보았다. 수천 평이나 되어 보이는 평지(室堂, 무로도)에 키가 아주 작은 소나무와 관목들, 그 사이로 목책과 보도를 만들었고, 많은 관광객들이 이곳저곳에서 풍광을 카메라에 담고 있었다.

해발 2,405m 위치한 火山湖인 미구리가호(주위 630m, 깊이 15m)있고, 조금 더 멀리는 김이 피어오르는 지옥곡(地獄谷)으로는 관광객이 오가고 있었다. 주위의 높은 산들이 그림처럼 아름다웠다.

해발 3,000m 다테야마 정상

대관봉 아래

주위 높은 산들이 수면에 비쳐 유명하다는 미구리가호 등을 서둘러 둘러 본 후 호텔 지하로 돌아왔다. 오후 1시 20분경, 호텔 지하에서 출발하는 무공해 전기버스 도로리를 승차하여 다테야마 정상아래 터널(3.7km를 10여 분 소요)을 통과하여 대관봉(大觀峰) 전망대(해발 2,316m)에 도착했다.

이 터널은 소화 40년(1965년)에 착수 5년 만에 완공하였다는데, 터널 내 전 코스에 조명은 잘되어 있었다. 기암괴석과 처음 보는 작은 나무들 아름다운 단풍에 둘러싸인 대관봉(大觀峰) 전망대에서 구로베 댐을 내려다볼 수 있었다.

구로베 댐 방류

댐 주위는 아름다운 산세를 자랑하는 거봉(巨峰)의 연봉(連峰)들이 손짓하고 있었다. 발아래로는 불타는 단풍 속으로 구로베 댐을 오가는 케이블카는 한 폭의 그림이다. 아름다운 산세와 광활하게 펼쳐진 단풍 풍광을 영상에 담고 구로베 댐으로 향하는 공중케이블카에 몸을 싣고 하산길에 들어섰다.

현란한 단풍을 발아래로 거느리고 즐기는 동안(1.7km, 7분 소요) 黑部平(구로베히라, 해발 1,828m)에 도착했다. 구로베 협곡은 국가지정 특별명승지라는 표지석이 있는 곳에서 주위의 경관(구로베 댐을 내려다보고, 단풍으로 물들어가는 경관이 좋은 산 등)을 감상하면서 휴식을 취했다.

다시 구로베 댐으로 가는 지상 케이블카(0.8km, 5분 소요)를 타고 하강하여 흑부호(黑部湖) 댐 수문 위에 도착했다. 이곳은 해발 1,455m 지점이다. 10월 15일이면 댐 방류를 중단한다는데, 용케도 방류광경을 영상에 담았다.

(※ 구로베 댐은 1956년부터 7년간에 연간 천만 명을 동원하여 1963년 6월에 완공했다(규모: 높이 186m, 길이 492m, 저수량 2억 톤).) 금년이 전선로 완전개업 40주년의 해라는 표지문이 곳곳에 부착되어 있었다. 아름다운 단풍과 자연풍광이 담겨있는 옥수물의 거대한 구로베 댐은 일본에서 가장 높은 곳에 위치하는 댐이라 한다. 방류광경을 바라볼 수 있도록 전망대도 마련하는 등 세심한 배려가 돋보였다.

구로베 댐의 유람선을 타보지 못한 아쉬움을 남기면서 댐 옆 수백미터 지하통로를 거쳐 10여 대의 전기버스가 대기하고 있는 곳(터널)으로 갔다. 관광객이 너무 많아 발 디딜 틈이 없었다. 버스 내 전광판 시계를 보니 오후 3시 33분이다.

터널길이 6.1km, 소요 시간 16분을 내내 서서 통과하여 선택(扇澤) 역에 도착하였다. 긴 터널이지만 매연이 없어 깨끗했다. 역에 내리니 짧은 가을 해가 산그늘로 내리는 주위의 산은 가을바람을 타고 한창 물들고 있었다.

대기하고 있는 버스에 올랐다. 숲속 길을 한참을 달려 장야현(長野

縣, 나가노현, 大町市 大字平)에 있는 가노우야 여관에 여장을 풀었다. 이곳에도 호텔을 비롯해 숙박시설이 많았다. 우리가 머무는 여관은 종업원의 친절함은 물론 다다미방에 욕실과 화장실이 분리되어 있는 곳으로 아주 깨끗했다. 물론 이곳에도 온천탕이 별도로 있었다.

2011년 10월 13일

　　　　오마찌 부락의 가노우야 여관을 7시에 호텔종업원의 전송 속에 출발했다. 아름다운 호수가 많은 곳을 지나는가 하면, 터널이 연속적으로 나오는 험산을 지나고 있었다. 협곡의 강 따라 수 km 도로가 강 쪽은 교각을 세워 자연경관을 즐기도록 하였는데 엄청난 공사비가 투입되었을 것 같았다.

강 반대편에는 철로가 지나가고 있었다. 가을 정취에 흠뻑 젖어 계곡을 빠져나오니 해안가 고속도로와 연결이 되었다. 이곳도 많은 고가도로와 20여 개의 터널을 지나고 있었다. 그리고 수 km를 지나니 다시 평야 지대가 나온다. 넓은 들에 일본 농촌은 농가 주택들이 산재되어 있어 농지 활용이 불편할 것 같았다. 그리고 집단 취락지(聚落地)는 잘 보이지 않았다.

가을 들판의 풍경을 감상하는 동안 구로베 협곡 입구 우나즈키(宇奈月, 해발 224m)의 대형 주차장에 도착했다. 구로베 간이열차를 타는 시간이 10시라 여유 시간을 틈타 가까이에 있는 구로베 전기기념관을 둘러보았다.

여러 가지 입체모형과 영상이 버튼 하나로 작동되면서 설명이 이루어지는데, 흥미로웠다. 구로베 협곡 관광은 도롯코 간이열차를 타고 깊은 계곡의 구로베강을 그슬려 올라갈 예정이다.

상냥한 안내양

출발지 우나즈키

도롯코 간이열차

　이 철도는 1920년대에 개설한 수력발전소 건설 자재운반용 철도를 1971년에 관광용으로 개량 일본 제일의 V형 협곡의 비경을 41터널과 22개의 교량을 통과하면서 관람하게 되어 있다.

　전기로 움직이고 창문이 없는 도롯코 간이열차에 승차하여 출발했다. 직선이 아닌 좌우로 굽이굽이 돌아갈 때마다 선로에 마찰음의 쇳소리가 계속 울리면서 시원하게 깊은 계곡 속으로 달렸다.

　자연이 빚어낸 신비의 경관 V형의 독특한 지형 때문에 많은 사람이 찾아 1934년 국립공원으로 지정했고, 사계절 풍부한 수량이 급류를 이루기에 이를 이용 소형 수력발전소를 3곳에나 만들어 이용하고 있었다.

　경사 80~90도 즉 수직에 가까운 급경사의 높은 산. 미려(美麗)한 산세의 절경에 짙어가는 단풍이 채색하니 관광객의 감탄 어린 시선은 현기증이 일 지경이었다. 깊은 계곡으로 흐르는 옥(玉) 같은 맑은 물.

중국의 구체구보다 더 깨끗하고 물빛이 고왔다. 구로나기 역과 네고마다(猫又) 역 등에서 잠시 정차한 후, 반대편에서 오는 열차와 교행을 하는데, 생면부지(生面不知)이지만, 서로 손을 흔들며 반가운 인사를 나누었다. 협곡의 산들이 너무 높아 카메라가 수직으로 움직여야 전경을 잡을 수 있어 비경을 관람하는데 목이 아플 정도였다.

하첨변 노천탕(족욕탕)

가네쓰리(鐘釣, 해발 443m) 역에서 하차했다. 총 14km, 57분을 달려 협곡으로 들어왔다 나가는 시간도 같은 시간이 소요된다. 가네쓰리 역에서 도보로 상류로 10분 거리에 있는 심산 협곡의 계곡 바닥에 계곡물에 접하여 온천수가 솟고 있었다. 손이 시릴 정도로 차가운 하천물이 유입되어도 42도 온도가 유지되는 것이 신기했다.

3평 정도의 면적에 투명한 온천수가 솟고 있었다. 우리 일행은 뜨거운 물에 족욕(足浴)을 하며 잠시 휴식을 취했다. 계곡 안이 약간 어두울 정도로 울창한 숲. 요란한 계곡물 부서지는 소리. 곳곳에 흘러 내리는 실 폭포가 경관을 한층 풍요롭게 했다.

조물주가 만들어낸 걸작인 절경. 웅장한 대자연을 필설로는 표현 못 할 정도였다. 아쉬움을 뒤로 하고 협곡을 빠져나와 도야마(富山) 시내로 향했다. 도야마시는 면적 1,241(서울시의 2배임)평방킬로미터로 상당히 넓고, 인구는 42만 명으로 소도시였다.

시내에 있는 성지공원 내 천수각(박물관으로 이용) 등을 둘러보았다. 이곳도 다른 성과 같이 성 주위에 수로를 만들었고 작은 배가 다니고 있었다. 어묵 제조공장에서 어묵의 화려한 변신 등을 견학하고 어둠이 짙어갈 때 SPA-X호텔에 투숙했다.

2011년 10월 14일

아침에 9시 30분에 도야마 국제공항으로 향했다. 국제 공항이라 하지만, 국내공항과 함께 있고, 우리나라 사천비행장과 비슷해 보였다. 12시 정각에 아세아나 항공으로 귀국하면서 짧은 여행 일정을 끝냈다.

💬 COMMENT

희 수 정 원 함께 다녀온 것처럼 느껴지는…, 정성으로 올리신 '알펜루트의 여행기'를 읽으며
　　　　　 감사함을 느낍니다. 차창 밖으로 보이는 일본의 가을 산도 곱게 물들었네요. 늘 건
　　　　　 강하시고 행복하시기를 바랍니다.

최 　 신 　 형 저는 보면서 소원 풀었습니다. 책으로 엮어 놓으시면 후손 대대로 자부심이 될 것

이라는 확신이 섭니다. 여행을 두 번 하시느라 수고하셨습니다.

맑 은 오 후	부럽습니다. 개인적으로는 일본 아직 못 가 봤는데 글과 사진을 보니 불현듯 가 보고 싶습니다. 좋은 곳 알려주셨으니 같은 장소에 가 보고 싶습니다. 일본 집은 옛날 서울 종로 뒷길 어디에선가 본 건물과 흡사해서 깜짝 놀랐습니다. 다다미방도 오랜만에 봅니다. 일본의 90도 인사. 좋은 것 같기도 하고, 어찌 보면 가식 같기도 하고. 글과 사진 잘 보고 갑니다. 감사.
바 다 해	덕분에 함께 일본 여행을 잘했습니다. 혼자 여행을 즐기며 글을 쓰시는 듯합니다. 색다른 세계로의 여행은 언제나 설레고 흥미로울 듯싶습니다. 감사합니다.
산 나 리	여행기 읽으면서 언제인가 북해도 갔던 생각이 나네요. 알펜루트 한번 가봐야겠어요. 즐감하고 다녀갑니다.
천 사 1 0 0 4	좋은 곳. 아름다운 곳. 컴 앞에서 구경 잘했습니다. 감사합니다.
운 지	깊어가는 가을밤 귀한 글과 함께하며 감사한 마음 전합니다. 고운 사유 가득한 아름다운 가을 여정 기원드릴께요.
愛 天 이 종 수	고운 글 마음에 담아 갑니다. 감사합니다. 즐겁고 행복한 날 되세요.

은퇴자의 세계 일주 2: 중국, 일본

펴 낸 날 2023년 12월 25일

지 은 이 문재학
펴 낸 이 이기성
편집팀장 이윤숙
기획편집 윤가영, 이지희, 서해주
표지디자인 윤가영
책임마케팅 강보현 김성욱
펴 낸 곳 도서출판 생각나눔
출판등록 제 2018-000288호
주   소 경기도 고양시 덕양구 청초로 66, 덕은리버워크 B동 1708, 1709호
전   화 02-325-5100
팩   스 02-325-5101
홈페이지 www.생각나눔.kr
이 메 일 bookmain@think-book.com

• 책값은 표지 뒷면에 표기되어 있습니다.
ISBN   979-11-7048-643-5(04810)
SET ISBN   979-11-7048-641-1(04810)